Das Buch

1985. Der Frieden in Nordirland scheint Lichtjahre entfernt zu sein. Unter dem Decknamen Martin Keogh schleicht sich Sean Dillon im Auftrag der IRA in die Gruppe um den ultramilitanten Loyalisten Michael Ryan ein. Dieser will in Eigenregie einen Goldtransport in England ausheben und damit Waffen kaufen, »um der Sache zu dienen«. Die IRA will das um jeden Preis verhindern. Trotzdem gelingt mit Hilfe Martin Keoghs der Raubüberfall, doch dann versinkt das Schiff mit dem erbeuteten Gold im Wert von 50 Millionen Pfund vor der irischen Küste, und Ryan flüchtet in die USA.

1995. In der neuen Atmosphäre in Nordirland scheint endlich ein Friedensprozeß möglich zu sein, doch dann erhalten zwei westliche Nachrichtendienste alarmierende Nachrichten: Michael Ryan, der die letzten 10 Jahre wegen eines Banküberfalls in den USA im Gefängnis saß, wurde von der amerikanischen Mafia befreit und gemeinsam sollen sie sich auf dem Weg nach Irland befinden. Ausgerechnet Sean Dillon, der der IRA den Rücken gekehrt hat und mittlerweile Spezialagent im Dienste der Briten ist, wird auf die Sache angesetzt. Ein tödliches Wettrennen um das versunkene Gold und um den Erhalt des Friedensprozesses beginnt ...

Der Autor

Jack Higgins, geboren 1929 in Newcastle on Tyne, England, wurde weltbekannt durch Thriller wie »Der Adler ist gelandet« oder »Schwingen des Todes«. Ebenfalls im Wilhelm Heyne Verlag erschienen: *Die Tochter des Präsidenten* (01/13002).

JACK HIGGINS

GOLDSPUR DES TODES

Roman

Aus dem Englischen von
von Hans Schuld

WILHELM HEYNE VERLAG
MÜNCHEN

HEYNE ALLGEMEINE REIHE
Nr. 01/13073

Titel der Originalausgabe
DRINK WITH THE DEVIL

Umwelthinweis:
Dieses Buch wurde auf
chlor- und säurefreiem Papier gedruckt.

Deutsche Erstausgabe 4/2000

Printed in Germany 2000
Umschlagillustration: ZEFA Visual Media / Sharpshooters /
Bobb Gelbog, Düsseldorf
Umschlaggestaltung: Nele Schütz Design, München
Satz: (3383) IBV Satz- und Datentechnik GmbH, Berlin
Druck und Bindung: Ebner Ulm

ISBN 3-453-16140-8

http://www.heyne.de

Für Denise,
die Allerbeste

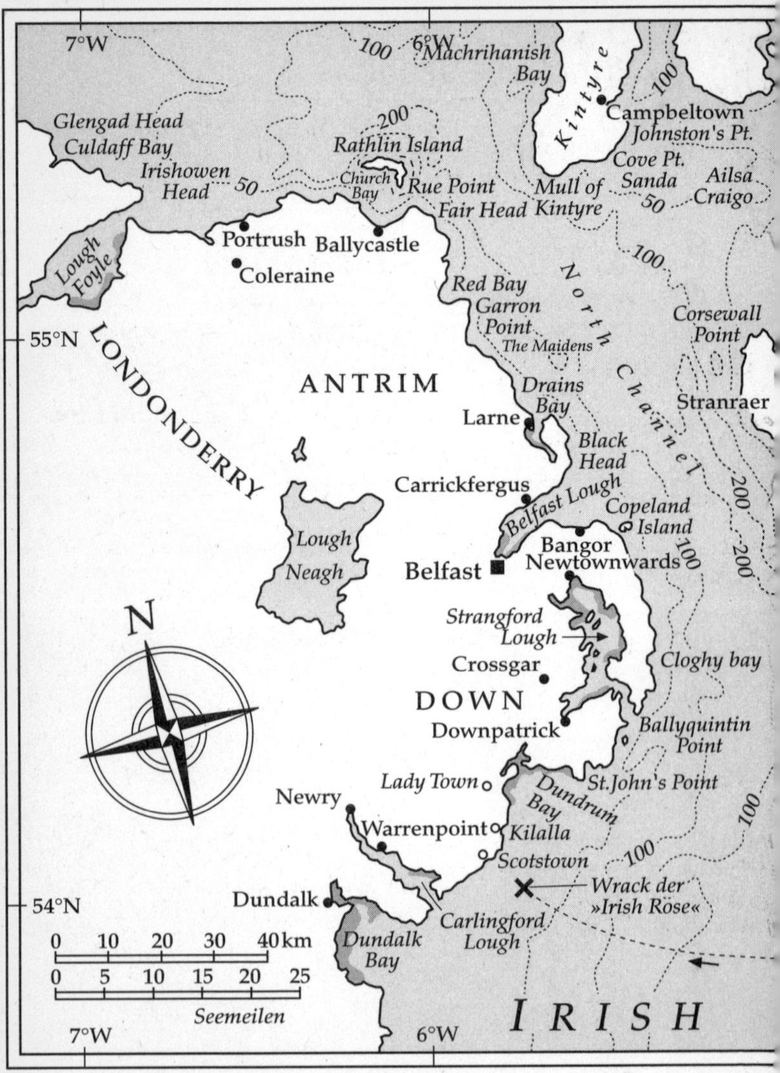

7°W
100
6°W
Machrihanish Bay
Kintyre
100
Campbeltown
Johnston's Pt.
Glengad Head
Culdaff Bay
Irishowen Head
200
Rathlin Island
Church Bay
Rue Point
Fair Head
50
Cove Pt.
Sanda
Mull of Kintyre
50
Ailsa Craigo
Lough Foyle
Portrush
Ballycastle
Coleraine
100
North Channel
Red Bay
Garron Point
The Maidens
Corsewall Point
55°N
LONDONDERRY
ANTRIM
Drains Bay
Larne
Stranraer
Black Head
Carrickfergus
Belfast Lough
Copeland Island
200
Lough Neagh
Bangor
Newtownwards
100
Belfast
200
N
Strangford Lough
Crossgar
Cloghy bay
DOWN
Downpatrick
Ballyquintin Point
Lady Town
Dundrum Bay
St.John's Point
Newry
Warrenpoint
Kilalla
100
Scotstown
100
Wrack der »Irish Röse«
Dundalk
54°N
Carlingford Lough
Dundalk Bay
0 10 20 30 40 km
0 5 10 15 20 25
Seemeilen
7°W
6°W
IRISH

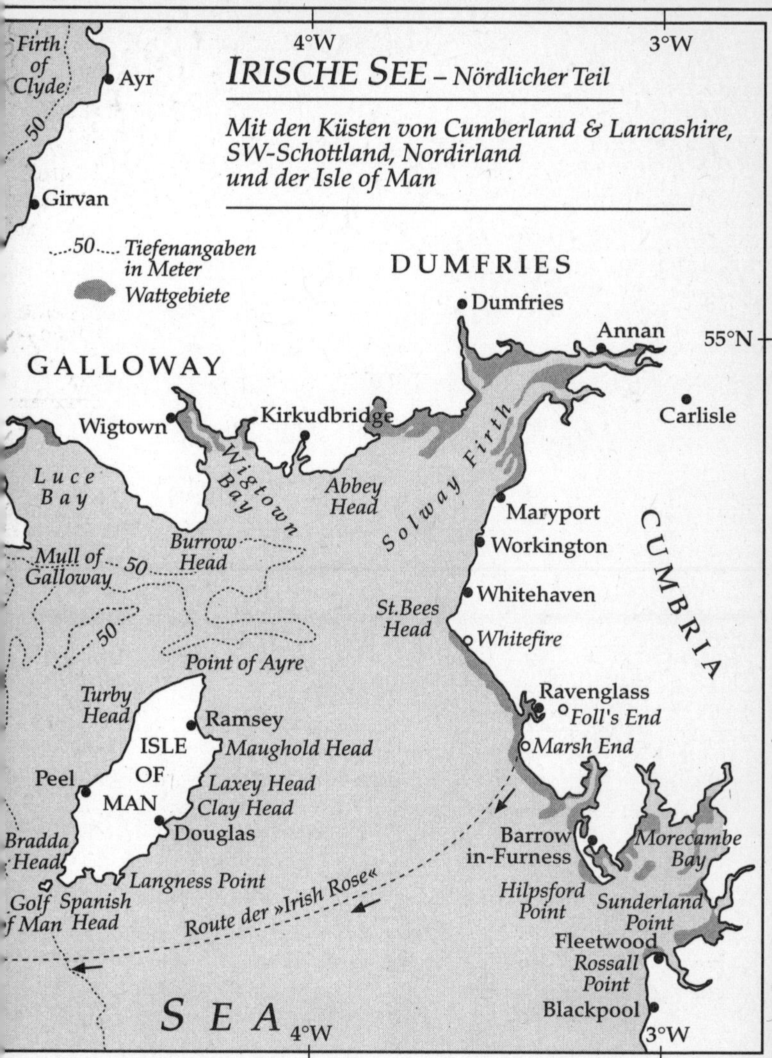

IRISCHE SEE – Nördlicher Teil
Mit den Küsten von Cumberland & Lancashire, SW-Schottland, Nordirland und der Isle of Man
4°W
3°W
55°N
Firth of Clyde
Ayr
Girvan
50
Tiefenangaben in Meter
Wattgebiete
DUMFRIES
Dumfries
Annan
Carlisle
GALLOWAY
Wigtown
Kirkudbridge
Luce Bay
Wigtown Bay
Abbey Head
Solway Firth
Maryport
Workington
Whitehaven
CUMBRIA
Burrow Head
Mull of Galloway
St.Bees Head
Whitefire
Point of Ayre
Turby Head
Ramsey
ISLE OF MAN
Maughold Head
Peel
Laxey Head
Clay Head
Douglas
Bradda Head
Langness Point
Golf
f Man
Spanish Head
Ravenglass
Foll's End
Marsh End
Barrow in-Furness
Morecambe Bay
Hilpsford Point
Sunderland Point
Fleetwood
Rossall Point
Blackpool
Route der »Irish Rose«
SEA

Belfast

1985

1

Von der Irischen See her trieben Regenwolken über Belfast. Irgendwo im Stadtzentrum fielen Schüsse, gefolgt von einer Explosion, doch der nur knapp ein Meter sechzig große Mann, der eine Schirmmütze, Jeans und eine Matrosenjacke trug – über die Schulter hatte er einen Seesack geworfen –, überquerte so seelenruhig den dunklen Platz, als habe er gar nichts gehört.

Vor einem Haus, das trotz des Schilds *Albert Hotel* eindeutig eher eine Pension für Seeleute war, blieb er stehen. Man erkannte noch, daß es in viktorianischer Zeit einmal drei Reihenhäuser gewesen waren, bei denen man einfach die Trennwände eingerissen hatte. Aus der Eingangstür spähte ein kleiner kahlköpfiger Mann, der eine Zeitung in der Hand hielt.

In der Ferne hörte man eine zweite Explosion. »Heiliger Himmel, die Jungs sind aber heute nacht wieder aktiv!«

»Ich hatte wegen eines Zimmers angerufen«, sagte der Mann mit dem Seesack. »Keogh ist mein Name.« Der Aussprache nach hätte man ihn ohne weiteres für einen Engländer halten können; nur ein kaum hörbarer Anflug des typischen Akzents verriet noch seine Belfaster Herkunft.

»Ach ja, Mr. Keogh. Gerade abgemustert, was?«

»So in etwa.«

»Na, stehen Sie nicht unnötig im Regen rum; kommen Sie rein.«

In diesem Moment bogen zwei Landrover um die Ecke, hinter deren Fahrern jeweils drei Fallschirmjäger mit roten Baretts, kugelsicheren Westen und Maschinenpistolen in den Händen kauerten. Sie rasten über den Platz und verschwanden in der Dunkelheit.

»Mein Gott!« seufzte der alte Mann und ging hinein, Keogh folgte ihm.

Die Pension war ziemlich heruntergekommen, die weiße Farbe an den Wänden im Lauf der Jahre vergilbt, die Tapete reichlich verblichen; hier und da zeigten sich Schimmelflecken. In der rechteckigen Halle befanden sich die Rezeption und eine schmale Treppe, die nach oben führte.

Der alte Mann deutete auf das Hotelregister. »Heimatadresse, nächster Anlaufhafen und so weiter – ist polizeilich vorgeschrieben.«

»In Ordnung.« Keogh füllte rasch alles aus und schob ihm das Buch wieder zu.

»Martin Keogh. Wapping, London … Ich bin seit Jahren nicht mehr in London gewesen.«

»Eine hübsche Stadt.« Keogh zog eine Packung Zigaretten aus seiner Tasche und zündete sich eine an.

Der alte Mann nahm den Zimmerschlüssel von einem Brett. »Zumindest gibt's dort keine Soldaten, die bis an die Zähne bewaffnet durch die Straßen rasen. Verrückt, sogar bei diesem Regen, so ganz ohne Deckung rumzufahren. Sind ja die reinsten Zielscheiben. Glatter Selbstmord, wenn Sie mich fragen.«

»Oder auch nicht. Das ist ein alter Trick der Fallschirmjäger, der vor Jahren in Aden entwickelt wurde. Sie fahren immer mit zwei Fahrzeugen, so daß jede Besatzung auf die andere aufpassen kann, außerdem können sie in diesen ungepanzerten Wagen sofort auf jeden Angriff reagieren.«

»Woher wissen Sie darüber so gut Bescheid?«

Keogh zuckte die Schultern. »Ist allgemein bekannt. Kann ich meinen Schlüssel haben?«

Erst jetzt fielen dem alten Mann die Augen des Fremden auf, die von undefinierbarer Farbe zu sein schienen und die kältesten Augen waren, die er je gesehen hatte. Aus einem unerklärlichen Grund überkam ihn plötzlich Angst, doch dann lächelte Keogh und wirkte sofort vollkommen verändert.

»Irgendwer hat mir erzählt, hier in der Nähe gäbe es ein anständiges Café. Das Regent, kann das sein?«

»Stimmt. Liegt bei den alten Docks. Sie müssen bloß über den Platz Richtung Lurgen Street.«

»Werd's schon finden.« Keogh wandte sich um und stieg die Treppe hinauf.

Er öffnete die Tür, deren Schloß offensichtlich schon mehrmals aufgebrochen worden war, und schaute sich um. Das Zimmer war sehr klein und roch muffig; die Einrichtung bestand aus einem Einzelbett, einem schmalen Schrank und einem Stuhl. In der Ecke war ein Waschbecken; eine Toilette gab es nicht, auch kein Telefon. Aber mit etwas Glück würde er hier sowieso nur diese eine Nacht schlafen.

Er warf seinen Seesack aufs Bett, öffnete ihn, schob einen Kulturbeutel, Hemden und einige Bücher zur Seite und stemmte den dicken Pappboden auf. Darunter lagen eine Walther PPK, mehrere volle Magazine und der neue kleine Carswell-Schalldämpfer. Er überprüfte die Pistole, lud sie und schraubte den Schalldämpfer auf, bevor er sie hinten in den Bund seiner Jeans steckte.

»Und nun auf ins Regent«, sagte er leise und verließ, eine kleine traurige Melodie pfeifend, das Zimmer.

Neben der Rezeption gab es eine altmodische Telefonzelle. Keogh nickte dem alten Mann zu, ging hinein und schloß die Tür, ehe er ein paar Münzen herauskramte und eine Nummer wählte.

Jack Barry war ein großer, recht gutaussehender Mann, der mit seiner Hornbrille beinah wie ein Gelehrter wirkte oder wie ein Lehrer, was er tatsächlich einmal gewesen war, bevor er sich als Stabschef der Provisional IRA verdingt hatte. Er saß am Kamin seines Hauses in Dublin und las die Zeitung, als sein Handy läutete.

Noch ehe er sich melden konnte, rief seine Frau Jean: »Mach nicht so lange, das Abendessen ist fertig!«

»Hier Barry.«

»Ich bin's«, sagte Keogh auf Irisch. »Ich hab' mir im Albert Hotel unter dem Namen Martin Keogh ein Zimmer genommen. Der nächste Schritt ist jetzt, an das Mädchen heranzukommen.«

»Wird das schwierig?«

»Nein, ich habe schon alles organisiert. Vertrau mir. Ich bin gerade auf dem Weg in dieses Café, das ihrem Onkel gehört.«

»Sehr gut. Halt mich auf dem laufenden und benutz nur diese Handynummer.«

Er schaltete ab. »Jetzt komm aber!« rief seine Frau. »Es wird ja alles kalt.«

Gehorsam stand er auf und ging in die Küche.

Keogh fand problemlos den Weg zum Regent Café. Ein Fenster war anscheinend bei einer Bombenexplosion zu Bruch gegangen und danach mit Brettern vernagelt worden, doch durch das zweite konnte er einen Blick ins Innere werfen. Die einzigen Gäste waren eine verhärmte Frau, offensichtlich eine Prostituierte, und drei alte Männer, die gemeinsam an einem Tisch saßen.

Das Mädchen hinter der Theke war erst sechzehn, wie er wußte, denn er wußte alles über Kathleen Ryan, die das Café für ihren Onkel Michael Ryan führte, einen protestantischen Aktivisten von frühester Jugend an. Sie war klein, nicht eigentlich hübsch, hatte schwarzes Haar, ausgeprägte Wangenknochen und trug einen dunklen Pullover, einen kurzen Jeansrock und Stiefel. Ganz in ein Buch vertieft, beachtete sie Keogh gar nicht, als er das Lokal betrat.

Er beugte sich über die Theke. »Ist es gut?«

Sie schaute auf und musterte ihn ruhig, obwohl ein untergründiger Zorn in ihren Augen schwelte und ihr Blick ihm verriet, daß sie viel mehr erlebt hatte und wesentlich reifer war als andere in ihrem Alter.

»Sehr gut. *The Midnight Court.*«

»Aber das ist doch bestimmt auf Irisch?« Keogh griff nach dem Buch und sah, daß er recht hatte.

»Na und? Darf ein Protestant etwa kein Irisch lesen? Es ist auch unser Land, Mister, und falls Sie ein Sinn-Fein oder so was sind, wär's mir lieber, Sie gingen wieder. Katholiken sind hier nicht erwünscht. Eine Bombe der IRA hat meinen Vater, meine Mutter und meine kleine Schwester getötet.«

»Mädchen«, Keogh hob abwehrend die Hände, »ich bin ein Junge aus Belfast, der gerade abgemustert hat und einfach auf eine Tasse Tee reingekommen ist.«

»Sie klingen mir eher, als kämen Sie aus England.«

»Das liegt bloß daran, daß mein Vater mit mir dorthin gezogen ist, als ich noch ein Kind war.«

Sie überlegte einen Moment und zuckte die Schultern. »Na gut. Einmal Tee, Mary!« rief sie. »Zu essen gibt's nichts mehr«, erklärte sie Keogh. »Wir schließen bald.«

»Tee genügt schon.«

Eine grauhaarige Frau, die eine Schürze umgebunden hatte, brachte einen Becher Tee und stellte ihn auf die Theke. »Milch und Zucker sind da drüben.«

Keogh nickte und schob ihr ein paar Münzen zu. Während sie ihm Wechselgeld herausgab, griff das Mädchen nach ihrem Buch und stand auf. »Ich geh' dann jetzt, Mary. Mach noch eine Stunde, danach kannst du schließen.«

Keogh setzte sich mit seinem Tee an einen Tisch neben der Tür und zündete sich eine Zigarette an. Fünf Minuten später erschien Kathleen Ryan aus einem Hinterzimmer. Sie trug eine Baskenmütze und einen alten Trenchcoat und verließ das Café, ohne ihn noch einmal anzuschauen. Keogh nahm rasch einen Schluck Tee, ehe er ihr folgte.

Es regnete inzwischen noch stärker, und sie beschleunigte ihre Schritte. Mit gesenktem Kopf eilte sie in Richtung Hafen. Im Eingang eines ehemaligen Lagerhauses lauerten drei Jugendliche, die zu einer Sorte gehörten, wie man sie in jeder Stadt auf der Welt findet, brutale junge Halbstarke in Lederjacken und Jeans. Sie erkannten das Mädchen, als es unter einer Straßenlampe vorbeiging.

»Das ist sie, Pat«, sagte einer, der eine Baseballmütze trug. »Das ist die Schlampe aus dem Café.«

»Sehe ich selbst, Blödmann. Macht euch bereit und packt sie, wenn sie vorbeikommt.«

Kathleen Ryan hatte sie in der Dunkelheit nicht bemerkt, bis sie mit ein paar raschen Sätzen auf sie zusprangen und einer ihr von hinten seinen Arm um den Hals schlang.

Pat hob ihr Kinn an. »Na, wen haben wir denn da? Eine kleine Protestantenschlampe. Kathleen Ryan, stimmt's?«

Sie versetzte dem Jungen mit der Baseballkappe, der sie fast erwürgte, einen Tritt gegen das Schienbein. »Laß mich los, du Katholikenschwein.«

»Was sagst du? Wir sind anständige katholische Jungs!« Pat schlug sie ins Gesicht. »Los, kommt! Es ist Zeit, daß sie mal Manieren lernt.«

Sie schrie nicht, sie weinte nicht, das war nicht ihre Art; sie biß jedoch wütend in die Hand, die ihr den Mund zuhielt.

»Miststück!« Der Junge mit der Baseballmütze gab ihr einen Faustschlag in den Rücken. Man zerrte sie weiter in die Gasse hinein und warf sie auf einen Kistenstapel unter einer altmodischen Gaslaterne. Pat riß ihren Rock hoch.

»Zeit, daß du's lernst.«

»Mir scheint, eher müßt ihr mal was lernen!« rief eine Stimme. Pat drehte sich um. Martin Keogh hatte die Hände in den Taschen seiner Matrosenjacke vergraben und kam auf sie zugeschlendert. »Laßt sie los, verstanden?«

»Halt die Klappe, du Zwerg.« Der Junge mit der Baseballmütze wollte Keogh einen Kinnhaken verpassen, doch der packte blitzschnell sein Handgelenk, drehte ihm den Arm auf den Rücken und stieß ihn mit dem Gesicht gegen die Wand.

»Du Bastard!« Der dritte Junge stürzte sich auf ihn.

Keogh riß die linke Hand, in der er die Walther hielt, aus der Tasche und schlug ihm damit ins Gesicht, ehe er einen Schuß in die Luft abfeuerte, der aus der schallgedämpften Waffe wie ein dumpfes Husten klang.

Baseballmütze lag auf den Knien, der andere preßte seine Hand auf die Wange, die vom linken Auge bis zum Mundwinkel aufgerissen war. Zwischen seinen Fingern sickerte Blut durch.

»Du verfluchtes Schwein!« schrie Pat mit wutverzerrtem Gesicht.

»Hat mir schon mancher gesagt.« Keogh preßte ihm die Mündung der Walther zwischen die Augen. »Noch ein Wort, und ich töte dich.«

Der Junge erstarrte. Kathleen Ryan zog ihren Rock hinunter und stand auf. »Lauf zurück ins Café, Mädchen. Ich komme nach.«

Einen Moment lang schaute sie ihn unsicher an, dann wandte sie sich um und rannte davon.

Nur noch der Regen und das Stöhnen der Verletzten waren zu hören.

»Warum machen Sie das?« zischte Pat wütend. »Wir haben genau getan, was Sie uns gesagt haben.«

»O nein«, erwiderte Keogh. »Ich habe gesagt, ihr sollt das Mädchen ein bißchen erschrecken, dann würde ich auftauchen und sie retten.« Mit einer Hand kramte er eine Zigarette aus seiner Tasche und zündete sie an. »Was hattet ihr vor? Sie zu vergewaltigen?«

»Wen schert denn schon so eine blöde kleine Protestantenschlampe?«

»Mich«, entgegnete Keogh. »Und ich bin ein Katholik. Solche Dreckskerle, wie ihr es seid, bringen uns alle in Verruf.«

Pat wollte sich auf ihn stürzen, doch Keogh sprang zur Seite, brachte ihn mit einem gezielten Fußtritt zu Fall und preßte ihm ein Knie in den Rücken.

»Ich glaube, du brauchst mal eine Lektion, Bürschchen.«

Er hielt die Mündung der Walther an das Bein des Jungen und drückte ab. Pat schrie auf.

»Ist bloß eine Fleischwunde. Es hätte auch deine Kniescheibe sein können.«

»Du verdammter Mistkerl!« schluchzte Pat.

»Wie du meinst.« Keogh zog einen Umschlag aus seiner Tasche und ließ ihn fallen. »Fünfhundert Mäuse, wie ausgemacht. Jetzt sieh zu, daß du ins Royal Victoria kommst. Die Unfallstation ist für Schußwunden die beste der Welt. Aber sie haben ja auch eine Menge Erfahrung.«

Eine kleine, unheimliche Melodie vor sich hinpfeifend, schlenderte er davon.

Im Café hielten sich keine Gäste mehr auf, nur Kathleen Ryan und Mary standen noch hinter der Theke. Das Mädchen telefonierte. Keogh griff nach der Türklinke, doch es war abgesperrt. Kathleen Ryan drehte sich um, erkannte ihn durch die Fensterscheibe und nickte Mary zu, die ihm aufschloß.

»Sie hat mir erzählt, was Sie getan haben«, sagte Mary. »Gott segne Sie dafür.«

Keogh setzte sich auf eine Tischkante und zündete sich eine Zigarette an. Das Mädchen redete immer noch und schien erstaunlich gefaßt. »Nein, es ist alles in Ordnung. Jetzt beruhig dich schon, ich bin in zwanzig Minuten da.« Sie legte den Hörer auf. »Mein Onkel Michael«, erklärte sie Keogh. »Er macht sich Sorgen.«

»Verständlich. Sind schlimme Zeiten.«

»Sie lassen nicht mit sich spaßen, was?«

»Warum sollte ich?«

»Und Sie sind bewaffnet. Eine Walther, soviel ich gesehen hab'.«

»Für eine so junge Dame wissen Sie aber gut Bescheid.«

»Mit Waffen kenne ich mich aus, Mister, bin praktisch damit aufgewachsen. Was haben Sie gemacht, nachdem ich weg war?«

»Hab' sie heimgeschickt.«

»Einfach so?«

»Nein, erst müssen sie mal ins nächste Krankenhaus. Sie brauchten eine Lektion und haben eine gekriegt. Der Anführer der drei wird für einige Zeit am Stock gehen, falls Sie das tröstet.«

Sie musterte ihn mißtrauisch. »Warum haben Sie mir geholfen? Wer sind Sie?«

»Mir gefiel einfach nicht, was da passierte, das ist alles.« Er stand auf und drückte seine Zigarette aus. »Ich mache mich jetzt auf den Weg. Ihnen scheint's ja wieder gut zu gehen.«

»Nein, bleiben Sie«, sagte sie rasch. »Sie können mich zum Pub meines Onkels begleiten. Er liegt ungefähr eine Viertelmeile von hier an der Connor Wharf. Ich heiße Kathleen Ryan. Und Sie?«

»Martin Keogh.«

»Warten Sie draußen auf mich.«

Er verließ das Lokal, während sie wieder zum Telefon ging, um wahrscheinlich noch mal mit ihrem Onkel zu reden. Einige Augenblicke später kam sie mit einem großen Regenschirm nach draußen.

»Wäre ein Taxi nicht sicherer?«

»Ich mag die Stadt bei Nacht«, entgegnete sie. »Ich mag den Regen. Und ich habe ein Recht darauf, hier durch die Straßen zu gehen. Diese Katholikenstrolche sollen sich zur Hölle scheren.«

»So kann man's auch sehen.«

»Kommen Sie mit drunter.« Sie spannte den Schirm auf und hakte sich bei ihm ein. »Matrose sind Sie, haben Sie gesagt?«

»Nur in den letzten paar Jahren.«

»Ein Matrose aus Belfast, der in London aufgewachsen ist und eine Walther bei sich trägt«, meinte sie mit einem fragenden Unterton.

»Ist gefährlich in dieser Stadt, wie Sie ja heute abend selbst gesehen haben.«

»Gefährlich für Sie, soll das wohl heißen, und deshalb die Waffe. Ein Sinn-Fein sind Sie jedenfalls nicht, sonst hätten Sie mir nicht geholfen.«

»Ich bin gar nichts, Mädchen.« Er blieb stehen, um sich eine Zigarette anzuzünden.

»Geben Sie mir auch eine.«

»Bestimmt nicht, dazu sind Sie viel zu jung. Außerdem stellen Sie reichlich viele Fragen, Kate.«

Sie schaute ihn an. »Warum nennen Sie mich so? Das sagt sonst niemand zu mir.«

»Ich finde einfach, das paßt zu Ihnen.«

Sie hatten inzwischen den Hafen erreicht. Containerschiffe

waren am Kai vertäut, einige ankerten weiter draußen; man sah die roten und grünen Lichter eines Frachters, der gerade in See stach.

»Also, weshalb sind Sie bewaffnet?« fragte Kathleen Ryan.

»Mein Gott, Sie sind aber wirklich hartnäckig. Vor langer Zeit war ich mal Soldat und hab' drei Dienstjahre hier in dieser Stadt absolviert. Da besteht immerhin die Möglichkeit, daß jemand ein sehr langes Gedächtnis hat und mir noch was heimzahlen will.«

»Welches Regiment?«

»Fallschirmjäger, das Erste.«

»Sind Sie etwa auch beim Blutigen Sonntag in Londonderry dabei gewesen?«

»Genau. Wie gesagt, ist lange her.«

Sie drückte aufgeregt seinen Arm. »Gott, was habt ihr an diesem Tag den Katholiken die Hölle heiß gemacht! Wie viele hat man umgebracht? Dreizehn, stimmt's?«

In einiger Entfernung sah man die Lichter des Pubs. »Wie alt sind Sie?« fragte Keogh.

»Sechzehn.«

»So jung und so voller Haß.«

»Ich hab' Ihnen doch erzählt, daß die IRA meinen Vater, meine Mutter und meine kleine Schwester getötet hat. Außer Onkel Michael hab' ich niemanden mehr.«

Auf dem Schild stand *The Orange Drum,* und auf der Backsteinmauer daneben war die Parole *Das ist auch unser Land* zu lesen. Das Mädchen schloß den Regenschirm und öffnete die Tür.

Es war ein typischer Belfaster Pub mit mehreren Nischen, in denen einige Tische standen, und einer langen Theke aus Mahagoni. Vor einer Spiegelwand reihten sich Flaschen mit allen möglichen Getränken. Die einzigen Gäste waren einige alte Männer; vier spielten an einem offenen Kamin Karten, zwei andere unterhielten sich leise miteinander. Ein junger Mann, der nur einen Arm hatte und aussah, als sei mit ihm nicht zu spaßen, las hinter der Theke den *Belfast Telegraph.*

Er blickte auf und legte die Zeitung zur Seite. »Alles in Ordnung mit dir, Kathleen? Michael hat mir erzählt, was passiert ist.«

»Mir geht's gut, Ivor, dank Mr. Keogh. Ist Onkel Michael hinten?«

In diesem Moment öffnete sich eine Tür, und ein Mann kam herein. Anhand der Fotos, die Barry ihm bei ihrer Besprechung in Dublin gezeigt hatte, erkannte Keogh ihn sofort – Michael Ryan, fünfundfünfzig Jahre alt, ein Unionist mit Leib und Seele, der in der UUVF und der Red Hand of Ulster, der extremsten protestantischen Gruppe überhaupt, gedient und viele Male für seine Überzeugung getötet hatte. Er war mittelgroß, strahlte Energie aus, hatte sehr blaue Augen und an den Schläfen leicht ergrautes Haar.

»Das ist Martin Keogh«, stellte das Mädchen vor.

Ryan schüttelte ihm die Hand. »Sie haben mir heute abend einen großen Dienst erwiesen. Das werde ich nicht vergessen.«

»War Glück, daß ich grade da war.«

»Mag sein. Ich bin Ihnen jedenfalls einen Drink schuldig.«

»Bushmills Whiskey wäre schön.«

»Kommen Sie.« Ryan deutete auf eine Nische in der Ecke.

Das Mädchen streifte seinen Regenmantel und die Baskenmütze ab und setzte sich zu ihnen an den Tisch. Ivor brachte eine Flasche Bushmills und zwei Gläser.

»Was möchtest du, Kathleen?«

»Nichts, schon gut, Ivor.«

Es war unverkennbar, daß er sie anbetete, aber er nickte nur und ging wieder hinter die Theke. »Ich habe Erkundigungen bei einem Kontaktmann im Royal Victoria eingezogen«, sagte Ryan. »Man hat dort gerade drei übel zugerichtete junge Männer behandelt. Einer hatte einen Durchschuß im Oberschenkel.«

»Ach ja?« erwiderte Keogh gleichgültig.

Kathleen Ryan starrte ihn an. »Davon haben Sie mir kein Wort erzählt.«

»War nicht nötig.«

»Lassen Sie mal Ihre Waffe sehen«, sagte Ryan. »Keine Sorge, hier sind lauter Freunde.«

Schulterzuckend reichte Keogh ihm die Walther, die Ryan mit Kennermiene betrachtete. »Ein ganz neuer Carswell-Schalldämpfer, sehr schön. Mir persönlich ist die hier immer noch die liebste.« Er zog eine Browning aus seiner Tasche und gab sie ihm.

»Die bevorzugte Waffe der SAS – und der Fallschirmjäger.«

»Er hat im Ersten Regiment gedient«, sagte das Mädchen. »War beim Blutigen Sonntag dabei.«

»Ist das wahr?« fragte Michael Ryan.

»Schon lange her. In letzter Zeit bin ich auf See gewesen.«

»Sie stammen aus Belfast, sind aber in London aufgewachsen, hat Kathleen mir erzählt.«

»Meine Mutter ist im Kindbett gestorben, und mein Vater ging damals nach London, um dort Arbeit zu suchen. Er lebt schon seit ein paar Jahren nicht mehr.«

Ryan hatte das Magazin aus der Walther genommen. »Jedenfalls müssen Sie ein guter Prot sein, weil Sie Kathleen geholfen haben.«

»Um ehrlich zu sein, Religion bedeutet mir gar nichts«, erwiderte Keogh. »Aber sagen wir mal so – ich weiß, auf welcher Seite ich stehe.«

In diesem Moment wurde die Tür aufgestoßen, und ein Mann in einem Regenmantel stürmte herein.

»Michael Ryan, du Schwein, jetzt hab' ich dich!« rief er und zückte einen Revolver.

Ryan war hilflos, da das Magazin der Walther und die Pistole zu weit entfernt von ihm auf dem Tisch lagen. »Was soll ich tun, ihn erschießen?« fragte Keogh. »In Ordnung.« Er drückte die Browning ab. »Peng, du bist tot.« Der Mann ließ die Hand mit dem Revolver sinken. »Platzpatronen, Mr. Ryan«, erklärte Keogh. »War am Gewicht zu erkennen. Was für ein Spielchen ist das hier?«

Ryan lachte. »Laß dir an der Theke einen Drink geben, Joseph.«

Der vermeintliche Killer nickte, und die alten Männer am Kamin setzten ihr Kartenspiel fort, als sei gar nichts geschehen.

Michael Ryan stand auf. »War sozusagen nur ein Test, mein Junge. Gehen wir ins Wohnzimmer und reden dort weiter.«

Von draußen trommelte der Regen gegen das Fenster, dessen Vorhänge geschlossen waren; im Kamin brannte ein Feuer, es war gemütlich warm, und das Mädchen brachte aus der Küche ein Tablett mit einer Kanne Tee, Milch und Tassen herein.

»Wenn Sie Seemann sind«, sagte Ryan, »dann haben Sie auch Papiere.«

»Klar.«

Ryan streckte die Hand aus. Keogh öffnete schulterzuckend seine Matrosenjacke und zog eine Brieftasche heraus.

»Bitte sehr – Schiffspapiere, Gewerkschaftsausweis und so weiter.«

Das Mädchen schenkte Tee ein, während Ryan alles sehr genau prüfte. »Vor zwei Wochen von der *Ventura* abgemustert. Decksmann und Taucher. Was heißt das?«

»Die *Ventura* ist ein Versorgungsschiff in den Ölfeldern der Nordsee. Neben meinen üblichen Aufgaben an Bord habe ich ein bißchen als Taucher gearbeitet. Nur leichte Sachen in geringer Tiefe; Instandhaltung unter Wasser, Schweißarbeiten und so was in der Art.«

»Interessant. Ein vielseitiger Mann. Irgendwelche besonderen Kenntnisse in der Armee erworben?«

»Bloß wie man Leute umbringt. Ich kenne mich mit Waffen aus und weiß ziemlich gut über Sprengstoffe Bescheid.« Keogh zündete sich eine Zigarette an. »Was soll das alles?«

»Können Sie Motorrad fahren?«

»Hab' schon mit sechzehn auf dem Bock gesessen; das ist lange her.«

Ryan lehnte sich zurück und stopfte seine Pfeife. »Besuchen Sie hier Verwandte?«

»Ich hab' bloß ein paar Cousins, die aber woanders leben, soviel ich weiß«, erwiderte Keogh. »Ich bin einfach aus einer Laune heraus hergekommen. Sentimentalität, wenn Sie so wollen. Im Grunde eine schlechte Idee, aber kann ja jederzeit wieder weg und mir einen neuen Job besorgen.«

»Ich könnte Ihnen einen anbieten«, sagte Ryan. Das Mädchen zündete ihm mit einem Wachsstock vom Kamin die Pfeife an.

»Was, hier in Belfast?«

»Nein, in England.«

»Und das wäre?«

»Na ja, eine Sache, die Ihnen liegen dürfte, wie ich an Ihrem Verhalten heute abend gesehen habe.«

Keogh merkte, daß das Mädchen ihn gespannt beobachtete. »Geht es dabei um Politik?«

»Ich arbeite seit 1969 für die Sache der Unionisten«, erklärte Ryan. »Hab' sechs Jahre im Gefängnis von Maze gesessen. Ich hasse Katholiken und die verfluchte Sinn Fein, weil sie uns alle vertreiben werden, wenn sie siegen, jeden einzelnen Protestanten im ganzen Land. Das gäbe eine regelrechte ethnische Säuberung. Aber wenn es mal soweit kommt, nehme ich so viele mit mir in die Hölle, wie ich nur kann.«

»Und was hat das mit diesem Job zu tun?«

»Es ist eine Sache in England, die beträchtliches Geld für unsere Organisation einbringen würde.«

»Mit anderen Worten – wir bestehlen jemanden?«

»Wir brauchen Geld, Keogh, Geld für Waffen. Die verdammte IRA hat ihre irisch-amerikanischen Sympathisanten, die sie mit den nötigen Mitteln versorgen. Wir nicht.« Er beugte sich vor. »Ich erwarte von Ihnen keinen Patriotismus, mir reicht ein Profi, den eine ordentliche Summe lockt. Fünfzigtausend Pfund.«

Das Mädchen musterte ihn gespannt. Ihre finstere Miene verriet, daß sie überzeugt war, er würde ablehnen.

Keogh lächelte. »Das ist eine Menge Kohle, Mr. Ryan. Dafür werden Sie auch eine Menge erwarten.«

»Nur Unterstützung von einem Mann, der mit jeder Situation fertig wird, und so, wie Sie sich heute abend verhalten haben, scheinen Sie mir dieser Mann zu sein.«

»Was ist mit Ihren eigenen Leuten? Sie haben doch genauso viele Aktivisten draußen auf den Straßen wie die IRA, mehr sogar. Das weiß ich noch aus meiner Zeit in der Armee.« Er zündete sich eine Zigarette an und lehnte sich zurück. »Es sei denn, daß Sie in Wahrheit das Geld selbst behalten wollen.«

Kathleen Ryan sprang auf. »Wie können Sie so was sagen! Mein Onkel hat mehr für unsere Sache getan als irgend jemand sonst. Verschwinden Sie besser, solange Sie's noch können.«

Ryan hob eine Hand. »Ruhig, Kind, jeder halbwegs intelligente Mann würde an diese Möglichkeit denken. So was hat's oft genug gegeben, weiß Gott, und zwar auf beiden Seiten.«

»Also, was ist?« fragte Keogh.

»Ich weiß Geld genauso zu schätzen wie jedermann, aber unser Kampf ist ein Kampf um Gerechtigkeit, und das ist die einzige Gewißheit in meinem Leben. Sämtliches Geld, das durch meine Hände geht, kommt der protestantischen Sache zugute. Sie ist mein ganzer Lebensinhalt.«

»Warum nehmen Sie dann nicht einen Ihrer eigenen Männer?«

»Weil überall zu viel geredet wird – das ist der alte Schwachpunkt in sämtlichen revolutionären Bewegungen. Die IRA hat dasselbe Problem. Ich habe immer lieber auf Leute von außerhalb, wie ich es nenne, zurückgegriffen und mich zu diesem Zweck gern in der Unterwelt umgeschaut. Ein ehrlicher Dieb, der gegen Bezahlung arbeitet, ist zuverlässiger als irgendein revolutionärer Hitzkopf.«

»Und so einer bin ich für Sie? Jemand von außerhalb, den Sie gerade gut gebrauchen können?«

»Genau. Also, sind Sie dabei oder nicht? Wenn nicht, dann sagen Sie es. Nach allem, was Sie heute abend für Kathleen getan haben, können Sie unbehelligt Ihrer Wege gehen.«

»Das ist schön zu wissen.« Keogh zuckte die Schultern. »Ach, verdammt, warum soll ich's nicht mal probieren? Wäre jedenfalls was anderes als die Arbeit in der Nordsee. Schauerliches Wetter dort um diese Jahreszeit.«

»Sehr gut.« Ryan lächelte. »Zwei Bushmills, Kathleen, darauf trinken wir.«

»Wo wohnen Sie?« fragte Ryan.

»In einer Flohherberge namens Albert-Hotel.«

»Das ist wahrhaftig ein Drecksloch.« Ryan hob sein Glas. »Unser Land ebenfalls.«

»Mögen Sie in Irland sterben«, erwiderte Keogh.

»Ein ausgezeichneter Trinkspruch.« Ryan kippte seinen Bushmills in einem Zug hinunter.

»Und wie geht's jetzt weiter?«

»Erfahren Sie alles, wenn wir in London sind, wo ich mich mit jemandem treffen muß. Sie fliegen mit mir und Kathleen dorthin.«

»Auch schon eine Aktivistin? Eigentlich noch ein bißchen jung dafür, oder?«

»Ich hab' Ihnen doch erzählt, daß sie meine Familie umgebracht haben, als ich zehn war, Mr. Keogh«, erwiderte sie heftig. »Danach bin ich ziemlich rasch erwachsen geworden.«

»Das Leben ist hart in dieser Welt.«

»Und ich mache es der anderen Seite noch härter, glauben Sie mir.«

»Hassen können Sie gut, das muß ich sagen.« Keogh wandte sich wieder an ihren Onkel. »Das wär's dann?« Er schüttelte ihm die Hand. »Aber worum geht's nun eigentlich? Ein bißchen mehr müßte ich schon wissen.«

»Na gut, einen kleinen Anhaltspunkt. Kennen Sie den Nordwesten Englands? Den Lake District?«

»Bin noch nie dort gewesen.«

»Eine wilde und einsame Gegend um diese Zeit, wenn die Touristen wieder weg sind.«

»Und?«

»Dort wird ein ganz bestimmter Laster durchfahren, ein

Fleischtransporter, den wir beide uns kapern. Ist eine Sache von fünf Minuten und ganz einfach.«

»Ein Fleischtransporter, haben Sie gesagt?«

Ryan lächelte. »So sieht es jedenfalls aus. Was drinnen ist, ist eine andere Sache. Das erfahren Sie später.«

»Und was passiert danach?«

»Wir fahren zu einer alten, längst nicht mehr benutzten Mole an der kumbrischen Küste, wo uns ein Boot erwartet, eine Siemens-Fähre. Wissen Sie, was das ist?«

»Die Deutschen haben damit im Zweiten Weltkrieg Soldaten und schweres Gerät für Angriffe auf die Küste transportiert.«

»Sie sind gut informiert. Wir fahren an Bord und schippern nach Ulster. Ich kenne dort einen ehemaligen Steinbruch, zu dem eine Mole gehört. Wir bringen den Laster von Bord und verschwinden in der Nacht. Es ist wirklich ganz einfach.«

»Scheint jedenfalls so«, nickte Keogh. »Und die Besatzung dieser Fähre? Was ist mit ihr?«

»Sie glauben, daß es sich nur um irgendeine Schmuggelgeschichte handelt; dafür kriegen sie ihren Lohn. Es handelt sich um Leute, die ständig solche Sachen machen.«

»Gauner, meinen Sie.«

»Genau. Der Kahn liegt im Moment in der Nähe von Wapping. Deshalb fliegen wir nach London, um die letzten Vorbereitungen zu treffen.«

Da Keogh schwieg, fragte Kathleen Ryan: »Nun, was meinen Sie, Mr. Keogh?«

»Daß Sie besser anfangen, mich Martin zu nennen. Immerhin werden wir ja anscheinend einige Zeit miteinander verbringen.«

»Aber glauben Sie, daß es klappt?«

»Wie Ihr Onkel schon sagte – der größte Vorteil scheint es zu sein, daß die Sache so einfach ist. Es könnte alles reibungslos wie ein Schweizer Uhrwerk laufen. Andererseits gehen selbst Schweizer Uhren mal kaputt.«

»Oh, ihr Kleingläubigen«, lächelte Ryan. »Natürlich wird es funktionieren. Es muß! Meine Organisation braucht die

Mittel, um Waffen für unsere Leute zu kaufen, das ist unerläßlich. Im Koran gibt es eine Stelle, die besagt, daß einem Schwert mehr Wahrheit anhaftet als zehntausend Worten.«

»Verstehe.« Keogh stand auf. »Es ist spät. Ich gehe jetzt besser zurück in mein Hotel.«

»Leisten Sie uns morgen beim Frühstück Gesellschaft. Wir nehmen das Mittagsflugzeug. Ich besorge die Tickets.«

»Dann sage ich jetzt gute Nacht.«

»Kathleen läßt Sie raus, die Bar ist schon geschlossen. Ihre Walther behalte ich hier. Damit kämen Sie unmöglich durch die Sicherheitskontrollen am Flughafen, aber unser Mann in London wird uns mit allem versorgen, was wir brauchen.« Er streckte die Hand aus. »Bis morgen früh.«

Das Mädchen öffnete die Tür, und der kräftige Wind trieb ihnen eine Regenböe ins Gesicht.

»Eine schreckliche Nacht.«

»Kann man wohl sagen.« Keogh schlug seinen Kragen hoch. »Ein handfestes irisches Frühstück wäre Klasse – besonders, wenn Sie's selbst kochen. Zwei Eier, und vergessen Sie die Würstchen nicht.«

»Machen Sie schon, daß Sie weiterkommen.« Sie lachte ihr typisches, etwas schroffes Lachen, versetzte ihm einen Schubs und schloß die Tür.

Keogh hatte Mühe, eine Telefonzelle zu finden, da die meisten demoliert waren. Erst kurz vor dem Hotel hatte er endlich Glück. Er schloß die Glastür und wählte die Dubliner Nummer. Barry saß mit dem Leiter der Abwehr in Ulster, einem Mann namens John Cassidy, in seinem kleinen Arbeitszimmer, als ein Handy läutete.

»Ich bin's«, sagte Keogh. »Hat tadellos geklappt. Ich bin dabei. Ryan hat mich angeheuert.«

»Erzähl schon.«

Keogh gab ihm einen knappen Bericht und meinte abschließend: »Was könnte in diesem Fleischtransporter sein?«

»Goldbarren, wenn es sich um die Sache handelt, an die ich denke. Er hat diesen Plan bereits vor ungefähr einem Jahr dem Army Council der Unionisten vorgeschlagen, aber man lehnte ihn als zu riskant ab.«

»Also hat Ryan beschlossen, es auf eigene Faust zu machen.«

»Genau, er war schon immer ein wilder Bursche. Deshalb wollte ich dich dabei haben, als ich durch einen Informanten hörte, daß er was vorhat.«

»Eine große Sache«, sagte Keogh.

»Allerdings. Bleib ständig mit mir in Verbindung. Du hast ja die wechselnden Nummern für das Handy. Und paß auf dich auf.«

Barry lehnte sich nachdenklich zurück und zündete sich eine Zigarette an. »Probleme?« fragte Cassidy.

»Michael Ryan mal wieder.« Er berichtete ihm, was Keogh erzählt hatte.

»Mein Gott, wenn das stimmt, hätten die Dreckskerle genug Geld für einen Bürgerkrieg. Was wollen Sie unternehmen?«

»Gar nichts weiter. Nur dafür sorgen, daß sie ein entsprechendes Empfangskomitee erwartet, wenn dieses Boot irgendwo an der Küste von Ulster anlegt. Dann haben nämlich *wir* genug Geld für einen Bürgerkrieg.«

»Und Sie sind sicher, daß Sie die Zeit und den Ort erfahren?«

»O ja. Der Mann, der gerade angerufen hat, ist einer von uns. Er hat sich unter einem falschen Namen bei Ryan eingeschlichen und wird von Anfang an dabei sein.«

»Ein guter Mann?«

»Der beste.«

»Kenne ich ihn?«

Barry nannte ihm Keoghs richtigen Namen.

Cassidy lachte laut auf. »Herr im Himmel, der Teufel persönlich! Da kann ich nur sagen, Gott steh ihm bei, diesem Michael Ryan.«

An der Rezeption war niemand, als Keogh ins Hotel kam. Er stieg die Treppe hinauf und schloß die Tür seines schäbigen Zimmers auf. Angewidert schaute er sich um und schaltete das Licht aus. Ohne sich auszuziehen, legte er sich aufs Bett und zündete sich eine Zigarette an. In Gedanken ging er Ryans Plan noch einmal durch.

Das Verblüffende war, daß die Sache tatsächlich so einfach schien, obwohl sich das natürlich erst richtig beurteilen ließ, wenn Ryan ihn vollständig ins Vertrauen gezogen hatte. Kein übler Kerl, dieser Mann, sogar ganz sympathisch. Und dieses Mädchen ... so jung und so voller Haß. Nur weil ihre Familie bei einem Bombenattentat getötet worden war? Er schüttelte den Kopf. Dahinter steckte mehr, ganz sicher.

Ehe sie zu Bett ging, brachte Kathleen Ryan ihrem Onkel, der in Gedanken versunken am Kamin saß und seine Pfeife rauchte, eine Tasse Tee.

»Glaubst du, es klappt?«

»Ich bin noch nie so sicher gewesen, und wenn dieser Keogh dabei ist ...« Er zuckte die Schultern. »Fünfzig Millionen Pfund in Goldbarren, Kathleen. Stell dir das nur mal vor.«

»Ein komischer Kerl. Meinst du, man kann ihm vertrauen?«

»Ich habe noch nie im Leben jemandem vertraut«, erklärte er unbekümmert. »Nicht mal dir. Nein, mach dir keine Gedanken wegen Keogh. Ich weiß schon, was ich tue.«

»Wie kannst du so sicher sein?«

»Weil ich ihn kenne wie mich selbst, Mädchen. Wir sind aus dem gleichen Holz geschnitzt. Er hat Verstand, das ist offensichtlich, und er hat den Killerinstinkt, das liegt in seiner Natur; er kann gar nicht anders, genau wie ich.« Er küßte sie auf die Wange. »Und jetzt ins Bett mit dir.«

Nachdem sie das Zimmer verlassen hatte, lehnte er sich zurück, trank seinen Tee und dachte an eine einsame Straße im Lake District. Nicht einmal seine Nichte wußte, daß er sich dort gründlich umgeschaut hatte.

London
Der Lake District

1985

2

Falls es in London so etwas gibt wie ein irisches Viertel, dann in Kilburn mit seinen Pubs, in denen sich jeder republikanisch gesinnte Ire zu Hause fühlt, und den entsprechenden Kneipen für Protestanten, die man ebenso in Belfast finden könnte. Dazu zählte auch das William & Mary, dessen Wirt, Hugh Bell, mit Leib und Seele zu den Oraniern gehörte, die in London für die unionistische Bewegung die gleichen Aufgaben erfüllten wie die Sinn Fein für die IRA.

Ryan, Keogh und Kathleen, die am frühen Abend in London angekommen waren, saßen in einem Hinterzimmer des Pubs, wo Bell, ein großer, freundlicher Mann mit grauem Haar, eine Auswahl von Waffen auf dem Tisch ausgebreitet hatte.

»Kannst haben, was du möchtest, Michael«, versicherte er und schenkte sich einen Whiskey ein. »Ich kann dir leicht alles besorgen.«

Ryan suchte sich eine Browning aus; Keogh nahm eine Walther. »Hätten Sie vielleicht auch einen Carswell dafür?«

»Ein Mann mit weiser Voraussicht, der sich auskennt, wie ich sehe.« Bell kramte in seinem Schrank. »Bitte sehr. Das neuste Modell.«

Keogh schraubte ihn auf seine Walther. »Genau das richtige.«

»Und die junge Dame?« fragte Bell.

»Meine Nichte trägt keine Waffe.«

»Ich kann genauso gut schießen wie du, Onkel Michael«, protestierte das Mädchen, »und das weißt du auch. Wie soll ich mich sonst schützen? Sie in die Eier treten?«

Bell lachte. »Ich hätte vielleicht was Passendes.« Er holte eine kleine Automatik aus seinem Schrank. »Eine Coltpistole Kaliber .25, ziemlich selten. Paßt ganz leicht in die Handtasche oder die Strumpfhose einer Dame.«

»Und ist völlig wirkungslos«, entgegnete Ryan.

»Wenn man nahe genug dran ist, langt es durchaus.«

»Die ist mir gerade recht«, lächelte das Mädchen und steckte sie in ihre Handtasche.

»Na gut«, sagte Ryan. »Was ist mit der *Irish Rose*?«

»Liegt in Wapping in der Nähe der London Bridge. Der Captain heißt Frank Tully, aber das weißt du ja. Ist so eine Ratte, die für Geld Drogen schmuggelt und auch sonst alles macht, was Kohle bringt. Er ist schon zweimal für die IRA in die Republik gefahren.«

»Und seine Mannschaft?«

»Vier Leute.« Bell öffnete eine Schublade, nahm ein Blatt Papier heraus und setzte seine Lesebrille auf. »Mick Dolan und Jock Grant aus Liverpool, Bert Fox aus London und ein Kraut namens Müller – Hans Müller. Alle vorbestraft und schon im Knast gewesen.«

»Na ja, wenigstens wissen wir, mit wem wir es zu tun haben«, meinte Keogh.

»Stimmt«, nickte Ryan. »Bloß der ganz normale Abschaum.«

»Das sind keine guten Leute«, warnte Bell. »Ich hoffe, du weißt, was du tust, Michael.«

»Für gewöhnlich schon«, grinste Ryan und nahm ein zusammengefaltetes Papier aus seiner Tasche. »Ich hab' hier ein paar Sachen aufgeschrieben, die ich brauche. Schau mal, ob du sie mir beschaffen kannst.«

Bell überflog die Liste. »Handgranaten, Nebelkerzen, geht klar. Zwei AK-Gewehre. Okay. Semptex? Ist das nötig?«

»Ich muß vielleicht sprengen, um ans Ziel zu kommen.«

»Na gut, ich will mal sehen, was ich tun kann.«

»Das wär's dann.« Ryan lächelte seiner Nichte und Keogh zu. »Gehen wir was essen und anschließend zu Tully.«

Ryan, Kathleen und Keogh stiegen aus einem Taxi, das gleich wieder weiterfuhr, und gingen den Cable Wharf entlang. Es war sehr kalt an der Themse. Zur rechten Hand sah man die Tower Bridge und dahinter den von Scheinwerfern angestrahlten Tower. Die roten und grünen Lichter einiger vorbeifahrender Schiffe leuchteten durch die abendliche Dunkelheit.

Die Fähre war am anderen Ende des Kais vertäut. Im trüben gelben Licht zweier Lampen konnte man am Heck den Schriftzug *Irish Rose* lesen.

»Da fühlt man sich gleich zu Hause«, sagte Ryan.

»Na, ich bezweifle, ob das so ganz stimmt«, meinte Keogh.

Sie betraten die Gangway. »Was suchen Sie hier?« Aus dem Dunkel tauchte ein Mann auf, der eine Seemannsjacke und eine Schirmmütze trug. An seiner Sprechweise hörte man, daß er aus Liverpool stammte.

»Wir werden erwartet«, entgegnete Ryan. »Sag Captain Tully Bescheid.«

Der Mann lachte laut auf. »Captain Tully? Nennt er sich jetzt so? Na gut, kommen Sie mit.«

Das Boot war sehr flach, rund 150 Meter lang, und nachdem sie etwa drei Viertel des Decks überquert hatten, stießen sie auf das Steuerhaus.

»Was meinen Sie?« flüsterte Ryan Keogh zu.

»Für schwere See ist sie nicht gebaut.«

Sie stiegen die Leiter zum Steuerhaus hinauf; der Matrose öffnete eine Tür und trat zur Seite.

»Da wären wir.«

Hinter dem Kartentisch saß ein Mann in einem langen Mantel. Das Haar fiel ihm bis auf die Schultern; sein Gesicht war vom Alkohol und einem unsoliden Lebenswandel so gezeichnet, daß man unmöglich sein Alter schätzen konnte.

»Mr. Ryan.« Er stand auf und streckte die Hand aus. »Und wer ist diese hübsche junge Dame?«

»Meine Nichte, Captain Tully, daran müßten Sie sich doch erinnern. Und das ist mein Partner Martin Keogh.«

»Mr. Keogh«. Tully schüttelte ihm kräftig die Hand. »Ist mir wirklich ein Vergnügen.«

»Glaube ich gern«, sagte Keogh.

»Dann zum Geschäft.«

Ryan holte eine zusammengefaltete Karte aus seiner Aktentasche. »Hier ist Ihr Zielort. Marsh End, südlich von Ravenglass an der kumbrischen Küste. Sie haben zwei Tage. Schaffen Sie das?«

Tully musterte die Karte. »Kein Problem. Und dann?«

»Ich komme mit einem Laster, den wir rüber nach Kilalla an der Küste von County Down bringen wollen.« Er zog eine weitere Karte heraus. »Da gibt es eine alte Mole, wo wir an Land gehen, danach schippern Sie weiter.«

»Alles klar, Mr. Ryan. Bleibt nur noch die kleine Frage des Lohns zu regeln.«

Ryan zog aus dem Aktenkoffer einen großen Umschlag, den er ihm zuschob. »Fünfzigtausend Pfund. Weitere fünfzigtausend bei Vertragserfüllung in Kilalla. Zufrieden?«

»Sicher, Mr. Ryan, sehr sogar.«

»Ausgezeichnet. Wir treffen uns also am Freitagmorgen in Marsh End.«

»Kein Problem. Sie können sich auf mich verlassen.«

»Gut. Dann verabschieden wir uns jetzt wieder.«

»Mir hat dieser Ganove überhaupt nicht gefallen«, sagte Kathleen Ryan, als sie den Pier entlanggingen.

»Soll er auch nicht.« Ryan wandte sich an Keogh. »Was meinen Sie?«

»Der schneidet jedem die Kehle durch, wenn er glaubt, es springen dabei ein paar Kröten für ihn raus.«

»Genau deshalb habe ich Sie engagiert.« Ryan ging zur Ecke und winkte einem Taxi.

Dolan, der sie zu Tully gebracht hatte, kehrte ins Steuerhaus zurück, wo Tully die Karten betrachtete, die Ryan ihm gegeben hatte.

»Was meinst du?«

»Ein ganz großes Ding«, sagte Tully. »Fünfzigtausend jetzt und weitere fünfzigtausend, wenn wir an der Küste von Ulster sind. Was immer in diesem Laster ist, muß ziemlich was wert sein.«

»Und?«

»Die Nummer, die er mir gegeben hat, unter der ich ihn erreichen kann, gehört zu einem Pub in Kilburn, dem William & Mary. Ich denke, ich sehe mich dort mal ein bißchen um.« Er faltete die Karte zusammen. »Du kümmerst dich hier um alles. Bei dieser Sache könnte gewaltig was für uns rausspringen, Mick.«

»Na, ich bin jedenfalls dabei«, versicherte Dolan. »Auf mich kannst du zählen.«

»Bestens«, nickte Tully.

Schulter an Schulter drängten sich die Gäste im Schankraum des William & Mary an der Theke. Es ging ziemlich fröhlich und sehr lebhaft zu.

Tully, der zu einem der Fenster hereinspähte, beschloß, sich einmal die Rückseite des Hauses anzuschauen und ging eine schmale Gasse entlang, die an einer hohen Mauer endete. Ein Tor führte in einen Hof. Aus einem Fenster, dessen Vorhänge nicht ganz zugezogen waren, drang ein Lichtstreifen. Vorsichtig schlich er näher und lugte hinein.

Ryan, Bell und Kathleen saßen an einem Tisch, auf dem eine Karte lag; Keogh stand am Kamin. Ryan lachte über eine Bemerkung von Bell, die Tully allerdings nicht verstehen konnte.

Er entdeckte eine Hintertür, drückte vorsichtig die Klinke herunter und fand sich in einem schmalen Korridor wieder. An einem Haken hingen ein paar Mäntel. Nirgends brannte Licht, und er tastete sich vorwärts. In diesem Moment öffnete sich eine Tür. Hastig versuchte Tully, sich zwischen den Mänteln zu verstecken.

»Dauert bloß eine Minute!« rief Bell, der zu einer Tür am anderen Ende des Korridors ging und dort verschwand. Kurz darauf hörte man eine Toilettenspülung. Bell kehrte zurück und ging wieder in das Hinterzimmer. Tully schlich näher und drückte sein Ohr an die Tür. Mühelos konnte er nun jedes Wort verstehen.

»Also, dann will ich mal die Karten auf den Tisch legen«, sagte Ryan. »Es ist Zeit, daß Sie erfahren, was wir anderen bereits wissen, Martin.«

»Wäre mir sehr recht«, erwiderte Keogh.

»Ich habe diese Sache vor ungefähr einem Jahr ausgetüftelt. Hugh Bell hat mir bei einigen Vorbereitungen hier in England geholfen. Leider hat das Army Council meinen Plan abgeschmettert, weil man ihn für zu riskant hielt.«

»Ein Haufen alter Weiber«, schnaubte Bell.

»Und worum geht es denn nun?« fragte Keogh. »Was ist in diesem Fleischtransporter?«

»Gold, Martin«, antwortete Kathleen. »Goldbarren im Wert von fünfzig Millionen Pfund.«

»Gott im Himmel.« Keogh spielte überzeugend den Verblüfften. »Warum wird das denn auf diese Weise transportiert?«

»Ich will's Ihnen erklären«, sagte Ryan. »Früher wurden diese Goldbarren immer zu den Docks von London gebracht, aber in den letzten fünfundzwanzig Jahren ist dort alles den Bach runtergegangen. Die Schiffe laufen heute lieber Amsterdam an, und die Goldlieferungen wurden nach Glasgow umgeleitet.«

»Wie lange geht das schon so?«

»Fünf Jahre. Seit man eine neue Schmelzhütte in Barrow-in-Furnes gebaut hat. Das ist hier unten auf der Karte, sehen Sie? Hauptsächlich gibt's dort Schiffbau. Das neueste atombetriebene U-Boot stammt aus den dortigen Werften.«

»Und was hat die Schmelzhütte mit der Sache zu tun?«

»Sie schmelzen das Gold ein und gießen es zu kleineren Barren um, wie es den Banken lieber ist. Gold ist schließlich ganz schön schwer.«

»Verstehe«, nickte Keogh.

»Der Laster bringt es von Glasgow nach Carlisle«, fuhr Ryan fort, »dann rüber nach Mayport und über die Küstenstraße hinunter nach Barrow.«

»Und irgendwo auf dieser Straße schnappen wir ihn uns?«

»Genau. Diesen Freitag.«

»Aber wie bringen wir ihn dazu, anzuhalten? Und vor allen Dingen, wie kommen wir rein?«

»Es ist kein gewöhnlicher Laster, auch wenn er so aussieht. Hinter dem Fahrer sitzen in der Kabine zwei bewaffnete Sicherheitsleute, und die ganze Karosserie ist auf jede erdenkliche Weise verstärkt; außerdem gibt es ein Unmenge elektronischer Sicherheitsvorkehrungen und eine erstklassige Funkverbindung.«

»Und was wollen Sie da machen?« fragte Keogh.

Bell holte aus einer Schublade einen kleinen schwarzen Computer mit mehreren Knöpfen und einem Display.

»Ich weiß, das Ding hier sieht aus wie eine Fernbedienung für den Fernseher, aber es ist ein richtiges Wunderwerk. Wissen Sie, wir kennen aus einer Quelle, die ich nicht nennen will, den Code für das Sicherheitssystem des Lasters. Er ist bereits in diesen Minicomputer eingespeichert. Man braucht bloß dreimal diesen roten Knopf zu drücken, und das gesamte System – die elektronischen Türsperren, Funkverbindung und alles – ist lahmgelegt. Das heißt, die Türen sind offen.«

»Und wo haben Sie das Ding her?«

»Ach, von einem jungen Burschen an der Queen's University in Belfast, der mit unserer Sache sympathisiert und ein echtes Wunderkind in Sachen Elektronik ist.«

Keogh nickte. »Was passiert mit dem Fahrer und den Wachen?«

»Da dürfte eine Betäubungsgranate genügen, obwohl ich nicht zögern würde, sie umzubringen, wenn's sein muß«, erklärte Ryan mit Nachdruck. »Das ist eine ernste Angelegenheit.«

»Na gut, und was passiert nach dem Überfall?«

»Wir fahren nach Marsh End, wo die *Irish Rose* uns erwartet.« Er lächelte. »Bis die Polizei eingeschaltet ist und was unternimmt, sind wir längst auf See und unterwegs nach Hause.«

Alle schwiegen, während Keogh überlegte. »Ja, ich glaube, Sie haben recht«, meinte er schließlich. »Es könnte klappen.«

Ryan lachte erleichtert. »Freut mich, Martin. Darauf trinken wir.«

Bell stand auf und holte aus einem Schrank eine Flasche Bushmills und drei Gläser. Genau in diesem Moment kippte draußen im Hof krachend eine Mülltonne um.

Tully hatte genug gehört und hielt es für besser, wieder zu verschwinden. Er öffnete die Hintertür und wollte über den Hof davonschleichen, wobei er jedoch gegen die Mülltonne rempelte, deren Deckel herunterfiel und laut klappernd auf dem Steinboden landete. Hastig lief er zum Tor und rannte die Gasse entlang.

Keogh war sofort nach draußen gelaufen, aber bis er die Gasse erreichte, war es schon zu spät; Tully überquerte bereits die belebte Hauptstraße und verschwand in der Menge.

»War da jemand?« fragte Ryan, als Keogh zurückkehrte. Er stand mit dem Mädchen und Bell, der das Licht im Hof eingeschaltet hatte, an der Hintertür.

»Allerdings, und es wird Ihnen überhaupt nicht gefallen. Ich konnte ihn gerade noch erkennen, ehe er in die Straße einbog. Es war Tully.«

»Der Schweinehund hat uns ausspioniert.« Ryan ging voraus ins Wohnzimmer.

»Das heißt, wir müssen das ganze Unternehmen abblasen«, meinte Bell.

»Nein, das denke ich nicht«, erwiderte Keogh. »Es liegt doch in seinem Interesse, daß die Sache über die Bühne geht. Schließlich will er sein restliches Geld haben.«

»Klingt logisch«, nickte Ryan.

»Ich glaube, er hat nur aus Neugier ein bißchen rumgeschnüffelt, um vielleicht noch etwas mehr rauszuschlagen.«

»Dieses hinterlistige Schwein«, schimpfte Kathleen, während Keogh seine Matrosenjacke anzog.

»Wo wollen Sie hin?« fragte Ryan.

»Zurück zur *Irish Rose.*« Keogh überprüfte seine Walther. »Auch mal ein bißchen rumschnüffeln.«

»Ich komme mit.«

»Nicht nötig, das mache ich schon«, lächelte Keogh. »Dafür bezahlen Sie mich ja schließlich.«
»Passen Sie auf sich auf, Martin«, sagte Kathleen Ryan.
»Mache ich doch immer, Mädchen.«

Es regnete wieder, als Keogh am Cable Wharf aus dem Taxi stieg; leichter Nebel lag in der Luft, und es gab viele dunkle Ecken und Winkel, so daß er im Schatten der alten verlassenen Lagerhäuser unbemerkt zur Gangway kommen konnte. Kein Mensch zu sehen. Kurzentschlossen setzte er mit einem Sprung auf das Heck der Fähre über, die zur Zeit tiefer als der Pier lag.
Er kauerte einen Moment an Deck, ehe er auf das Steuerhaus zuschlich, in dem Licht brannte. Während Keogh die eiserne Leiter hinaufstieg, hörte er Stimmen und roch Zigarettenrauch. Offenbar hatte Tully seine ganze Mannschaft dort versammelt. Im Schutz eines Rettungsfloßes richtete er sich auf und lauschte.
»Gold?« hörte er Dolan sagen. »Du verarschst uns doch, Frank?«
»Nein, verdammt. Der Laster, den wir in Marsh End an Bord nehmen, ist vollbeladen damit. Sie wollen ihn auf dem Weg zur Schmelzhütte in Barow-in-Furness abfangen.«
»Und was sind das für Typen?« fragte Dolan.
»Jedenfalls Iren, soviel ist sicher. Ich hielt sie eigentlich für Leute von der IRA, aber das glaube ich jetzt nicht mehr.«
»Warum nicht?«
»Erstens wegen des Ziels. Kilalla liegt in Ulster, nicht in der Republik. Und zweitens ist das William & Mary eine Protestantenkneipe, keine katholische. Ich glaube, sie gehören zur anderen Seite.«
»Unionisten?« fragte Dolan.
»Was spielt das für eine Rolle? Zu welcher Partei sie gehören, ist mir scheißegal. Das einzige, was mich interessiert, ist das Gold.«
Ein Raunen unter der Mannschaft war zu hören. »Du meinst, wir schnappen es uns?« fragte Dolan.

»Auf See kann schließlich alles mögliche passieren, Jungs«, lachte Tully. »Wer weiß? Aber jetzt erst mal an die Arbeit. Macht alles zum Ablegen fertig. Wir haben nur noch zwei Tage, um dort hinzukommen.«

Keogh kauerte sich hinter das Rettungsfloß, als die Mannschaft das Steuerhaus verließ und hinunter an Deck stieg. Einen Moment lang überlegte er, dann richtete er sich auf und ging zur Tür.

Tully saß am Tisch über eine Karte gebeugt, als er einen Luftzug spürte und aufschaute. Keogh lehnte in der Tür und zündete sich eine Zigarette an.

»Alles aufgedeckt – so heißt es doch immer in diesen Theaterstücken von Agatha Christie, nicht? Ich war draußen, mein Bester, und hab' deine kleine Ansprache an diese buntgemischte Räuberbande gehört.« Tully versuchte eine Schublade zu öffnen, und Keogh zog seine Hand, in der er die Walther hielt, aus der Tasche. »Keine Dummheiten.«

»Was wollen Sie?«

»Ich weiß, daß du uns hinterherspioniert hast. Eigentlich sollte ich dir eine Kugel zwischen die Augen verpassen, aber ich will mich mit den fünfzigtausend Pfund begnügen, die Ryan dir heute gegeben hat.«

»Scher dich zur Hölle.«

Keogh hob die Walther und feuerte. Ein dumpfes Husten – und Tullys rechts Ohrläppchen war weg. Er schrie gellend auf und preßte seine Hand an die Schläfe.

»Das war nur der Anfang. Los, den Umschlag.«

Tully öffnete die Schublade, nahm den Umschlag heraus und warf ihn ihm zu. Während Keogh ihn einsteckte, zog Tully ein Taschentuch aus seiner Jacke und drückte es an sein Ohr.

»Mein Gott, sehen Sie bloß, was Sie angerichtet haben.«

»Macht nicht viel Unterschied. Schlimmer als vorher kannst du gar nicht aussehen.«

»Leck mich.« Aus einem Schrank kramte Tully eine Flasche Scotch, entkorkte sie mit den Zähnen und nahm einen tiefen Schluck. »Und was jetzt?«

»Nichts«, erwiderte Keogh. »Wir sehen uns am Freitag in Marsh End.«

Tully schaute ihn verblüfft an. »Sie meinen, es bleibt alles wie abgemacht?«

»Ist zu spät, jetzt noch jemand anderen aufzutreiben. Aber vergiß nicht, daß ich Bescheid weiß, also benimm dich besser. Dann kriegst du diesen Umschlag zurück und in Kilalla die weiteren fünfzigtausend Pfund.«

»Verdammter Mistkerl!«

»Weiß ich«, entgegnete Keogh. »Aber du bist am Freitag in Marsh End, klar?«

»Ja, verdammt.«

»Sehr schön. Jetzt kannst du mich zur Gangway begleiten, und dann sagen wir uns gute Nacht.«

In diesem Moment sprangen die Motoren an. Tully ging voraus und kletterte mühsam die Leiter hinunter, da er nur eine Hand frei hatte und die andere an sein blutendes Ohr preßte. Müller wollte gerade ablegen, und Dolan, der dabei war, die Gangway einzuziehen, schaute erstaunt auf.

»Was ist denn hier los?«

»Laß die Gangway liegen, bis ich runter bin«, erwiderte Keogh.

Dolan stürzte sich auf ihn, doch Keogh versetzte ihm mit der Walther einen Schlag ins Gesicht, daß er mit einem Schmerzensschrei zurücktaumelte. Keogh passierte die Gangway. »Bis zu unserem nächsten lustigen Treffen in Marsh End.«

»Arschloch!« rief Tully.

Keogh lachte und schlenderte durch den Regen davon.

Jack Barry saß in seinem Arbeitszimmer am Schreibtisch, als das Handy läutete.

»Ich bin's« meldete sich Keogh.

»Wo steckst du?«

»Wapping High Street im guten alten London.«

»Und was ist passiert?«

»Du hattest recht mit dem Gold.«

»Ach was? Erzähl schon!«

»Es ist kompliziert, aber hör zu.« Keogh berichtete ihm alles ausführlich.

»Herrgott«, sagte Barry, als er fertig war, »du bist mir wirklich einer. Wird Tully mitspielen?«

»Klar. Schließlich geht's um hunderttausend Pfund. Die läßt er sich nicht entgehen.«

»Stimmt. Nehmen wir mal an, alles klappt ... Was passiert an Bord der *Irish Rose,* wenn ihr auf See seid? Sie werden versuchen, euch zu überwältigen.«

»Natürlich, aber wir sind jetzt ja drauf vorbereitet.«

»Du, Ryan und seine Nichte? Na, Gott steh uns bei.«

»Das wird schon werden. Was ist in Kilalla?«

»Oh, ich denke, ich kann euch einen interessanten Empfang versprechen. Ein beachtlicher Beitrag für die Kasse der IRA. Damit könnten wir den Krieg gewinnen.«

»Bestimmt – und es hat bloß siebenhundert Jahre gedauert.«

Barry lachte. »Geh schon, dunkler Held, zieh die Sache durch und bleib mit mir in Verbindung.«

Im Wohnzimmer des William & Mary berichtete Keogh von seinem Besuch auf der *Irish Rose.*

»Sie haben ihn erschossen?« fragte Bell.

»Nur ein bißchen«, grinste Keogh. »Bloß sein rechtes Ohrläppchen ist nicht mehr da.«

Kathleens Gesicht leuchtete vor Aufregung. »Da hat der Dreckskerl endlich eine Lektion erhalten.«

»Sie glauben, daß er trotzdem kommt?« fragte Ryan.

»Natürlich. Er will ja seine hunderttausend Pfund haben.«

»Und auf der Fahrt nach Ulster wird er versuchen, sich noch mehr zu holen.«

»Schon, aber das wissen wir ja und brauchen nur darauf vorbereitet zu sein.«

»Stimmt«. Ryan holte tief Atem. »Wir nehmen morgen früh den Glasgow-Expreß, steigen in Carnforth aus und fahren mit dem Regionalzug nach Barrow.«

»Und dann?«

»Wir werden abgeholt. Eine Cousine von mir hat eine Schaffarm im Lake District, nicht weit von Ravenglass. Aber jetzt genug davon. Ich gehe ins Bett. Wir müssen früh raus.«

Tully stand am Steuer der *Irish Rose,* die langsam die Themse hinunterfuhr. Ein großes Pflaster zierte sein rechts Ohr. Dolan brachte ihm einen Becher Tee.

»Bist du okay?«

»Mir geht's gut«, erwiderte Tully.

»Und was ist mit diesem kleinen Bastard?«

»Wenn's soweit ist, schneide ich ihm die Eier ab.« Tully griff nach dem Becher und trank einen Schluck. »Es gibt ein altes Sprichwort der Sinn Fein: Unser Tag wird kommen. Und meiner kommt ganz bestimmt, was Keogh angeht.«

Er veränderte den Kurs und erhöhte das Tempo.

3

Der Glasgow-Expreß beförderte nicht besonders viele Passagiere. Keogh saß Kathleen gegenüber an einem Fensterklapptisch; Ryan nahm auf der anderen Seite des Gangs Platz, zog einen Ordner aus seiner Aktentasche, setzte seine Brille auf und begann ihn durchzuarbeiten.

Kathleen kramte aus der Umhängetasche ihr Exemplar von *The Midnight Court* und ein irisches Wörterbuch, das sie daneben legte. Wirklich ein seltsames Mädchen, dachte Keogh. Was sie wohl sagen, wie sie wohl reagieren würde, wenn sie wüßte, daß er alles war, was sie haßte – Katholik und ein Aktivist der IRA? Wahrscheinlich wäre dann die Hölle los.

Ungefähr eine Stunde nach der Abfahrt in London schob ein Zugbegleiter ein Wägelchen durch die Gänge und bot Tee, Kaffee, Sandwiches und Zeitungen an. Ryan unterbrach seine Arbeit und nahm einen Kaffee, das Mädchen Tee; ebenso Keogh, der dazu noch die *Times* und die *Daily Mail* kaufte und darin die nächste Stunde las.

Aus Irland gab es die üblichen Meldungen. Eine Bombe hatte in einer Straße in Derry sechs Läden zerstört; in der Falls Road waren zwei Katholiken umgebracht worden aus Rache für den Mord an einem Protestanten, der in Shankill erschossen aufgefunden worden war. Außerdem hatte man einen Armeehubschrauber, der auf dem Weg zum Kommandoposten in Crossmaglen gewesen war, mit Maschinengewehrfeuer beschossen. Ein ganz normaler Tag, wie man in Ulster sagte.

Und dann stieß er in der *Times* auf einen Artikel mit der Überschrift: ›Wie lange noch, o Gott, wie lange noch?‹ Er war von einem ehemaligen Parlamentsabgeordneten verfaßt, der einmal Staatssekretär im Northern Ireland Office gewesen war und vernünftigerweise meinte, daß ein bereits sechzehn Jahre andauernder blutiger Krieg in Irland genug sei. Als Lösung schlug er ein unabhängiges Ulster im Verband des Britischen Commonwealth vor.

Wie unglaublich naiv sogar Politiker sein können, wenn es um dieses Thema geht, dachte Keogh. Er legte die Zeitung weg, zündete sich eine Zigarette an und beobachtete das Mädchen. Amüsiert bemerkte er, daß sie häufig im Wörterbuch nachschlug. Sie blickte auf und sah sein Lächeln.

»Was ist so komisch?«

»Nichts weiter. Sie scheinen mir bloß einige Schwierigkeiten mit dem Buch zu haben.«

»Es ist nicht leicht. Ich habe erst vor drei Monaten angefangen, die Sprache zu lernen, und hier ist ein ganz schön verzwickter Satz.«

Keogh hätte ihr ohne weiteres helfen können, aber zu verraten, daß er fließend Irisch sprach, wäre ein schwerer Fehler gewesen. Leute, die Irisch sprachen, waren Katholiken und Nationalisten – so einfach war das.

Ryan hatte seinen Ordner durchgearbeitet, steckte ihn wieder in die Aktentasche und lehnte sich mit geschlossenen Augen in seine Ecke.

»Er scheint müde zu sein«, meinte Keogh.

»Er verausgabt sich völlig und arbeitet viel zu viel. Unsere Sache bedeutet ihm wirklich alles.«

»Ihnen auch, denke ich.«

»Man muß etwas haben im Leben, an das man glaubt.«

»Und Sie haben das durch den Tod Ihrer Familie gefunden?«

»Den Mord, Martin, den Mord an meiner Familie.«

Was für eine Antwort hätte er darauf geben können? Keine. Ihr Gesicht war blaß und angespannt, ihre Augen funkelten zornig.

»Schon gut, Mädchen, bleiben Sie friedlich und lesen Sie Ihr Buch weiter.« Er griff wieder nach der *Daily Mail.*

Ryan schlief immer noch, als der Zugbegleiter eine halbe Stunde später wieder seine Runde durch die Gänge machte.

»Wir wollen ihn nicht wecken«, sagte das Mädchen und kaufte sich, ebenso wie Keogh, Tee und Schinkensandwiches.

Nachdem sie ihren Imbiß in behaglichem Schweigen verzehrt hatten, zündete Keogh sich eine Zigarette an. »Mit sechzehn, Kathleen, liegt das ganze Leben noch vor Ihnen. Was würden Sie denn anfangen, falls es je Frieden in Irland gibt?«

»Oh, das weiß ich sehr genau. Ich wollte immer Krankenschwester werden, schon seit der Zeit, als ich nach der Bombe drei Monate lang im Royal Victoria lag. Die Schwestern dort waren wirklich toll.«

»Aha, aber dafür brauchen Sie einen Abschluß, und Sie gehen nicht mal zur Schule.«

»Da irren Sie sich aber gewaltig, Mister.« Sie lachte ihr typisches schroffes Lachen. »Die meisten machen ihre Mittlere Reife mit sechzehn, ich hab' sie mit vierzehn gemacht. Die meisten machen ihr Abitur mit achtzehn, ich hab' meines vor vier Monaten bestanden, mit den Hauptfächern englische Literatur, Französisch und Spanisch. Für Sprachen hab' ich ein Talent, wissen Sie«, erklärte sie mit einem Anflug von Großspurigkeit. »Ich kann also jederzeit zur Universität gehen, wenn ich das will, und dabei bin ich erst sechzehn.«

»Und wollen Sie?«

Sie zuckte die Schultern. »Ich habe Wichtigeres zu tun. Im Moment ist unser Kampf das einzige, was zählt. Und jetzt halten Sie die Klappe, Martin, und lassen Sie mich mein Buch weiterlesen.«

In Carnforth, einem ziemlich trostlosen Ort, verließen sie den Zug. Es regnete, und auf dem Bahnsteig war kaum ein Mensch zu sehen.

Ryan schaute auf seine Uhr. »In vierzig Minuten geht ein Regionalzug nach Barrow-in-Furness. Wir trinken inzwischen eine Tasse Tee. Ich muß mit euch reden.«

Nur eine ältere Frau stand hinter der Theke, sonst war das

Café leer. Kathleen Ryan besorgte den Tee und brachte die Tassen zum Tisch.

»Ich erinnere mich noch an die Zeit, als dieser Bahnhof vierundzwanzig Stunden lang geöffnet war«, sagte Ryan. »Eine Dampflok nach der anderen donnerte hier vorbei.« Er schüttelte den Kopf. »Alles ändert sich.«

»Sie kennen die Gegend hier gut?« fragte Keogh.

»O ja, ich habe Lake District im Lauf der Jahre oft besucht. Erst vor vier Wochen war ich wieder hier.«

»Das wußte ich gar nicht, Onkel Michael«, sagte seine Nichte überrascht.

»Du dachtest, ich wäre nach Dublin gereist. War ich aber nicht. Ich war hier und habe alles arrangiert. Es gibt noch sehr viel mehr, was du nicht weißt, und es ist Zeit, daß ich es euch erzähle.«

»Na, dann los«, nickte Keogh.

Ryan holte die Landkarte aus der Tasche, die sie schon in London betrachtet hatten, und faltete sie auseinander.

»Hier an der Küste liegt Ravenglass. Eine ziemlich kurvenreiche Straße führt von Barrow dorthin. Sind vielleicht fünfundzwanzig Meilen. Marsh End liegt ungefähr fünf Meilen südlich davon.«

»Und?«

»Sehen Sie hier neben Ravenglass das Tal, das sich hinauf in die Berge zieht? Eskdale heißt es. Ich habe dort Verwandte.«

»Auch das hast du mir nie erzählt«, sagte Kathleen erstaunt.

»Ich erzähle es dir doch jetzt, oder? Also, mein Cousin Colin Power hatte eine Engländerin namens Mary, eine Farmerstochter aus Eskdale, geheiratet. Colin war Pächter in County Down, aber als die Eltern seiner Frau verstarben, hat sie die Farm in Eskdale geerbt.«

»Und sie sind dorthin gezogen?«

»Genau. Das war vor zwanzig Jahren. Colins Neffe Benny lebt bei ihnen. Er ist von Geburt an geistig behindert. Seine Eltern wollten ihn in ein Heim stecken, aber Mary, die selbst keine Kinder bekommen konnte, hat ihn aufgenommen und großgezogen.«

»Und sie leben immer noch in Eksdale?« fragte Kathleen.

»Direkt am Ende des Tals. Ein abgelegener, einsamer Ort. Folly's End heißt er, und das ist wirklich der passende Name. Ständig nur Regen und Wind, daß nicht mal die Schafe richtig gedeihen.« Ryan zuckte die Schultern. »Für Colin war es zu viel. Er ist vor fünf Jahren an einem Herzinfarkt gestorben. Mary und Benny bewirtschaften die Farm allein.«

»Eine Menge Arbeit für zwei Leute, würde ich sagen«, meinte Keogh.

Ryan lachte laut auf. »Warten Sie bloß, bis Sie Benny sehen.« Er schaute zum Fenster hinaus, als ein Bummelzug auf dem Bahnsteig hielt. »Das ist unserer. Gehen wir.«

Nur eine Handvoll Fahrgäste stiegen in Barrow-in-Furness aus. Sie gingen durch die Sperre und verließen das Bahnhofsgebäude.

»Onkel Michael, da bin ich!« rief jemand mit einer etwas schleppenden Stimme, als habe er Mühe, die Worte herauszubringen.

Auf der anderen Straßenseite parkte ein alter Landrover, neben dem ein ziemlich auffälliger Mann stand, der eine Tweedkappe und einen schäbigen Tweedanzug mit Flicken an den Ellbogen trug. Er war mindestens ein Meter neunzig groß, hatte enorme Schultern und schien stark wie ein Ochse. Über das ganze rundliche Gesicht strahlend, kam er auf sie zugelaufen.

»Da bin ich, Onkel Michael«, wiederholte er.

Michael drückte ihn kurz an sich. »Schön, Benny. Geht's deiner Tante gut?«

»Sehr gut. Freut sich, daß du kommst«, erwiderte er langsam und bemüht deutlich.

»Das ist meine Nichte Kathleen. Ihr beiden seid demnach so was wie Cousin und Cousine; jedenfalls entfernte Verwandte.«

Benny riß die Kappe von seinem wirren blonden Haar und lachte vor Freude. »Kathleen!«

Sie stellte sich auf die Zehenspitzen und küßte seine Wange. »Schön, dich kennenzulernen.«

Er war sichtlich überwältigt und nickt eifrig. Ryan machte ihn mit Keogh bekannt, dem er so kräftig die Hand schüttelte, daß Keogh vor Schmerz eine Grimasse zog.

»Sachte, Junge, sachte. Ich verstehe, was Sie gemeint haben wegen der Farm«, sagte er zu Ryan. »Dieser Bursche kann sicher glatt für zehn arbeiten.«

»Mindestens. Und jetzt wollen wir los.«

Benny nahm Kathleens und Ryans Koffer und rannte voraus zum Landrover. »Er könnte es bei jeder Prügelei mit fünf Männern aufnehmen«, erklärte Ryan, »aber im Herzen ist er ein Kind. Denkt immer daran und laßt ihm Zeit, wenn er etwas sagen will. Manchmal hat er Probleme, die Worte rauszubringen.«

Benny verlud die Koffer und Keoghs Seesack, rannte dann auf die andere Seite und öffnete die Beifahrertür. Er zog seine Kappe und nickte Kathleen eifrig zu.

»Rein mit Ihnen, Kate«, sagte Keogh. »Machen Sie dem großen Kerl die Freude. Wir sitzen hinten.«

Benny kletterte hinter das Lenkrad und startete den Motor. »Dieser Bursche kann fahren wie ein Profi«, sagte Ryan und klopfte Benny auf die Schulter. »Los geht's. Ist mit dem Laster alles klar?«

Benny nickte. »Ja.«

Er bog auf die Hauptstraße ein. »Welcher Laster?« fragte Kathleen.

»Später, Mädchen, später. Jetzt bewundere erst mal die Landschaft. Ist eine der schönsten Gegenden in ganz England.«

Als sie die Küstenstraße erreichten, begann es zu regnen. »Regen gibt's hier reichlich«, seufzte Ryan. »Liegt vermutlich an den Bergen.«

Die Berge, die sich zur rechten Seite erhoben, waren mit

ihren Gipfeln, die von tiefhängenden Wolken verdeckt wurden, ein spektakulärer Anblick; links sah man die aufgewühlte See mit hohen, schaumgekrönten Wellen, über denen dichter Nebel lag.

»Weiter draußen liegt die Isle of Man und dann das liebe alte Irland«, sagte Ryan.

»Ich weiß nicht, ob Sie sich den Wetterbericht für Freitag besorgt haben«, meinte Keogh, »aber eins ist mal sicher: Bei schlechtem Wetter wird das auf dieser Siemens-Fähre eine verteufelte Überfahrt.«

»Das müssen wir wohl einfach abwarten.«

Ungefähr fünfundvierzig Minuten hinter Barrow kamen sie zu einem Wegweiser. Links davon erstreckten sich Sümpfe, soweit man im Nebel sehen konnte. Ryan tippte Benny auf die Schulter, der das Tempo verlangsamte.

»Marsh End. Schauen wir uns mal kurz um.«

Benny bog auf einen Feldweg ein und fuhr langsam über einen Damm durch eine vollkommen öde Landschaft. Aus dem Nebel ragte Schilf auf, zur Rechten lag ein altes Cottage, und eine Mole reichte etwa hundert Meter weit hinaus in die See. Benny stellte den Motor ab.

»Das ist es also?« fragte Keogh.

»Das ist es«, nickte Ryan. »Nur ein Boot mit so geringem Tiefgang wie die Siemens-Fähre kann hier anlegen.«

»Allerdings. Bei Ebbe gibt es garantiert nur noch Sumpf und Schlammlöcher.«

Ryan klopfte Benny auf die Schulter. »Fahr weiter, Junge.«

Am Ende des Tals stiegen die Berge steil an; Benny bog auf einen breiten Weg ein und schaltete in einen niedrigeren Gang. Zu beiden Seiten ragten graue Steilwände auf; Schafe drängten sich im Regen zusammen.

»Ziemlich trübselige Gegend«, sagte Keogh.

Ryan nickte. »Ist ein hartes Leben, sich hier sein Brot zu verdienen.«

Kurz darauf erreichten sie ein weit offen stehendes Hoftor, dahinter lag das aus verwitterten grauen Steinen erbaute Farmgebäude und zwei große Scheunen. Benny stellte den

Motor ab und stieg aus. Ein schwarzweißer Schäferhund kam aus der Haustür gerannt, ihm folgte eine Frau, die einen dicken Pullover, Männerhosen und grüne Gummistiefel trug. Trotz ihres grauen Haars wirkte ihr Gesicht merkwürdig jung. Sie schloß Ryan in die Arme und drückte ihn herzlich an sich.

»Das ist meine Cousine Mary Power«, stellte er sie den anderen vor.

Die Küche hatte einen Boden aus Steinfliesen, freiliegende Deckenbalken und einen offenen Kamin, in dem ein Holzfeuer brannte. Mary Power versorgte alle mit einem Eintopf aus Lamm und Kartoffeln und setzte sich dann ebenfalls an den Tisch.

»Es ist schön, dich zu sehen, Mädchen«, sagte sie zu Kathleen. »In meinem Alter freut man sich über Verwandte.«

»Ich freue mich auch, dich kennenzulernen«, erwiderte Kathleen.

»Und Sie, Mr. Keogh, was ist Ihre Spezialität?«

»Na ja, ich bilde mir immer ein, ich kann so ziemlich alles. Aber so kochen wie Sie – das werde ich nie schaffen.«

Ryan schob seinen Teller zur Seite. »Noch einen Nachschlag?« fragte Mary Power, doch er schüttelte den Kopf. »Ein Tee wäre jetzt schön.«

Sie stand auf und begann abzuräumen, wobei Kathleen ihr half.

»Ich wüßte eigentlich ganz gern, woran ich bin«, meinte Keogh.

»Sie meinen, woran Sie mit Mary sind?« fragte Ryan. »Ganz einfach – sie ist voll und ganz in diese Sache eingeweiht. Wenn alles glatt geht, kriegt sie hunderttausend Pfund. Das bedeutet, sie kann aus dieser Einöde weg und wieder zurück nach County Down.«

Mary Power zeigte keinerlei Reaktion; sie brachte nur die Teller zur Spüle und setzte dann den Kessel auf, um Tee zu machen. »Es ist alles in Ordnung. Der Laster steht in der hinteren Scheune. Ich habe das Häuschen in Marsh End gelüftet, und im Herd brennt ein Feuer. Einer von euch muß sich dort einquartieren.«

Ryan nickte dankend, als sie ihm einen Becher Tee hinstellte. »Vielleicht könnte Kathleen bei dir bleiben, und ich ziehe mit Martin dorthin.«

»Gut.« Sie öffnete eine Dose und nahm einen Kuchen heraus, den sie in Scheiben schnitt. »Versucht den mal; hab' ich selbst gebacken.«

In der Scheune stand ein Motorrad, auf dessen Sitz eine schwarze Lederjacke und ein Helm lagen. Keogh erkannte es sofort. »Mann, wo hast du denn dieses Prachtstück her, Benny? Eine Montesa!«

»Sie kennen das Modell?« fragte Ryan.

»Natürlich. Eine spanische Mühle. Macht querfeldein eine halbe Meile pro Stunde, wenn's sein muß.«

»Ist das gut?« wollte Kathleen wissen.

»Allerdings, wenn man zum Beispiel ein Schäfer ist und seine Herde in einer hügeligen Gegend weidet. Mit diesen Dingern kann man überall fahren. Haben Sie die Maschine für Benny gekauft?«

»Eigentlich nicht. Ist ein bißchen klein für ihn. Ich dachte, sie eignet sich vielleicht für unser Vorhaben. Ich erkläre es Ihnen später. Schauen wir uns mal den Laster an.«

»Zeig ihn uns, Benny«, sagte Mary.

Benny rannte eifrig durch die Scheune, warf einige Heuballen zur Seite und tastete nach einem verborgenen Riegel. Hinter einer hölzernen Wand stand in einem Anbau der Scheune ein großer, grünweiß gestrichener Laster.

Keogh las den Schriftzug *Shelby Meat Importers*, der auf der Seite prangte. »Ach, ich verstehe, was das ist.«

»Eine genaue Kopie des Lasters, den wir überfallen werden«, nickte Ryan.

»Und wozu?«

»Nur für ein Ablenkungsmanöver. Benny wird diesen Laster mit ordentlich versperrten Türen auf der Küstenstraße abstellen, was die Polizei eine Weile beschäftigen dürfte und uns für den Notfall zusätzliche Zeit gibt, mit dem echten Laster zu verschwinden.«

»Raffiniert. Und Benny kann das?«

»Benny kann mit allem umgehen, was vier Räder hat. Er könnte glatt Rennfahrer werden, wenn er nicht zu groß dafür wäre.« Benny nickte strahlend.

»Gut, gehen wir wieder rein und trinken eine Tasse Tee. Danach wollen wir uns mal den Schauplatz ansehen.«

Am Rand eines Waldstücks, wo eine Nebenstraße in die Küstenstraße mündete, stoppte Benny den Landrover, und alle stiegen aus.

»Hier passiert es also?« fragte Keogh.

»Genau. Am Freitagnachmittag um vier Uhr, plus minus zehn Minuten, erreicht der Transporter diese Kreuzung. Mein Wort darauf, hab' alles sorgfältig überprüft.«

»Nur eines ist mir noch nicht klar. Es ist ja schön und gut, wenn Ihr Minicomputer das Sicherheitssystem des Lasters lahmlegen kann, aber dafür muß er doch erst mal anhalten. Wie wollen wir das hinkriegen?«

»Hier kommt Kathleen ins Spiel.« Ryan legte einen Arm um ihre Schulter. »Ich erkläre es, wenn wir zurück sind.«

In der zweiten Scheune standen alle möglichen landwirtschaftlichen Fahrzeuge, darunter auch ein alter Ford-Lieferwagen.

»Wenn Sie auf einer Landstraße plötzlich einen brennenden Lieferwagen sehen«, sagte Ryan, »neben dem ein junges Mädchen mit blutüberströmtem Gesicht liegt, würden Sie dann anhalten?«

»Klar, wer nicht?« erwiderte Keogh.

»Eben, und so wird auch der Fahrer des Lasters reagieren.« Ryan lächelte Kathleen zu. »Du hast die Chance, dir einen Oscar zu verdienen, Mädchen.«

»Ich enttäusche dich bestimmt nicht.«

»Weiß ich. Gehen wir rein, dort besprechen wir die Einzelheiten.«

Mary, Kathleen und Ryan saßen am Küchentisch, Benny stand an der Tür und Keogh am Herd.

»Wie schon gesagt, der Laster erreicht ungefähr um vier Uhr die Kreuzung. Kathleen und ich fahren mit dem Lieferwagen dorthin«, erklärte Ryan. »Sie folgen uns auf der Montesa. Ich habe zwei Funksprechgeräte; eins davon nehmen Sie, fahren ein paar Meilen weiter und warten auf den Laster. Wenn Sie ihn sehen, sagen Sie mir Bescheid. Adler Eins ist Ihr Erkennungszeichen, ich bin Adler Zwei.«

»Und was mache ich dann?«

»Sie überholen den Laster und kommen zu uns; wir setzen den Ford in Brand, und Kathleen legt sich auf die Straße. Ich habe künstliches Blut dabei, wie Schauspieler es benutzen, das schmiert sie sich ins Gesicht.«

»Dann halten sie an, wenigstens hoffen wir das, und Sie legen mit diesem Zauberkästchen das gesamte Sicherheitssystem des Lasters lahm.«

»Sie werden komplett von der Welt abgeschnitten sein.«

»Und wenn sie kämpfen?«

»Kein Problem. Ich habe zwei AK-Gewehre dabei, Granaten und Gasgranaten, sogar Semtex mit Zeitzünder, aber die Türen sind dank des Computers sowieso schon offen. Fünfzehn Minuten, nachdem wir die Farm verlassen haben, bringt Benny den zweiten Laster hinunter zur Küstenstraße, stellt ihn dort ab und läuft zu Fuß zurück.«

»Wir schalten also die Wachen aus. Und dann?«

»Sie und Kathleen machen sich schleunigst auf der Montesa davon und fahren direkt zur Mole in Marsh End. Ich komme im Laster nach.«

»Warum können wir denn nicht alle im Laster fahren?«

»Weil das der einzige Schwachpunkt des ganzen Unternehmens ist. Nur während der Fahrt zur Fähre könnte es Probleme geben, und ich will nicht, daß das Mädchen dann dabei ist, denn sollte was passieren, haben Sie und Kathleen immer noch die Chance, mit der *Irish Rose* zu verschwinden.«

»Was meinen Sie, Martin?« fragte Kathleen.

»Daß es ein ziemlich aufregender Freitag wird«, erwiderte Keogh trocken.

Hugh Bell saß in seinem Büro am Schreibtisch, als die Tür sich öffnete und der Barmann hereinschaute.

»Zwei Herren wollen Sie sprechen, Sir.«

Ein sehr großer Mann, der die Hände in den Taschen seines dunkelblauen Regenmantels hatte, schob ihn zur Seite.

»Da bist du ja, alter Bastard.«

»Scully! Was wollen Sie?« Bell bekämpfte die Angst, die in ihm aufstieg.

»Ich habe einen guten Freund mitgebracht, der mit dir sprechen möchte.«

Ein kleiner Mann trat ein. Sein schmales Gesicht wirkte abgezehrt; er trug eine Nickelbrille, einen alten Hut und einen rehfarbenen Regenmantel.

»Mr. Reid«, sagte Bell. Sein Mund wurde trocken.

»Nett, dich zu sehen, Hugh«, entgegnete der schmächtige Mann mit ausgeprägtem Belfaster Akzent. »Mir scheint, wir müssen mal ein Wörtchen miteinander reden.«

»Wieso? Ich verstehe nicht ...«

»Nein?« Reid nahm seinen Hut ab und setzte sich an den Tisch. »Und dabei komme ich im Auftrag des Army Council den ganzen Weg von Belfast her.«

»Aber was will man denn von mir?«

Reid nahm eine Zigarette aus einem alten Silberetui; Scully gab ihm Feuer. »Laß diese Spielchen, Hugh. Letztes Jahr hat Michael Ryan den blödsinnigen Plan ausgeheckt, oben im Nordwesten Englands irgendeinen Laster mit Gold zu schnappen. Das Army Council hat ihn abgelehnt. Brauchst es gar nicht zu leugnen, du hast auch in der Sache mit dringesteckt.«

»Das ist wahr«, erwiderte Bell. »Ich erinnere mich an so was.«

»Spiel nicht den Idioten, Hugh. Es kommt sowieso immer alles raus, und wie man sich erzählt, hat Michael die Sache keineswegs aufgegeben, sondern ist im Moment gerade dabei, es auf eigene Faust durchzuziehen.« Er lächelte grimmig. »Und ich glaube, du kennst die Wahrheit. Meinst du nicht auch, Scully?«

»Sicher, Mr. Reid.« Scullys Grinsen war furchteinflößend.

Bell wußte, daß er bis zum Hals in der Tinte steckte, aber er wußte auch, daß es ihm überhaupt nichts nutzen würde, etwas zu verraten. Wenn Scully dabei war, verhieß das auf jeden Fall ein schlimmes Ende. Er hatte nicht umsonst den Spitznamen ›Schlächter‹. Bell faßte einen Entschluß und holte tief Atem.

»Sicher, ich kann nicht abstreiten, daß ich etwas von der Sache weiß, Mr. Reid. Michael ist neulich tatsächlich zu mir gekommen und wollte einiges mit mir besprechen.«

»Wie ich gehört habe, soll ein Laster mit Gold überfallen werden. Ist das wahr?«

»Na ja, das war der ursprüngliche Plan, den er dem Army Council vorgelegt hatte.«

»Und dann soll er per Schiff irgendwo nach County Down gebracht werden. Weißt du, wohin?«

»Gott im Himmel, keine Ahnung.«

»Scully!«

Scully zog eine Browning aus seiner Tasche und kam einen Schritt näher. »Das ist nicht nötig«, sagte Bell hastig. »Ich weiß, wo Ryan hier in London wohnt. Ich bringe Sie hin.«

»Sehr vernünftig, Hugh«, lächelte Reid.

»Ich hole bloß meinen Mantel.«

Bell ging ins Schlafzimmer und streifte sein Jackett über, öffnete rasch die zweite Tür, die in den Korridor führte, und rannte durch den Seiteneingang des Pubs hinaus in die Gasse und auf die Hauptstraße zu.

In Folly's End läutete das Telefon. Mary Power ging hinaus in den Flur, um abzunehmen, und kam kurz darauf in die Küche zurück. »Es ist für dich, Michael. Mr. Bell.«

Ryan nickte und stand auf.

»Ja, Hugh?«

»Wir stecken in Schwierigkeiten. Reid ist hier mit diesem

Schwein Scully aufgetaucht. Sie wissen alles, Michael. Irgendwie hat das Army Council Wind davon bekommen.«

»Hast du ihnen irgendwas erzählt?«

»Was denkst du! Ich bin gerannt wie der Teufel, aber sie kannten den Plan. Ist eigentlich auch kein Wunder, oder? Du hattest ihn dem Council ja damals vorgelegt.«

»Das war bloß eine erste Idee, Hugh. Ich hab' dabei weder Folly's End noch das genaue Ziel erwähnt und schon gar nichts von dem Schiff gesagt. Hast du ihnen von der *Irish Rose* erzählt? Hast du ihnen gesagt, daß wir in Kilalla landen wollen?«

»Natürlich nicht.«

»Gut. Paß auf dich auf, Hugh, und tauch eine Weile unter.«

Nachdem er aufgelegt hatte, zündete er sich eine Zigarette an und überlegte. Es war wohl am besten, den Mund zu halten. Wozu sollte er die anderen unnötig beunruhigen?

Er ging zurück in die Küche. »Hugh Bell. War nichts Wichtiges. Aber ich bleibe hier oben für den Fall, daß er noch mal anruft. Sie werden die Nacht allein in dem Häuschen in Marsh End verbringen müssen. Hier ist nicht genügend Platz. Nehmen Sie den Ford.«

»Dann mache ich mich jetzt auf.« Keogh trank seinen Tee aus. »Bis morgen früh.«

Bell wußte nicht recht, wo er sich verstecken sollte, und überquerte etwas ratlos die Kilburn High Street, als eine alte Mercedes-Limousine aus einer Nebenstraße kam. Scully saß am Steuer, Reid neben ihm auf dem Rücksitz.

»Da ist er«, sagte Reid. »Mach ihn platt.«

Scully trat das Gas durch. Bell, der sich beim Aufheulen des Motors umgeschaut hatte, versuchte zu flüchten und glitt auf der regennassen Straße aus. Der Mercedes erwischte ihn mit voller Wucht so heftig, daß er in den Rinnstein geschleudert wurde; dann raste der Wagen weiter.

Eine Frau schrie auf, etliche Leute liefen zusammen, eine Polizistin drängte sich durch die Menge, aber bis sie sich neben Hugh Bell kniete, war er bereits tot.

4

Der Morgen war trüb, und schwere Wolken verdeckten die Bergspitzen. Ryan saß nach dem Frühstückstisch noch bei seiner Tasse Tee am Küchentisch und dachte nach, vor allem über Reid und diesen Dreckskerl Scully. Solange Bell ihnen nicht in die Hände fiel, bestand im Grunde keine Gefahr. Der ursprüngliche Plan, den er dem Army Council vorgelegt hatte, war eigentlich nur eine erste Idee gewesen – daß er von einem Laster wisse, der irgendwo im Nordwesten Englands Goldbarren transportiere, daß man sich diesen Laster schnappen und per Schiff nach Ulster bringen könne. Ohne Bell kam Reid also überhaupt nicht weiter.

Er beschloß es zu riskieren und im William & Mary anzurufen. Der Barmann antwortete sofort.

»Angus? Hier ist Ryan. Ich wollte mal mit Hugh reden. Ist er da?«

»Er ist tot, Mr. Ryan. Gestern nacht umgebracht worden.«

»Herrgott, was ist denn passiert?«

»Er wurde überfahren, als er die Kilburn High Street überqueren wollte. Der Fahrer ist geflüchtet, bloß den Wagen hat die Polizei ein paar Straßen weiter gefunden.«

»Hat man rausgekriegt, wer gefahren ist?«

»Der Polizist, der vorher hier war, hat gesagt, das Auto sei vor einem Jahr in Hampstead gestohlen worden. Er meint, es muß in irgendeiner Garage gestanden haben.«

»Furchtbar«, sagte Ryan.

»Das ist es wahrhaftig, Mr. Ryan. Wollen Sie herkommen?«

»Nein, ich habe noch einige geschäftliche Angelegenheiten zu regeln.«

»Na ja, wenn Sie mir sagen, wo Sie sind und mir die Telefonnummer geben, halte ich Sie auf dem laufenden.«

Das genügte. Ryan lächelte grimmig. »Schon recht, Angus, und jetzt geben Sie mir mal Mr. Reid.«

»Mr. Reid? Ich verstehe nicht ...«

»Hören Sie auf mit diesem Scheiß und geben Sie ihn mir.«

Reid, der neben Angus gestanden und zugehört hatte, nahm ihm den Hörer ab und schob den Barmann zur Seite.

»Michael, alter Knabe, meinen Sie nicht, es ist an der Zeit, vernünftig zu werden?«

»Haben Sie selbst oder Scully am Steuer gesessen? Aber im Grunde spielt das auch keine Rolle. Eines Tages sind Sie sowieso dran.«

»Sie hatten schon immer einen Hang zur Theatralik, Michael. Sie haben also wirklich vor, diesen schwachsinnigen Plan, den Sie ausgeheckt haben, durchzuziehen?«

»Auf Wiedersehen, Reid.« Michael Ryan legte auf.

Er öffnete die Hintertür, zündete sich eine Zigarette an und schaute hinaus in den Regen, wobei er an Hugh Bell dachte, der so viele Jahre lang ein guter Freund und Kampfgefährte gewesen war. Der einzige kleine Trost war, daß Scully wenigstens nicht mehr dazugekommen war, ihn in die Mangel zu nehmen.

Kathleen kam in die Küche. »Ach, da bist du ja. Ist alles in Ordnung?«

»Klar.«

»Ich dachte, ich bringe Martin was zu essen. Benny fährt mich hin.«

»Gut. Ich will noch mal den ganzen Plan durchgehen, also laß dir ruhig Zeit.«

»Dann bis nachher.«

Ryan blieb weiter gedankenverloren in der Tür stehen. Reid und Scully würden jetzt wieder nach Hause fahren, etwas anderes blieb ihnen nicht übrig, aber irgendwann würde er sich mit ihnen auseinandersetzen müssen, das war unvermeidlich. Doch darum wollte er sich erst Gedanken machen, wenn es soweit war.

Mit grimmigem Lächeln dachte er an den schmächtigen Reid mit seiner Nickelbrille. »Du kleiner Dreckskerl«, sagte er leise. »Du wolltest alles für dich selbst, was? Aber lieber schmore ich in der Hölle, als das zuzulassen.«

Keogh hatte gar nicht erst das Schlafzimmer des kleinen Häuschens in Marsh End benutzt, sondern einfach ein Feuer gemacht und sich auf die Couch gelegt, wo er überraschend gut geschlafen hatte.

Um sieben stand er auf, setzte den Wasserkessel auf und spähte zur Tür hinaus in den Regen. Als er die Bucht sah, holte er sich kurzentschlossen ein Handtuch aus dem kleinen Badezimmer, zog sich aus und rannte über den Hof, warf das Handtuch am Ufer über einen Busch und sprang ins Wasser.

Mit kräftigen Stößen schwamm er zur anderen Seite und tummelte sich eine Weile im Schilf, wobei er alle möglichen Vögel aufschreckte, die mit ärgerlichen Rufen hochflatterten. Das Salzwasser war kalt und erfrischend.

»Ein toller Start in den Tag«, grinste er zufrieden.

Im Haus trocknete er sich ab, zog sich an und brühte Tee auf. In der Speisekammer fand er Milch, Brot, Eier und Schinken. Während er seinen Tee trank und noch überlegte, ob er sich etwas herrichten sollte, hörte er einen Motor und sah den Landrover mit Benny und Kathleen in den Hof fahren.

Reid und Scully hatten vergeblich Bells kleines Büro im William & Mary nach irgendwelchen Anhaltspunkten durchsucht.

»Nichts, Mr. Reid«, sagte Scully. »Was machen wir jetzt?«

»Wir fahren zurück nach Belfast. Irgendwann muß Ryan ja mal wieder nach Hause kommen, und es gibt nirgends einen Platz, wo er sich verstecken kann. Wir warten eben ab; am Ende kriegen wir diesen Kerl doch. Angus, komm mal rein.«

Angus erschien in der Tür. »Ja, Mr. Reid?«

»Gibt's irgendwas – irgend etwas, das du mir erzählen kannst?«

»Sie sind mit einem Zug weggefahren, das ist alles, was ich weiß. Ich hab' gehört, daß sie vom Glasgow-Expreß geredet haben.

»Glasgow?« fragte Scully. »Was wollen sie denn dort?«

»Gar nichts, du Narr. Aber diese Strecke führt durch den Nordwesten. Sie werden irgendwo ausgestiegen sein.« Er wandte sich wieder an Angus. »Sonst noch was?«

»Ich glaub' nicht.« Angus überlegte und nickte plötzlich eifrig. »Doch! Letzte Woche hab' ich gehört, wie Mr. Bell telefoniert hat. Es muß eine Schiffsagentur gewesen sein, weil er gesagt hat, er wolle eine Fähre mit flachem Boden chartern, so eine, die Fahrzeuge transportieren kann. Nach einer Weile hat er Captain Tully und die *Irish Rose* erwähnt, die hier in London liegt. Ja, genau das hat er gesagt.«

»Hat er den Namen noch mal genannt?«

»Kurz bevor sie weg sind war ich im Lager und hab' die Vorräte kontrolliert. Dabei hab' ich gehört, wie Ryan zu Mr. Bell gesagt hat, die *Irish Rose* sei inzwischen schon unterwegs und würde also am Freitagmorgen da sein.«

»Aber er hat nicht gesagt, wo.«

»Nee, das nicht.«

»Na gut. Du hast meine Telefonnummer und rufst mich in Belfast an, falls du irgendwas hörst.«

»Klar, Sir.«

»Und ansonsten halt deinen Mund. Wenn du mir irgendwelche Schwierigkeiten machst, schicke ich Scully zu dir. Danach könnte man dich mit abgeschnittenen Eiern in der Themse wiederfinden.«

Reid ging zur Tür, und Angus wich entsetzt zur Seite. Scully tätschelte sein Gesicht. »Denk dran, was Mr. Reid gesagt hat, und sei ein braver Junge.«

Keogh verspeiste sein Schinkensandwich, das Kathleen ihm mitgebracht hatte, während sie ihm mit einem Becher Tee am Tisch gegenübersaß. Benny war zurück zur Farm gefahren. Als Keogh fertig war, zündete er sich eine Zigarette an.

»Wie geht's? Wie fühlen Sie sich?«

»Wegen des Überfalls, meinen Sie?« Das Mädchen zuckte die Schultern. »Prima. Ich hab' schon früher einige Sachen für Onkel Michael gemacht, die ganz schön gefährlich waren, und kann auf mich aufpassen.«

»In Ihrem Alter sollten Sie das wahrhaftig nicht müssen.« Er stand auf. »Gehen wir ein bißchen frische Luft schnappen.«

Durch den Nebel, der von See hereintrieb, erschien die ganze Gegend abweisend, beinah düster. Zu beiden Seiten der kleinen Bucht ragte Schilf auf, Wasser gurgelte in Schlammlöchern, und immer wieder stoben mit ängstlichem Geschrei Vögel auf.

»Ein merkwürdiger Ort«, meinte Keogh.

»Ja, ist nicht besonders schön hier. Ich fühle mich richtig unbehaglich.«

»Geht mir genauso.«

An der Mole blieben sie stehen. Da Ebbe war, sah man die eisernen, mit Rost überzogenen Stahlträger.

»Weshalb man die wohl gebaut hat?« fragte Kathleen.

»Weiß der Himmel. Muß schon eine Ewigkeit her sein. Stammt aus viktorianischer Zeit, wie es aussieht, aber sie scheint noch ganz stabil zu sein.«

Sie gingen weiter bis ans Ende der Mole. Mit einem hohlen Klang schwappten die Wellen gegen die Eisenträger. Keogh spähte hinab und entdeckte ein Gewirr von Granitblöcken.

»Da haben Sie Ihre Antwort. Offenbar hat man früher von hier aus Granit verschifft.«

»Ach so.«

Sie umfaßte das Geländer und wirkte sonderbar verloren, während sie aufs Meer hinausschaute.

Keogh lehnte sich neben sie. »Haben Sie eigentlich Träume, Kate? Was wünschen Sie sich vom Leben?«

»Weiß der Himmel. Im Grunde kenne ich gar nichts anderes als den Kampf. Ich wurde in dem Jahr geboren, als es anfing. Bombenangriffe und Morde, damit bin ich aufgewachsen. Meine Familie, Freunde – alle weg«, entgegnete sie mit ausdruckslosem Gesicht. »Das Leben soll Spaß machen, man soll es genießen, aber ich sehe überall nur Tod. Ergibt das für Sie irgendeinen Sinn?«

»Und ob.« Keogh nickte. »Es ist schrecklich, vor allem, da Sie noch so jung sind.«

Sie lachte. »Sie sind doch auch noch kein Tattergreis.«

»Aber ein sehr alter Zweiunddreißiger«, grinste er.

Schritte erklangen auf der Mole, und sie wandten sich um. Ryan kam auf sie zu. »Mein Gott, was für ein schauerlicher Tag.«

Keogh deutete hinunter ins Wasser. »Hoffentlich ist morgen im richtigen Moment Flut.«

»Keine Sorge, das habe ich überprüft.« Er zündete sich eine Zigarette an. »Übrigens – Hugh Bell ist tot.«

»Mein Gott«, sagte Kathleen. »Wie ist das passiert?«

Ryan erzählte es ihnen.

»Wenn Sie erst mal mit diesem Laster heimkommen«, meinte Keogh auf dem Rückweg, »kann Reid Ihnen nichts mehr anhaben. Gut, vielleicht gefällt es Ihrem Army Council nicht, wenn Leute auf eigene Faust und ohne Befehle was unternehmen, aber Sie werden trotzdem als Held dastehen. Bei so viel Gold wird man Sie mit offenen Armen willkommen heißen.«

»Wollen wir's hoffen. Es ist Reid, um den ich mir Sorgen mache. Falls ich mich nicht irre, hätte er es gern ganz für sich allein.«

»Ach, Scheiß doch auf ihn«, meinte Kathleen wütend.

»Rede nicht so, Mädchen«, erwiderte Ryan.

»Solange er nicht weiß, daß wir in Kilalla landen, haben Sie nichts von ihm zu befürchten«, meinte Keogh.

»Bei der Landung nicht, aber später.« Ryan zuckte die Schultern. »Na ja, fahren wir zurück zur Farm. Ich bin mit dem Landrover gekommen.«

Mary Power servierte ihnen um ein Uhr ein einfaches Mittagessen aus Gemüsesuppe, Käsesalat und dem unvermeidlichen Tee. Danach räumte sie den Tisch ab. »Geh jetzt wieder an deine Arbeit«, befahl sie Benny. »Mußt mal nach den Schafen auf der Nordweide sehen.«

Er nickte eifrig, griff nach seiner Mütze und verließ das Haus. Einen Moment später sah Keogh, der am Fenster stand, ihn mit einem Sack über der Schulter durch den Hof gehen. Der Hund folgte ihm.

»Er kann wahrhaftig arbeiten, dieser Junge, das muß ich zugeben.«

»Aber vom Verstand her ist er immer noch ein Kind«, erwiderte sie. »Man muß ihm alles sagen.«

Ryan trank seinen Tee aus und stand auf. »Wollen wir uns die Stelle des Überfalls noch mal anschauen. Kathleen und ich fahren im Ford, Sie kommen auf der Montesa hinterher. Ich gebe Ihnen eines der Funkgeräte. Wenn wir dort sind, fahren Sie ein oder zwei Meilen weiter und melden sich dann. Benutzen Sie das Rufzeichen Adler Eins, wie ich gesagt hab'. Ich bin Adler Zwei.«

»Ist gut«, nickte Keogh.

Das Mädchen saß am Steuer des Fords und bog auf den Weg ein, der zur Straße führte.

»Du weißt, daß ich nicht mal einen Führerschein habe? Dafür bin ich noch zu jung.«

»Und kannst mit einem Lenkrad umgehen wie ein Profi, seit du vierzehn warst. Ich erinnere mich noch an die Nacht, als ich eine Kugel abgekriegt hatte und mit meinem Auto in der Nähe von Kilkelly verunglückte.«

»Da hast du mich von einer Telefonzelle aus angerufen, damit ich den Jungs Bescheid sage, daß sie dich abholen.«

»Statt dessen bist du selbst gekommen, du kleiner Teufelsbraten – in einem gestohlenen Auto.«

»Na ja, wer hat mir denn beigebracht, ein Auto kurzzuschließen?«

»Ich, muß ich zu meiner Schande gestehen.« Er lachte. »In was für einem Zustand ich damals war ... Bis auf die Haut durchweicht in einem stinkenden Graben, eine Kugel in der Schulter, und dann bist du durch diese Straßensperre der Polizei gerast.«

»Waren tolle Tage, Onkel Michael.«

»Meinst du?« Er zündete sich eine Zigarette an und öffnete das Fenster. »Manchmal bin ich mir da nicht mehr so sicher. Ich werde wohl langsam alt. Aber eines ist jedenfalls gewiß«, lächelte er. »Du bist ein prima Mädchen, Kathleen, und verdienst was Besseres. Verdammt, du könntest schon auf der Universität sein.«

»Ach, halt die Klappe. Ich habe Wichtigeres in meinem Leben zu tun.«

Er schwieg, und einen Moment später erreichten sie die Kreuzung.

Keogh folgte ihnen im Abstand von zweihundert Metern. Er trug die schwarze Lederjacke und den Helm und hatte trotz des Regens Spaß an der Fahrt mit der Montesa, die gut reagierte.

Der Lieferwagen bog auf einen Wendeplatz in der Nähe der Kreuzung ein. Keogh winkte und fuhr weiter.

Ryan öffnete die Tür des Fords und schaute sich um. »Das ist genau richtig. Immerhin wollen wir mit diesem brennenden Ding die Straße nicht komplett versperren, so daß ich mit dem Laster nicht mehr durchkomme.«

In diesem Moment knatterte Keoghs Stimme aus dem Funksprechgerät. »Adler Zwei, hier ist Adler Eins. Hören Sie mich?«

»Laut und deutlich«, sagte Ryan. »Irgendwas zu melden?«

»Nichts als Vögel, das Meer und dieser verdammte Regen. Kann ich jetzt fahren?«

»Wir treffen uns wieder auf der Farm. Over und Ende.«

Ryan schaltete das Funksprechgerät aus und lächelte Kathleen zu. »Ich hab' genug gesehen, Mädchen. Fahren wir zurück nach Folly's End.«

Mary Power servierte um sieben Uhr ein Abendessen aus geröstetem Lamm, Kartoffeln, Möhren und Kohl. Fasziniert beobachtete Keogh, welch enorme Mengen Benny vertilgte.

»Mein Gott, man könnte glauben, es sei seine letzte Mahlzeit auf dieser Erde.«

»Na ja, wenn er die Arbeit von drei Männern macht, darf er auch für drei essen«, meinte Kathleen.

»Aber nicht seine Manieren vergessen.« Mary versetzte ihm mit einem Holzlöffel einen Klaps auf die Finger. »Jetzt sei brav und geh melken.«

»Ja, Tante.« Er stülpte seine Kappe auf und ging, obwohl er in einer Hand noch Brot und Käse hatte.

»Setzt euch ins Wohnzimmer, ich bringe dann den Tee«, befahl sie den anderen.

Kathleen begann den Tisch abzuräumen. »Lassen Sie mal, heute bin ich dran«, sagte Keogh. »Gehen Sie nur schon zu Ihrem Onkel.«

»Sie haben mir gar nichts zu sagen«, erwiderte sie spitz, ehe sie Ryan nach draußen folgte.

»Ich hab' noch keinen Iren gesehen, der freiwillig Frauenarbeit machen würde, also nehme ich an, Sie wollen mit mir reden«, sagte Mary Power.

»Ach, nur ein bißchen plaudern.« Keogh stapelte die Teller aufeinander. »Sind Sie soweit mit allem zufrieden?«

»Zufrieden?« Sie füllte das Spülbecken mit heißem Wasser und stellte die Teller hinein. »Ich hatte längst vergessen, was das Wort heißt. Mein Mann und ich kamen voller Hoffnung hierher, aber hier kann man eigentlich nur sterben; zum Leben wirft die Farm kaum genug ab. Das Land ist ein grausamer Partner.«

»Kann ich mir denken.«

»Als Michael mir von diesem Plan erzählte, den er sich ausgedacht hatte, war das deshalb für mich wie ein Rettungsring, den man einem Ertrinkenden zuwirft. Wenn es klappt, können Benny und ich zurück nach Ulster.«

»Und wenn nicht?«

»Dann sitzen wir für immer hier fest. Michael hat mir versichert, daß es keine Probleme mit der Polizei geben wird, egal was geschieht, da keine Verbindung zwischen uns und euch anderen besteht.«

»Und mit etwas Glück geht ja alles glatt.«

»Hoffen wir's. Politik bedeutet mir nichts, aber Michael ist ein guter Mann, und ich vertraue ihm.«

Keogh ging ins Wohnzimmer, wo das Mädchen am Fenster hockte und in ihrem Buch las; Ryan saß am Kamin und stopfte seine Pfeife.

»Eine gute Frau, Ihre Cousine«, sagte Keogh. »Sie hat's wirklich nicht leicht gehabt.«

»Wahrhaftig. Aber so Gott will, kommen bald bessere Zeiten. Wenn wir unseren Tee getrunken haben, schauen wir uns in der Scheune mal unsere Waffen an.«

»In Ordnung.«

»Ja, ich möchte gern diese Pistole ausprobieren, die Mr. Bell mir gegeben hat«, erklärte Kathleen.

»Na, wird gemacht«, erwiderte Ryan.

In der Scheune, in die nur trübes Licht drang, nahmen Keogh und Ryan die Waffen aus dem Koffer. Es waren zwei AK-Gewehre mit zusätzlicher Munition, Nebelkerzen und Handgranaten, Semtex mit Zeitzündern und eine kleine Beretta in einem ledernen Knöchelhalfter.

»Wo kommt die her?« fragte Keogh.

»Ach, ich dachte, sie könnte vielleicht ganz nützlich sein. Es ist immer von Vorteil, ein As im Ärmel – oder am Fuß zu haben.«

Keogh untersuchte jedes AK gründlich, ehe er eines lud und Ryan reichte. »Dieser neue Schalldämpfer, den es jetzt dafür gibt, ist verdammt gut. Probieren Sie mal.«

Er trug ein Holzbrett zum anderen Ende der Scheune, stellte es gegen einen Heuballen und ging zur Seite. Kathleen und Benny schauten gespannt zu.

Ryan hob das AK und gab drei Schüsse ab. Nach dem kurzen Husten der schallgedämpften Waffe erschienen in dem Brett drei Löcher.

Keogh lud das zweite AK. »Das auch.«

Ryan erzielte wiederum drei Treffer und legte die Waffe zurück auf den Tisch. »Alles klar.«

»Jetzt ich.« Kathleen stellte sich mit der 25er Colt-Automatic neben ihn.

Sie hob die Pistole mit beiden Händen, zielte sorgfältig und feuerte. Neben dem Brett stob das Stroh auf.

»Versuch's noch mal«, sagte Ryan.

Es war ihn anzusehen, wie sehr sie sich ärgerte. Sie zielte erneut und schoß wieder daneben.

Jetzt war sie richtig wütend. »Nehmen Sie es sich nicht zu Herzen, so geht's den meisten«, tröstete Keogh. »Kommen Sie mal mit.« Er blieb knapp zwei Meter vor dem Brett stehen. »An Ihrer Stelle würde ich es nicht aus größerer Entfernung probieren. Zielen Sie noch mal.«

Sie versuchte es und streifte beim ersten Schuß das Brett, doch der zweite traf. »Na bitte, das war doch schon viel besser. Aber wenn Sie den Lauf genau auf das Ziel richten und dann erst abdrücken, gibt's ein noch tolleres Ergebnis.«

Ryan lachte, und sogar Benny grinste. »Und was ist mit Ihnen?« rief Kathleen wütend. »Anderen können Sie jede Menge gute Ratschläge geben, bloß selbst wollen Sie nichts zeigen, oder?«

Keogh drehte sich um. Sein Gesicht war ruhig, doch zum erstenmal bemerkte sie, wie kalt seine Augen waren. Mit einer raschen Bewegung riß er die Walther aus dem Hosenbund und feuerte sechsmal. Splitter folgen durch die Luft, und das Brett kippte um.

Benny hatte sich trotz des Schalldämpfers die Ohren zugehalten, und Kathleen schaute ihn sprachlos an. Keogh nahm das Magazin heraus und ersetzte wortlos die verbrauchte Munition.

»Damit ist die Lektion zu Ende«, bemerkte Ryan. »Gehen wir wieder rein. Morgen gibt's einen aufregenden Tag.«

Ungefähr vier Meilen südlich von Marsh End und etwa fünf Meilen von der Küste entfernt, kämpfte sich die *Irish Rose* bei Windstärke vier bis fünf durch die aufgewühlte See. Der Deutsche hatte das Ruder übernommen, und die übrige Mannschaft war um den Kartentisch versammelt, auf dem eine kleine Kiste stand.

»Hier drin sind sieben oder acht Waffen«, erklärte Tully. »Sucht euch jeder eine aus. Ich will, daß ihr alle bewaffnet seid.«

Dolan nahm eine 38er Smith & Wesson. »Die ist mir gerade recht.«

Die anderen bedienten sich ebenfalls. Jock Grant, der Maschinist, fragte: »Wann sind wir voraussichtlich da?«

»Ungefähr um elf Uhr morgens, aber ganz sicher kann ich's nicht sagen. Ich kenne dieses Marsh End nicht, deshalb könnte das Navigieren ein bißchen problematisch werden, außerdem müssen wir uns nach der Flut richten.«

»Und dann?«

»Keine Ahnung. Bei unserem ersten Gespräch sagte Bell, wir müßten bereit sein, am späten Nachmittag abzulegen. Dann sei nämlich Gezeitenwechsel, und der richtige Zeitpunkt sei ganz entscheidend. Wir warten einfach. Ryan wird schon auftauchen und sagen, was Sache ist.«

»Aber nach allem, was passiert ist, wird er auf Probleme gefaßt sein«, meinte Dolan.

»Ihm bleibt ja keine andere Wahl. Wenn er erst mal den Laster hat, muß er ihn auch wegschaffen. Ich werde ihm sagen, daß ich es nicht böse gemeint hab' und bloß sichergehen wollte, daß alles sauber wäre, mehr nicht. Was passiert, wenn wir auf See sind, ist eine andere Sache.«

»Dieser kleine Dreckskerl Keogh ist auf alle Fälle brandgefährlich«, warnte Dolan. »Schau dir bloß dein Ohr an.«

»Das vergesse ich schon nicht, aber immerhin sind wir zu fünft gegen Ryan, Keogh und das Mädchen, und sie ist der Schlüssel. Wenn wir sie in die Finger kriegen, wird Ryan ganz schnell klein beigeben. Wir müssen jedenfalls zuschlagen, während wir unterwegs sind. Vor Tagesanbruch sind wir nicht an der irischen Küste. Ich denke mir schon was aus, aber für den Anfang benehmt ihr euch.«

»Ich weiß nicht«, meinte Bert Fox zweifelnd, »die Sache könnte ziemlich ungemütlich werden.«

»So ein Fang läuft uns nicht noch mal über den Weg!« rief Tully wütend. »Bist du dabei oder nicht? Entscheide dich.«

»Wir sind dabei, Mr. Tully, keine Frage«, antwortete Dolan für alle. »Stimmt doch, Jungs, oder?«

Die anderen nickten. »Dann geht wieder an eure Arbeit.«

Müller blieb am Steuer, während Tully hinaus auf die Brücke ging und nachdenklich in die Dunkelheit starrte. Er berührte sein verbundenes Ohr, das verteufelt schmerzte, und dachte daran, was er mit diesem kleinen Schwein Keogh machen würde, wenn er ihn in den Händen hatte.

5

Als Keogh am folgenden Morgen um sieben Uhr aufstand, schien das Wetter noch schlechter geworden zu sein. Dichter Nebel hing über dem Land, und es regnete in Strömen.

Er machte sich eine Tasse Tee und rasierte sich am Waschbecken in der Küche. Auf der Fensterbank stand ein kleines tragbares Radio. Er schaltete es ein und suchte die Morgennachrichten der BBC. Gespannt lauschte er dem Wetterbericht. Für die Irische See wurden Windstärke drei bis vier mit etwas Nebel und Regenböen gemeldet.

Es hätte schlimmer sein können. Er trank seinen Tee aus und hatte sich gerade angezogen, als er ein Auto hörte und aus dem Fenster schaute. Kathleen stieg aus dem Ford.

Keogh nahm seine Seemannsjacke von einem Haken und öffnete die Tür. »Wieder so ein scheußlicher Morgen«, sagte er fröhlich.

»Wir dachten, Sie hätten gern ein ordentliches Frühstück, deshalb wollte ich Sie abholen.«

»Das ist wirklich eine nette Idee.« Er stieg auf den Beifahrersitz. »Zuerst fahren wir aber mal zur Mole. Ich möchte gern nachschauen, wie's dort aussieht.«

»In Ordnung.«

Kurz vor der Mole hielt Kathleen an; sie stiegen aus, und Keogh musterte skeptisch den Wasserstand.

»Nicht mal einen Meter tief. Also ist noch ziemlich Ebbe.«

»Ist das schlecht?«

»Es bedeutet, daß man momentan hier nicht anlegen kann. Na ja, so um halb elf soll ja wieder Flut sein.« Er schaute hinaus auf See. »Schade, daß man bei diesem verdammten Nebel nichts erkennen kann. Die *Irish Rose* könnte schon irgendwo da draußen sein.« Er lächelte plötzlich und drückte ihre Schulter. »Egal, wird schon alles klappen. Ich habe ein gutes Gefühl. Und jetzt wollen wir mal frühstücken, ja?«

Tatsächlich war die *Irish Rose* mit Müller am Steuer nur rund eine Meile weit entfernt. Tully stand bei Dolan auf der Brücke, der fluchend in den Nebel spähte.

»Gottverdammtes Wetter. Kann gar nichts sehen.«

»Keine Sorge; wenn ich eins kann, dann navigieren, das weißt du. Wir warten, bis die Gezeiten wechseln und fahren dann näher ran ... Diesen Laster will ich haben, davon hält mich nichts ab«, erklärte er heftig. »Nichts!«

Ungefähr um halb elf überprüften Keogh und Ryan in der Scheune noch einmal sorgfältig die Waffen. Keogh deutete auf die Beretta in dem Knöchelhalfter.

»Kann ich die nehmen? Ich habe auch immer gern ein As in Bereitschaft.«

»Bedienen Sie sich.«

»Ich lege sie an, bevor wir fahren.« Er steckte sie in seine Manteltasche.

»Alle anderen packen wir in den großen Koffer. Ich bringe ihn dann im Laster mit.«

»Für den Fall, daß wir Freund Tully beeindrucken müssen?«

»Genau.«

Kathleen schaute herein. »Ich fahre mit Benny nach Marsh End. Es fehlen ein paar Schafe, und er meint, sie seien vielleicht in diese Richtung gewandert.«

»Gut«, erwiderte Ryan. »Aber falls die *Irish Rose* irgendwo zu sehen ist, bleibt weg. Martin und ich kommen später im Landrover nach.«

»In Ordnung.«

Kathleen und Benny ließen den Ford vor dem Häuschen stehen und gingen den Weg entlang, der in den Sumpf führte. Noch immer herrschte dichter Nebel, und es regnete kräftig. Plötzlich hörte man von irgendwoher das Blöken eines Schafs. Benny blieb stehen und lauschte mit gespannter Miene, dann lächelte er und eilte für seine Körpergröße überraschend flink davon. Kathleen folgte ihm.

Fünf Schafe standen bis zum Bauch im Wasser und sahen so jämmerlich wie ausgesetzte Kinder aus. Benny watete lachend zu ihnen hinüber, hob eines hoch und trug es aufs trockene Land.

»Gut«, sagte er zufrieden.

Kathleen nickte. »Ich gehe mal runter zur Mole, bis du hier fertig bist.«

Sie schlenderte durch den Nebel weiter. Irgendwo bellte ein Hund, und plötzlich sah sie die *Irish Rose,* die am Ende der Mole vertäut war. Ein Junge von vielleicht zwölf Jahren, der eine Angel in der Hand hatte, betrachtete das Schiff. Neben ihm hockte ein kleiner Terrier.

Am Heck war deutlich der Schriftzug *Irish Rose* zu lesen, und der Junge ging neugierig näher. Tully sprang über die Reling.

»Was willst du hier, du kleiner Scheißer?«

Er packte den Jungen und schüttelte ihn grob. Kathleen Ryan rannte los und schlug auf ihn ein. »Sie Dreckskerl, lassen Sie ihn gehen!«

Verblüfft gab Tully den Jungen frei, der sich umwandte und mit seinem Hund davonrannte.

Tully ergriff ihr Handgelenk. »Ach, sieh an, du bist das?«

Sie schlug ihn ins Gesicht. »Lassen Sie mich los!«

Dolan und Fox erschienen an Deck und lachten. »Ein kleiner Hitzkopf, Captain. Braucht mal eine Lektion. Schaffen Sie's allein, oder sollen wir helfen?«

Kathleen versuchte erneut, ihn zu schlagen. »Du dreckige Schlampe«, zischte Tully wütend. »Na warte!«

In diesem Moment kam Benny mit einem schrecklichen Schrei herbeigerannt, packte Tully und schleuderte ihn zu Boden.

»Lauf weg«, befahl er dem Mädchen.

Tully rappelte sich auf und versetzte ihm einen Hieb in den Rücken, doch mit einem lässigen Schlag schickte Benny ihn erneut zu Boden. »Dolan«, schrie Tully, »komm her!«

Dolan sprang über die Reling, gefolgt von Fox, der eine Eisenstange in der Hand hatte. Ein Fausthieb von Dolan landete in Bennys Gesicht, doch der schüttelte nur den Kopf und versetzte ihm einen solchen Stoß gegen die Brust, daß er auf den Rücken fiel.

»Hört auf!« schrie Kathleen.

Fox traf Benny mit der Eisenstange auf den linken Arm; als Antwort versetzte er ihm eine Ohrfeige, daß Fox sich um die eigene Achse drehte und zu Boden stürzte.

»Benny, paß auf!« schrie Kathleen.

Tully war wieder auf den Beinen, hob die Eisenstange auf und holte aus, um sie Benny über den Kopf zu schlagen. Er wandte sich gerade noch rechtzeitig um, entriß Tully die Stange, legte ihm beide Hände um die Kehle und hob ihn hoch, daß er zappelnd in der Luft schwebte.

Ein dumpfer Schuß ertönte. Keogh und Ryan kamen durch den Nebel gerannt. »Benny, nein!« schrie Ryan.

Benny verharrte einen Moment, ehe er Tully langsam zu Boden sinken ließ; stöhnend sackte er zusammen und stützte den Kopf auf die Knie.

»Was ist hier los?« fragte Ryan.

Kathleen erzählte ihm alles. »Na und, was macht das schon, daß irgendein Kind das Boot gesehen hat?« meinte Keogh. »Es hat vielleicht später was zu bedeuten, aber im Moment nicht.«

»Das stimmt«, nickte Ryan. »Benny, bist ein braver Junge, daß du so gut auf Kathleen aufgepaßt hast. Jetzt zurück zur Farm mit euch beiden. Wir klären die Sache hier.«

»Tut mir leid, Onkel Michael«, sagte Kathleen.

»War nicht deine Schuld, Mädchen. So was kommt schon mal vor, wenn man sich mit Abschaum abgeben muß.«

Sie ergriff Bennys Hand und lief mit ihm davon. Tully, Dolan und Fox, die sichtlich angeschlagen wirkten, waren inzwischen aufgestanden.

»Was für ein jämmerlicher Haufen ihr seid«, schnaubte Ryan. »Los, an Bord, ehe ich mich vergesse und euch alle abknalle.«

»Der einzige Grund, warum ich nicht gleich kurzen Prozeß mit euch mache«, sagte Ryan, nachdem sich die Mannschaft im Steuerhaus versammelt hatte, »ist der, daß ich euch brauche. Wir sind zwischen halb fünf und fünf mit dem Laster hier, seht also zu, daß ihr dann zum Ablegen bereit seid, klar?«

Die Mannschaft schwieg betreten. »Ja«, antwortete Tully, »wir sind bereit.«

»Sie haben im William & Mary herumgeschnüffelt, wie ich von Mr, Keogh weiß. Warum?«

»Hab' mir Sorgen gemacht«, erwiderte Tully. »Ich wollte mich nur versichern, daß alles koscher ist.«

»Ich kann Ihnen jedenfalls versprechen, daß ich Ihnen den Kopf wegblase, falls Sie auf der Fahrt nach Kilalla irgendwelchen Blödsinn versuchen. Haben Sie verstanden?«

»Ja.«

»Gut, wir gehen dann jetzt. Seien Sie bereit, wenn's soweit ist.«

Gefolgt von Keogh stieg er die Leiter hinunter und sprang über die Reling auf die Mole.

»Was meinen Sie?« fragte Keogh.

»Spätestens auf halber Strecke werden sie probieren, uns die Hälse durchzuschneiden.«

»Und das macht Ihnen keine Sorgen?«

»Warum? Deshalb habe ich doch Sie dabei, Keogh.«

»Wer war dieser blöde Riesenaffe?« fragte Dolan. »King Kong?«

»Weiß nicht.« Tully massierte sich den Hals. »Ich dachte, mein letztes Stündchen hätte geschlagen.«

»Und was passiert jetzt?«

»Wir warten und tun, was man uns gesagt hat. Denkt immer nur an eines – wenn wir auf See sind, ist King Kong nicht mit dabei, und dann sieht die Sache anders aus.«

Kurz vor drei streifte Keogh in der Scheune die Lederjacke über, zog das rechte Hosenbein hoch und schnallte die Beretta am Knöchel fest. Die Walther mit dem Schalldämpfer schob er hinten in seinen Hosenbund und war bereit.

Kathleen trug Jeans und hatte die Pistole in eine Innentasche ihrer Jeansjacke gesteckt. Ryan inspizierte noch einmal den Waffenkoffer und lud ihn in den Ford.

Er umarmte Mary Power und schüttelte Benny die Hand. »Wir fahren jetzt, Benny, verstehst du?«

Benny nickte eifrig. »Ja, Onkel Michael.«

»Sei brav und gehorch Tante Mary.«

»Ja, Onkel Michael.«

»Bist ein guter Junge.« Er wandte sich zu Kathleen und Keogh um. »Dann wollen wir. Jetzt kommt der Moment der Wahrheit.«

Es regnete genauso wie bei ihrer Probefahrt, und Keogh, der auf der Montesa dem Lieferwagen folgte, fragte sich, ob es eigentlich jemals aufhören würde. Der Ford bog auf den Wendeplatz ein und hielt an. Ryan stieg aus, öffnete die Hintertür und nahm aus dem großen Koffer eines der AK-Gewehre, dessen Schaft zusammengeklappt war; öffnete den Reißverschluß von Keoghs Lederjacke und schob es darunter.

»Los mit Ihnen, Junge.«

Keogh gab Gas, hatte in fünfzehn Sekunden achtzig drauf und war nach drei Minuten an der Kreuzung, wo er anhielt und wartete.

Als der grünweiße Laster mit dem Schriftzug *Shelby Meat Importers* vorbeifuhr, der haargenau wie die Kopie in der Scheune aussah, kam es ihm einen Moment so unwirklich vor, als träume er das alles nur. Hastig schaltete er das Funkgerät ein.

»Adler Eins an Adler Zwei. Er kommt.«

Nach einer kleinen Pause knatterte es im Lautsprecher. »Adler Zwei – Nachricht erhalten. Komm her.«

Keogh steckte das Funkgerät ein, gab Gas und folgte dem Laster. Einige Sekunden später überholte er ihn, wobei er grüßend die Hand hob, ehe er um die nächste Kurve verschwand.

»Verrückter Kerl«, sagte der Fahrer des Lasters, hinter

dem die beiden Wachmänner saßen. Sie trugen Anzüge aus blauem Serge, da Uniformen zu auffällig gewesen wären, aber jeder hatte in einem Schulterhalfter eine Browning stecken.

»Bricht sich eines Tages wahrscheinlich sowieso den Hals«, meinte der eine. »Hört man ja andauernd.«

»Ja, das hat er dann davon«, erwiderte sein Kollege. »Wie wär's mit einem Kaffee?« Er öffnete eine Thermoskanne, als von irgendwoher eine gedämpfte Explosion zu hören war und in einiger Entfernung Rauch in die Luft stieg.

»Herrje, was war denn das?« fragte der Fahrer und bog um die Kurve, hinter der die Kreuzung lag.

Keogh fuhr durch ein offenes Gatter auf eine Wiese, stieg ab und lehnte das Motorrad an ein Mäuerchen. Kathleen stand am Straßenrand und beschmierte sich das Gesicht mit falschem Blut, während Ryan zum Ford lief und rasch wieder umkehrte. Kurz darauf gab es eine dumpfe Explosion, und rings um den Lieferwagen flackerten Flammen auf; eine stärkere Explosion folgte, und schwarzer Rauch stieg zum Himmel hoch.

Der Laster bog um die Kurve und bremste abrupt. Keogh zog sein AK heraus und klappte den Schaft auf, aber er brauchte die Waffe gar nicht. Ryan schaltete den Minicomputer ein und drückte die Knöpfe.

»Die Tür«, rief er, »die Tür!«

Keogh rannte zum Laster, packte den Griff und konnte die Tür mühelos öffnen. Er sah den Fahrer und die beiden anderen Männer, von denen einer bereits seine Waffe in der Hand hatte. Ryan warf eine Gasgranate hinein.Einen Moment später hatte er den betäubten Fahrer hinter dem Lenkrad hervorgezogen. Keogh zerrte die beiden Wachleute heraus. Sie schleppten die Männer auf die Wiese hinter dem Mäuerchen und fesselten sie mit Handschellen.

Kathleen war aufgestanden und wischte sich die rote Farbe ab. »Hast dir deinen Oscar verdient«, lobte Ryan. Er lief um den Laster herum und öffnete die Türen.

»Mann, schau sich das einer an!« Staunend musterte Keogh die Container.

»Allerdings.« Ryan hob den Koffer mit den Waffen in die Kabine des Lasters. »Los, Martin, weg hier.«

Keogh klappte das AK zusammen und schob es wieder unter seine Lederjacke. »Kommen Sie, Mädchen.«

Er schwang sich auf das Motorrad, Kathleen sprang hinter ihn auf den Sitz und schlang die Arme um seine Taille. Während sie losfuhren, startete Ryan den Laster und folgte ihnen. Zurück blieben nur der brennende Lieferwagen und die drei Männer hinter der Mauer, die langsam wieder zur Besinnung kamen. Erst eine halbe Stunde später kam ein Farmer in seinem Kombiwagen vorbei und entdeckte, was geschehen war.

Auf der *Irish Rose* hatte man bereits die Gangway heruntergelassen, und Tully wartete neben Dolan und Fox an Deck. Keogh fuhr über die Mole und direkt weiter bis an Bord, ehe er bremste und abstieg. Im nächsten Moment hatte er auch schon das AK aus seiner Jacke gezogen.

»Das ist nicht nötig«, sagte Tully. »Hat's geklappt?«

»Tadellos.«

»Und wo ist er? Wir müssen hier weg. Die Motoren laufen, und ein Mann steht am Ruder bereit.«

»Immer mit der Ruhe«, sagte Keogh. »Er kommt schon. Sorgen Sie nur dafür, daß alles klar ist.«

Mürrisch ging Tully davon. Keogh lächelte Kathleen zu und zündete sich eine Zigarette an. »Wir haben's geschafft, Kathleen, wir haben's geschafft.«

Sie war außer sich vor Aufregung. »Ich weiß, ich weiß, Martin, aber wo bleibt denn Onkel Michael?«

»Er kommt schon, Mädchen. Mit dem Laster ist er nicht so flink wie wir auf dem Motorrad.«

Es dauerte jedoch noch zwanzig qualvolle Minuten, bis der grünweiße Laster endlich aus dem Nebel auftauchte, über die Mole fuhr und an Bord rumpelte. Ryan bremste und stieg aus.

»Ich dachte schon, es wäre alles aus. Der verdammte Motor ist mir verreckt.«

Dolan und Fox sicherten rasch die großen Räder an Deck.

»Was war denn los?« fragte Kathleen.

»Das Ding hat einen automatischen Choke, der ganz rausgezogen war. Muß passiert sein, als die Granate losgegangen ist. Erst als ich das merkte und ihn wieder drin hatte, kriegte ich ihn endlich zum Laufen.«

Tully kam von der Brücke herunter. »Herrgott, was ist, können wir jetzt?«

»Klar«, nickte Ryan.

Die *Irish Rose* glitt hinaus in die Bucht, und das Land verschwand hinter ihnen im Nebel.

»Wir haben's geschafft«, seufzte Ryan.

»Allerdings.« Keogh bot ihm eine Zigarette an. »Bleibt nur noch eine Frage.«

»Das wäre?«

»Na ja, wann auf dem Weg nach Kilalla sie versuchen werden, uns zu überwältigen.«

»Ich denke, die beste Methode ist, sie von vornherein zu beeindrucken«, meinte Ryan. »Wir werden ihnen einfach die ganze Zeit über zeigen, daß wir bewaffnet sind. Nehmen Sie Ihr Gewehr, ich hole meins.«

»Und ich bin ja auch bewaffnet«, sagte Kathleen. »Ich hab' meine Pistole in der Jackentasche.«

»Um Himmels willen, Mädchen, halt dich da raus und überlaß das Martin und mir.«

Er stieg in die Kabine, holte das zweite AK aus dem Koffer und schlenderte zur Reling. Zu beiden Seiten des Hecks waren Davits angebracht, an denen Rettungsboote hingen sowie ein Schlauchboot aus gelbem Plastik mit einem Außenbordmotor.

»Der Kerl ist bestens ausgerüstet, um seine Schmuggelwaren an Land zu bringen«, meinte Ryan.

»Der Außenbordmotor scheint ganz neu zu sein.«

»Vermutlich geklaut, wie ich Tully kenne.«

»Und was machen wir jetzt?«

»Einfach abwarten. Er muß sich um das Schiff kümmern. Wenn wir ein paar Meilen weiter auf See sind, reden wir mal mit ihm.«

Er schaute hinauf ins Steuerhaus und sah Tully aus einem Fenster spähen. Ryan winkte ihm grinsend zu.

Müller hatte wieder das Steuer übernommen, Grant und Fox waren im Maschinenraum. Tully setzte sich an den Kartentisch.

»Siehst du, was sie dabei haben?« fragte Dolan.

»Ja, AKs.«

»Damit können sie uns in Stücke zerfetzen.«

»Ich weiß. Wir müssen clever vorgehen. Leg deine und Müllers Waffe in die Schublade im Kartentisch, dann geh runter und sag Fox und Grant, sie sollen ihre Knarren irgendwo im Maschinenraum verstecken. Meine behalte ich in der Tasche.«

»Wozu? Was soll das?«

»Na, ist doch klar, daß er uns erst mal in Ruhe läßt. Aber sobald wir auf See sind, wird er mit mir sprechen wollen, und so bewaffnet wie sie sind, können wir nichts machen, wenn sie uns alle nach Waffen durchsuchen. Bloß werden sie nichts finden.«

»Außer deiner.«

»Eben. Und dann ist Ryan vielleicht beruhigt.« Dolan schien ziemlich skeptisch, und Tully versetzte ihm einen Stoß. »Mach schon, setz dich in Bewegung. Ich muß den Kurs berechnen.«

»Wir fahren also trotzdem nach Kilalla?« fragte Müller in seinem deutschgefärbten Englisch.

»Müssen wir erst mal. Ryan ist ja kein Narr. Vorläufig halten wir einfach Kurs auf die Küste von County Down, bis wir sehen, was passiert.«

»So bewaffnet wie sie sind, könnte es schwierig werden.«

»Du machst dir zu viele Gedanken«, sagte Tully. »Es klappt schon. Irgendwie kriege ich diesen Laster, das verspreche ich dir.«

Ryan wartete eine Stunde, ehe er den rechten Zeitpunkt für gekommen hielt. »Kathleen, du bleibst in der Kabine und rührst dich nicht, während Martin und ich uns jetzt mal um diese Burschen kümmern.«

»Ich könnte sterben für eine Tasse Tee.«

»Schau mal in den Koffer. Neben den Waffen findest du eine riesengroße Thermosflasche. Hat Mary uns eingepackt, dazu noch eine Büchse Sandwiches mit Schinken und Käse.«

»Onkel Michael, du bist einfach Klasse. Du denkst wirklich an alles.«

»Diesmal mußt du dich bei Mary Power bedanken, es war ihre Idee.« Er wandte sich an Keogh. »Los, Martin, auf geht's.«

Tully überlegte einen Moment, ob er nicht einfach versuchen sollte, Ryan zu erschießen, als er ihn die stählerne Leiter zur Brücke hinaufklettern sah, gab diesen Gedanken jedoch rasch wieder auf, da Keogh zurückblieb und ihm mit schußbereitem Gewehr Deckung gab. Ryan erreichte sicher die Brücke und blieb in der offenen Tür stehen, um Tully, Müller und Dolan in Schach zu halten.

»Einen wunderschönen guten Morgen«, sagte er. »Kommen Sie hoch, Martin.«

Keogh stand gleich darauf neben ihm. »Na, Tully, wie geht's dem Ohr?«

Tully funkelte ihn finster an. »War schon mal besser.«

»Tut mir furchtbar leid, das zu hören.«

»Durchsuchen Sie die Kerle«, sagte Ryan.

Keogh tastete Müller und Dolan ab und fand in Tullys Tasche den Revolver.

»Na, so was«, tat Ryan überrascht. »Wirklich sehr ungezogen von Ihnen.«

»Ich bin der Captain«, protestierte Tully. »Was erwarten Sie?«

»Ach, von Ihnen eigentlich fast alles. Wo sind die anderen zwei?«

»Im Maschinenraum.«

»Wir statten ihnen einen Besuch ab und schauen uns dabei diesen Kahn noch mal an.«

»Wie Sie wollen.« Schulterzuckend ging Tully zum Sprachrohr und pfiff. Fox meldete sich. »Mr. Ryan will sich den Maschinenraum ansehen. Wir kommen runter.«

»Gut«, sagte Ryan, »dann gehen wir.« Er winkte Dolan. »Du auch.«

Ein Niedergang führte unterhalt des Steuerhauses zu einem schmalen Korridor, in dem sich zu beiden Seiten eine Tür befand. Auf einer stand *Toilette.* Keogh öffnete sie und sah eine Toilettenkabine, ein Waschbecken und eine Dusche.

»Ist das hier die einzige für das ganze Schiff?«

»Nein, ich habe eine eigene«, sagte Tully. »Gehört zu meiner Kabine. Ist unter dem Steuerhaus.«

»Und diese anderen Türen?«

»Mannschaftsquartiere.«

Keogh öffnete und sah einige ungemachte Kojen. Überall herrschte ziemliches Durcheinander. »Was für ein Gestank. Wäscht sich hier an Bord eigentlich niemand?«

Tully kochte vor Wut, hielt aber den Mund. »Und wo ist jetzt der Maschinenraum?« fragte Ryan.

»Am Ende des Gangs.«

»Geht voraus, ihr zwei.«

Tully öffnete eine Tür, und das Dröhnen der Motoren wurde lauter. Sie stiegen einen Niedergang hinunter und fanden sich im Maschinenraum wieder, wo Grant und Fox bei der Arbeit waren.

»Alles okay?« fragte Tully.

»Soweit es bei diesem alten Kahn möglich ist«, erwiderte Grant.

»Hände hoch, Jungs«, sagte Keogh, und Ryan hob sein Gewehr.

Mürrisch gehorchten beide. Keogh durchsuchte sie und nickte zufrieden. »Sind sauber.«

»Gut«, erwiderte Ryan, »dann gehen wir wieder nach oben.«

6

Der Seegang war stärker geworden, als sie an Deck kamen, und die *Irish Rose* schlingerte von einer Seite auf die andere. Regen kam auf und vertrieb ein wenig den Nebel. Nacheinander kletterten sie wieder die Leiter zum Steuerhaus hinauf.

Tully setzte sich an den Kartentisch. »Und was jetzt?«

»Ich bin in den letzten Jahren schon zweimal mit dem Schiff vom Lake District aus nach Ulster gefahren«, erklärte Ryan.

»Tatsache?«

»Ja, und deshalb weiß ich, daß die Isle of Man auf halber Strecke liegt und wir südlich daran vorbeikommen, am sogenannten Calf of Man.«

»Wenn Sie's sagen.«

»Das sage ich, und Sie sehen es ja auch hier auf Ihrer Karte. Ich denke, wir müßten gegen Mitternacht den dortigen Leuchtturm passieren.«

»Und?«

»Demnach sollten wir gegen drei Uhr in Kilalla landen.«

»Hängt vom Wetter ab.«

»Stimmt, aber halten Sie den Kurs. Ich habe jedenfalls einen Marinekompaß dabei und wäre ziemlich böse, wenn ich entdecken würde, daß wir etwa in westliche Richtung steuerten.«

»Gut«, erwiderte Tully mürrisch. »Und was passiert jetzt?«

»Na ja, da ich auf diesem Schrottkahn nirgendwo besonders gern die Nacht verbringen möchte, bleiben wir in der Kabine des Lasters. Hinter dem Fahrersitz gibt es sogar eine Koje.« Er wandte sich an Keogh. »Geben Sie ihm Ihr Funkgerät, Martin.«

Keogh nahm es aus seiner Tasche und legte es auf den Kartentisch. »Bitte sehr.«

»Was soll das?« fragte Tully.

»Ich habe ebenfalls eins; auf diese Weise können wir in Verbindung bleiben. Und noch etwas – Sie sorgen dafür, daß einer Ihrer Männer unten an Deck steht, wo ich ihn erschießen kann, falls irgendwas passiert.«

»Sie Dreckskerl.«

»Meinetwegen. Aber ich halte mein Wort und will Ihnen die Chance geben, vernünftig zu sein.« Er nahm einen Umschlag aus seiner Tasche, den er ihm zuwarf. »Das sind die fünfzigtausend Dollar, die Ihnen Mr. Keogh abgenommen hat.«

Tully war sichtlich fassungslos. »Mein Gott!«

»Zählen Sie's nach, wenn wir weg sind, aber es stimmt.« Ryan lächelte wie der Teufel persönlich. »Wenn alles reibungslos läuft, kriegen Sie in ein paar Stunden in Kilalla weitere fünfzigtausend. Denken Sie drüber nach. Also, gehen wir. Sie zuerst, Martin. Ich gebe Ihnen Deckung.«

Nacheinander stiegen sie die Leiter hinunter, während Tully den Umschlag öffnete und das Geld nachzählte. »Dieser verfluchte Kerl!«

»Was hat er bloß vor?« fragte Dolan.

»Er will mir zu verstehen geben, daß ich das Spiel nach seinen Regeln spielen und mich mit hunderttausend begnügen soll, ist doch klar.«

»Und was willst du machen?«

»Da draußen warten fünfzig Millionen Pfund in Gold, Dolan, fünfzig Millionen!«

»Na gut, aber mit diesen beiden ist nicht zu spaßen.«

»Mit mir auch nicht.« Tully musterte stirnrunzelnd die Karte.

»Hast du irgendeine Idee?«

»Im Moment – nein. Wenn wir nicht am Calf of Man vorbeikommen, weiß er gleich Bescheid. Außerdem hat er auch noch einen Kompaß.« Er schüttelte den Kopf. »Wir müssen den Kurs halten und auf unsere Chance warten. Vielleicht haben wir am ehesten in den frühen Morgenstunden eine, wenn wir näher an Irland sind.«

Dolan nickte. »Dann werden sie müde sein.«

»Und mit ein bißchen Glück auch seekrank. Ich hab's dem Bastard nicht gesagt, aber der Wetterbericht meldet, daß es schlimmer wird. Windböen bis zu Stärke sieben gegen Mitternacht, und du weißt, wie sich diese alte Wanne bei rauher See verhält.«

»Die reinste Achterbahn.«

Das Funkgerät knatterte, und Keoghs Stimme ertönte: »Bitte melden, Captain!«

Tully drückte den Knopf. »Was wollen Sie?«

»Einen Mann an Deck.«

»Gut.« Tully wandte sich an Dolan. »Geh du runter, Mick. Zwei Stunden, dann lasse ich dich von Müller ablösen. Zieh dir besser Ölzeug an. Du wirst es brauchen.« Er lächelte grimmig. »Siehst du, es hat schon wieder angefangen zu regnen.«

Nachdem Dolans Schicht vorbei war, stand Müller neben der Leiter und wirkte im trüben gelblichen Licht der Decklampen wie eine armselige Jammergestalt. Vergeblich versuchte er, unter dem Dach des Steuerhauses Schutz vor dem Regen zu finden.

»Ist das nicht ein toller Anblick«, grinste Keogh, während er eines von Mary Powers Sandwiches verspeiste.

Lachend reichte Kathleen ihm eine Tasse Tee. »Sie sind schrecklich, Martin.«

»Sein Pech, daß er auf der falschen Seite steht«, sagte Ryan. »Ich stell mal für eine Weile die Heizung an.«

Innerhalb weniger Sekunden verbreitete sich eine wohlige Wärme in der Kabine. »Herrgott, ist das schön«, seufzte Kathleen.

Ryan nahm ein weiteres Sandwich. »Leg dich doch hinten in diese Koje, da hast du's gemütlicher und kannst ein bißchen schlafen.«

»Was ist mit dir und Martin?«

»Ach, wir können hier im Sitzen abwechselnd ein oder zwei Stündchen dösen.«

Sie räumten die restlichen Sandwiches und die Thermosflasche weg und schauten hinaus in die dunkle, aufgewühlte See. Schaumgekrönte Wellen rollten heran, und die *Irish Rose* schlingerte von einer Seite auf die andere.

Kathleen packte Keoghs Arm. »Aufregend, was?« fragte er augenzwinkernd.

»Verdammt, Martin, ich habe eine Heidenangst, und das wissen Sie auch genau.«

»Ehe es besser wird, wird's erst mal noch schlimmer, so ist das immer«, neckte er.

Sie boxte ihn gegen die Schultern. »Hören Sie auf.«

Ryan schaute auf seine Uhr. »Neun Uhr. Klettre in die Koje und versuch zu schlafen. Dann geht's dir besser.«

»Ja, aber erst müßte ich mal auf die Toilette.«

»Das ist das einzige, was wir nicht haben.«

»Dir und Martin kann das egal sein. Ihr könnt euch neben den Laster stellen, ich nicht.«

»Guter Gott.« Ryan griff nach dem Funkgerät. »Tully, melden Sie sich.«

»Was ist?«

»Meine Nichte will man zur Toilette. Keogh wird sie begleiten, und damit Sie keine Dummheiten machen, nimmt er Müller mit.«

»Gut«, sagte Tully.

Keogh stieg aus. Der Wind war wesentlich stärker geworden und trieb Regenschauer vor sich her.

»Die Dame muß mal zur Toilette.« Er winkte Müller mit seinem Gewehr. »Sie gehen voraus. Und keinen Blödsinn, klar?«

Müller warf ihm einen finsteren Blick zu, setzte sich aber wortlos in Bewegung und öffnete die Tür zum Niedergang. Keogh und das Mädchen folgten ihm. Während sie in die Kabine ging, hielt er Müller in Schach.

»Los, Sie zuerst«, befahl er ihm, als sie wieder heraus kam.

Müller gehorchte und nahm erneut seinen Platz unter dem Dach des Steuerhauses ein; Keogh und Kathleen kehrten zum Laster zurück.

»Jetzt versuch ein bißchen zu schlafen«, sagte Ryan. »Da hinten sind auch Decken.«

Er und Keogh blieben auf ihren Plätzen sitzen und betrachteten den Regen, der an der Windschutzscheibe hinabströmte. Das Schiff schlingerte immer heftiger.

»Man kommt sich vor wie auf einer Achterbahn.«

»Die Deutschen haben diese Dinger für den Einsatz in Küstennähe gebaut«, sagte Keogh. »Der Schiffsboden ist fast flach.« Er zündete sich eine Zigarette an. »Ich habe übrigens nachgedacht. Schon auffällig, daß Tully als einziger hier an Bord eine Pistole hatte, die wir auch noch gleich gefunden haben.«

»Genau. Ich hab' das nicht eine Minute lang geglaubt.«

»Meinen Sie, Ihre Taktik, ihm die fünfzigtausend zurückzugeben, funktioniert?«

»Schön wär's, aber ich bezweifle es. Er ist viel zu habgierig. Trotzdem war es den Versuch wert.«

»Und was vermuten Sie?«

»Ach, er wird schon auf Kurs bleiben, weil er weiß, daß ich das mit meinem Kompaß überprüfen kann. Ich könnte mir denken, er wartet bis kurz vor der irischen Küste. Die frühen Morgenstunden wären am besten. Sie werden annehmen, daß wir müde sind. Deshalb schlage ich vor, Sie schlafen eine Weile. Ich halte solange Wache.«

Keogh, der wie ein Soldat jederzeit und überall ein Nickerchen halten konnte, lehnte sich einfach in seinem Sitz zurück, schloß die Augen und war sofort eingeschlafen. Ryan betrachtete ihn nachdenklich. Ein richtiger Teufelskerl und zu allem fähig – aber wer war dieser Martin eigentlich wirklich, fragte er sich, während er mit seinem Gewehr auf den Knien Müller beobachtete, gelegentlich hinauf zum Steuerhaus blickte und wartete.

Keogh fuhr mit einem Ruck hoch, als Ryan ihm eine Hand auf die Schulter legte. Er schaute auf die Uhr und sah, daß es schon Mitternacht war. »Sie hätten mich wecken sollen, Michael. Sie brauchen doch auch Ihren Schlaf.«

»Weniger als Sie. Ich bin älter. Schauen Sie mal da rüber.«

Keogh sah sofort das in der Dunkelheit flackernde Licht. »Kann das der Calf of Man sein?«

»Genau, wir sind exakt auf Kurs. Ich habe es mit dem Kompaß nachgeprüft.«

»Na ja, so weit, so gut. Ich muß mal kurz aussteigen – ein kleines Bedürfnis.«

Er öffnete die Tür. Der Wind war derart stark, daß es ihn fast umriß. Dolan hatte inzwischen wieder Müller abgelöst, und Keogh winkte ihm fröhlich zu.

»Warum so ein mürrisches Gesicht?« rief er und erleichterte sich neben dem Laster.

»Dann gehe ich jetzt mal«, sagte Ryan, als er wieder einstieg.

Tully, der sie aus dem Fenster des Steuerhauses beobachtet hatte, ballte plötzlich die Fäuste. »Das ist es!« rief er aufgeregt. »Herrgott, das ist es.« Er wandte sich an Müller. »Ich übernehme das Steuer. Lös Dolan ab und schick ihn zu mir. Vorwärts, es ist wichtig.«

Müller gehorchte, und kurz darauf erschien Dolan. Regen strömte von seinem Ölzeug herab. »Was ist? Ich war doch erst eine Stunde draußen.«

»Ich glaube, ich hab's«, sagte Tully. »Das Mädchen muß doch ganz sicher auch noch mal auf die Toilette.«

»Und?«

»Na, denk doch mal nach. Keogh hat Müller in Schach gehalten, während sie in der Kabine war, ja?«

»Stimmt.«

»Was würde passieren, wenn da drinnen jemand mit einer Kanone wartet? Was würde dieser verfluchte Keogh machen, wenn ihr jemand die Knarre an den Kopf hält? Nichts könnte er machen, gar nichts!«

»Mein Gott, das ist ein Gedanke.«

»Ja, aber du kommst dafür nicht in Frage. Sie werden dich vermissen, wenn du allzu lange von Deck verschwunden bist, also geh runter in den Maschinenraum und hol Fox rauf. Grant muß eben sehen, wie er allein fertig wird. Sag

Fox, er soll seine Knarre nehmen und sofort in die Toilette gehen. Dort kann er warten.«

»Wie lange?«

»Solange es eben dauert, verdammt!« Er packte hastig das Steuer, als eine plötzliche Bö aus Norden die *Irish Rose* traf.

Es war kurz nach zwei, und der Wind war noch stärker geworden. »Wir müssen bald da sein«, meinte Ryan mit einem Blick auf seine Uhr. »Ich schätze, in einer Stunde.«

Kathleen war aufgewacht und stöhnte. »Mein Gott, ich fühl' mich schrecklich. Wie spät ist es?« Sie kletterte aus der Koje. »Ich muß noch mal zur Toilette.«

»Gut.« Ryan griff nach dem Funkgerät.

»Was ist?« fragte Tully.

»Meine Nichte will zur Toilette. Wir machen es genauso wie letztes Mal.«

»Okay«, erwiderte Tully. Seine Hände zitterten vor Aufregung, als er die beiden Waffen aus der Schublade des Kartentischs holte und eine davon Müller reichte. »Wenn der richtige Zeitpunkt gekommen ist, fixiere das Steuerrad.«

»Bei diesem Wetter?«

»Ist ja nur für einen Moment.« Tully ging zum Sprachrohr und gab Signal. Grant meldete sich. »Jock, es geht los. Nimm deine Waffe und warte oben am Niedergang zum Maschinenraum. Das Mädchen geht zur Toilette.«

»Ich bin bereit.«

»Jawohl!« Tully schlug mit der Faust auf den Kartentisch. »Und das muß klappen, verdammt, es muß!«

Keogh hatte sein Gewehr auf Dolan gerichtet, der vorausging und mürrisch stehenblieb. »Dauert nicht lange«, sagte Kathleen.

Sobald Fox ihre Stimme gehört hatte, war er in die Dusche gehuscht und wartete, bis das Mädchen aus der Toilette kam. Mit einem Satz sprang er auf sie zu, drehte ihr den linken Arm auf den Rücken und drückte ihr den Lauf seiner Pistole in den Nacken.

»Mach die Tür auf, du kleine Schlampe.«

»Martin!« schrie sie. »Paß auf!« Fox ließ sie los, riß die Tür auf und stieß sie nach draußen, wobei er weiterhin auf ihren Hinterkopf zielte.

»Gib Dolan dein Gewehr«, befahl er Keogh. »Los, mach schon!«

»Erschieß sie, Martin«, schrie Kathleen. »Erschieß alle beide. Kümmere dich nicht um mich.«

»Ich bringe sie um, ich schwör's!« rief Fox.

»Nicht nötig. Immer mit der Ruhe.« Keogh reichte Dolan das AK, der einen Schritt zurücktrat und ihn damit in Schach hielt. Auf seinem Gesicht spiegelte sich boshafte Freude.

»Jetzt haben wir dich, du Bastard.«

Die Tür zum Maschinenraum am Ende des Gangs öffnete sich, und Grant erschien mit einem Revolver in der Hand. »Ich bin da, Jungs.«

Fox senkte seine Pistole und wandte sich um – und dann passierte alles gleichzeitig. Kathleen griff in ihre Jeansjacke, riß die Pistole heraus, rammte sie Fox in den Bauch und drückte zweimal ab; Keogh ging in die Knie, zerrte das rechte Hosenbein hoch, zog die Beretta aus dem Knöchelhalfter und traf mit der ersten Kugel Dolan in die rechte Schulter, der das AK fallen ließ und herumgerissen wurde. Keoghs zweiter Schuß zerschmetterte ihm das Rückgrat. Grant schoß blindlings, Keogh feuerte zurück, streifte seine Schulter, und der Schotte verschwand Hals über Kopf.

Keogh hob das Gewehr auf. »Alles okay?«

»Klar.« Kathleen lachte etwas zittrig. »Ich hab' genau gemacht, was Sie gesagt haben, und Sie hatten recht. Nahe genug rangehen, dann kann man nicht danebenschießen.«

»Gut, verschwinden wir hier.«

Er öffnete die Tür des Niedergangs und rief zum Laster hinüber: »Michael, sie haben versucht, uns zu überrumpeln.«

»Alles in Ordnung?« Ryan öffnete die Tür und ging dahinter in Deckung.

»Ja. Geben Sie uns Feuerschutz. Wir kommen.« Er schob

Kathleen nach draußen. »Bleiben Sie hinter mir, Mädchen.« Er drehte sich um, schaute hinauf zum Steuerhaus und feuerte eine rasche Salve in die Luft, als er dort am Fenster eine Bewegung sah.

Kathleen erreichte sicher den Laster. »Steig wieder in die Kabine, da bist du in Sicherheit«, befahl ihr Onkel. »Was ist passiert?« rief er Keogh zu, der hinter der Beifahrertür Deckung suchte.

Keogh erzählte ihm alles. »Sie hatten also recht.«

»Hab' ich gewöhnlich. Eine dumme Angewohnheit.«

Es dauerte mehrere Minuten, bis Grant über einen Umweg durch eine Luke im Maschinenraum die Brücke erreichte. Er war bleich, seine Augen funkelten grimmig, seine linke Schulter war blutig. Er zog seine Jacke aus, griff nach einem Putzlappen und versuchte, damit die Schulter zu verbinden.

»Dieses kleine Miststück hat Fox erschossen. Sie hatte eine Waffe. Dann hat Keogh Dolan umgelegt und wollte mich ebenfalls erledigen. Was machen wir jetzt?«

»Ich hab' keine Ahnung, verdammt noch mal!« antwortete Tully.

Er löschte das Licht, ehe er das Heckfenster des Steuerhauses öffnete und vorsichtig hinausspähte. Die beiden Türen des Lasters standen offen, und ihm war klar, daß Ryan und Keogh sich dahinter versteckten. Sorgfältig zielte er auf Keoghs Seite etwas unter die Tür in der Hoffnung, mit ein wenig Glück vielleicht seinen Fuß oder den Knöchel zu erwischen, und gab sämtliche sechs Schüsse seines Revolvers ab. Ryan und Keogh reagierten, indem sie gleichzeitig das Steuerhaus mit einer Salve eindeckten und dessen Fenster zerschossen, daß die Glassplitter durch die Luft flogen.

Tully und Grant warfen sich zu Boden, nur Müller war nicht schnell genug und erhielt mehrere Kugeln in den Rücken. Das Steuer begann sich zu drehen. Tully kroch geduckt darauf zu, riß es herum und sicherte es am Kettenkasten.

»Das hält für eine Weile.«

»Bloß wie lange? Was machen wir jetzt?« fragte Grant.

»Keine Ahnung, verflucht.«

Zehn Minuten später knatterte das Funkgerät. »Hören Sie mich, Tully?« fragte Ryan.

»Ja.«

»Sind Sie jetzt vernünftig?«

»Warum sollte ich? Wir sind hier oben immer noch zu dritt, Müller, Grant und ich«, log er. »Und Sie sind auf mich angewiesen.« Die *Irish Rose* schlingerte heftig in einer Windböe. »Es sei denn, Sie können mit solch einem Schiff umgehen, was ich bezweifle, besonders bei derartigem Wetter.«

»Was schlagen Sie vor?«

»Ich weiß nicht. Nur eins ist sicher – Sie können uns hier oben nichts anhaben, solange wir in Deckung bleiben, und wir können Ihnen nichts tun. So was nennt man ein Patt.«

»Und das heißt?«

»Ich weiß nicht. Ich denke darüber nach.«

»Er hat recht!« rief Keogh seinem Gefährten zu. »Unmöglich, das Steuerhaus zu stürmen. Sie sind uns gegenüber im Vorteil.«

»Ja, selbst wenn wir es durch irgendein Wunder schafften, sie zu überwältigen, nützte es uns nichts«, entgegnete Ryan. »Kämen wir beide allein mit diesem Kahn zurecht? Wahrscheinlich nicht.«

»Den Kurs beibehalten ist so ungefähr das einzige, was uns möglich wäre, solange die Motoren laufen.«

Ryan schüttelte den Kopf. »Viel zu riskant. Keiner von uns kann diesen Kahn manövrieren.«

Fünfzehn Minuten lang herrschte Stille, dann ertönte Tullys Stimme wieder aus dem Funkgerät.

»Ryan, hören Sie mich?«

»Was wollen Sie?«

»Wir sind drei Meilen von der Küste entfernt.«

»Mit Ziel Kilalla? Sie können uns immer noch dort an Land setzen, die restlichen fünfzigtausend nehmen und unbehelligt Ihrer Wege gehen.«

»Glaub' ich Ihnen nicht. Sie würden mich wie einen Hund erschießen. Kilalla ist sowieso noch meilenweit weg.«

»Also, was schlagen Sie vor?«

»Ich kann diesen Kahn wenden und jederzeit wieder zurück auf See steuern.«

»Und wir segeln für alle Zeit weiter wie der Fliegende Holländer, Sie da oben im Steuerhaus und wir hier unten?« fragte Ryan. »Wem bringt das was?«

»Niemandem, von Ihrem Standpunkt aus gesehen.« Tully schaltete das Funkgerät wieder ab.

»Es hat keinen Zweck«, sagte Keogh. »Ich muß versuchen, die Leiter hochzukommen. Sie geben mir Feuerschutz.«

»Feuerschutz? Sind Sie verrückt? Sie haben doch keine Chance, das wissen Sie selbst.«

Tully und Grant kauerten im Steuerhaus. »Wie geht's deinem Arm?« fragte Tully.

»Tut höllisch weh, aber es ist bloß ein Kratzer. Ich überleb's schon.«

»Wir beide, du im Maschinenraum und ich hier oben, könnten es zurück nach England schaffen, nicht wahr?«

»Wahrscheinlich. Was schlägst du vor?«

»Ich will ihm noch ein letztes Angebot machen.«

Tullys Stimme drang aus dem Funkgerät. »Ryan?«

»Was wollen Sie?«

»Wie schon gesagt, ich könnte wieder Kurs auf offene See nehmen, wir könnten im Kreis fahren, bis der Tank leer ist, danach würden wir einfach treiben, bis irgend jemand die Küstenwache alarmiert, und dann wären wir alle miteinander in Teufels Küche.«

»Stimmt wohl«, sagte Ryan. »Was schlagen Sie vor?«

»Warum nicht vernünftig sein? Hinter Ihnen am Heck ist das große gelbe Schlauchboot mit einem guten Außenbordmotor vertäut. Wir sind jetzt nur noch zwei Meilen von der Küste entfernt, und der Wind flaut ab. Sie könnten es leicht schaffen.«

»Und Ihnen das Gold lassen?« fragte Ryan. »Was hätten wir davon?«
»Das Leben.«
»In Wirklichkeit knallen Sie uns doch ab, sobald wir ins Schlauchboot steigen.«
»Ich kann es ja von hier aus nicht mal sehen. Der Laster steht davor. Denken Sie darüber nach. Ich gebe Ihnen fünf Minuten; dann drehe ich den Kahn um.«
»Das können wir nicht machen, Onkel Michael«, protestierte Kathleen ärgerlich, »nach allem, was wir hinter uns haben.«
»Ich weiß, Mädchen, ich weiß. Was sagen Sie, Martin?«
»Ich glaube, wir haben kaum eine andere Wahl.«
»Meinen Sie?« Ryan lächelte grimmig. »Es gibt noch eine Möglichkeit – nämlich dafür zu sorgen, daß auch Tully das Gold nicht kriegt.«
Kathleen schaute ihn erschrocken an. »Wie wollen Sie das verhindern?« fragte Keogh.
Ryan erzählte es ihm.
Eine Minute später rief er Tully an. »Gut, wir sind einverstanden. Lassen Sie uns ein paar Minuten Zeit, damit Keogh überprüfen kann, ob Sie das Schlauchboot wirklich nicht sehen können, dann melde ich mich wieder.«
Tully grinste. »Es klappt!« rief er Grant zu. »Der Dreckskerl gibt auf. Wir haben gewonnen.«
»Falls er es ernst meint.«
»Natürlich, was bleibt ihm sonst übrig? Er ist hilflos.«
»Okay, Tully, alles klar«, ertönte Ryans Stimme. »Wir sehen uns eines Tages in der Hölle wieder.«
Er schaltete ab, und Tully lachte triumphierend. »Ich habe den Bastard geschlagen! Fünfzig Millionen Pfund, und alles gehört mir.«
»Uns, meinst du wohl?« fragte Grant.
»Klar«, nickte Tully. »Wir brauchen einander, also laß uns diesen Pott jetzt mal wenden.«

Im Schutz des Lasters ließen Keogh und Ryan das Schlauchboot über die Reling gleiten und sicherten es mit einem Tau. Keogh kletterte als erster hinein und warf den Außenbordmotor an, der tadellos lief.

»Los, Mädchen, jetzt du«, befahl Ryan.

Keogh half ihr einsteigen. Direkt vor ihnen hob und senkte sich das Heck der *Irish Rose* in der aufgewühlten See.

»Um Himmels willen, kommen Sie endlich, Michael!« rief Keogh.

»Erst will ich Tully noch sein Abschiedsgeschenk hinterlassen.« Ryan hielt ein Bündel hoch. »Ein halbes Pfund Semtex und ein Zeitzünder von einer Minute.« Er riß eine der Deckslunken auf, warf das Semtex hinein und war im Nu über die Reling geklettert. Hastig löste er das Tau, und Keogh gab Gas.

Sie waren etwa fünfzig Meter entfernt, als das Heck der *Irish Rose* in der Dunkelheit explodierte und eine grelle Flammenzunge in die Luft schoß. Dann ging alles unglaublich rasch. Das Schiff neigte sich, der Bug schien sich aufzubäumen, und es sank rückwärts unter die Meeresoberfläche. Binnen weniger Sekunden war es in einer zischenden Dampfwolke verschwunden.

»Jetzt kannst du an deiner Gier ersticken, du Bastard!« rief Michael Ryan und legte einen Arm um seine Nichte. »In Ordnung, Martin, bringen Sie uns irgendwo an Land.«

Gegen vier Uhr morgens, als das erste Tageslicht den Himmel erhellte, landeten sie an einem breiten Strand, der in ein dichtes Waldstück überging. Keogh schaltete den Außenbordmotor ab, sprang ins Wasser und zog das Boot ans Ufer. Ryan half Kathleen heraus.

»Was machen wir mit dem Schlauchboot?« fragte Keogh.

Ryan betrachtete es im Licht einer kleinen Taschenlampe. »Soweit ich sehen kann, steht kein Name drauf. Schießen Sie einfach ein paar Löcher rein, Martin.«

Keogh watete wieder ins Wasser und gab dem Boot einen kräftigen Schubs; rasch wurde es von einer Strömung erfaßt und hinausgetrieben. Er zielte sorgfältig mit seiner schallgedämpften Walther und feuerte zwei Schüsse ab. Kurz darauf versank es.

»Was meinst du, wo wir hier sind, Onkel Michael?« fragte Kathleen.

»Weiß der Himmel, aber es spielt eigentlich keine Rolle. Wir sind zu Hause. Was jetzt, Martin?«

»Ich denke, es ist am besten, wenn wir uns trennen. Sie gehen Ihrer Wege, ich meiner.«

»Können wir nicht zusammenbleiben, Martin?« bat Kathleen.

»Ich glaube nicht, Kate. Ihr Onkel wird seine eigenen Pläne haben und muß sich um das Army Council und Reid kümmern. Für mich war diese eine Reise heim ins gute alte Irland aufregend genug. Ich sage jetzt auf Wiedersehen, Michael.« Er schüttelte Ryan die Hand.

Das Mädchen stellte sich auf die Zehenspitzen und küßte ihn auf die Wange. »Gott segne Sie, Martin, und danke für alles, was Sie getan haben.«

»Ich konnte Sie jetzt nicht mal bezahlen«, sagte Ryan.

»Machts nichts.« Keogh lächelte. »War jedenfalls ein tolles Abenteuer.«

Er wandte sich um und ging davon. »Wer sind Sie, Martin?« rief Ryan ihm hinterher. »Wer sind Sie wirklich?«

»Ach du lieber Himmel, es gibt Tage, an denen ich das selbst nicht weiß.« Damit verschwand er zwischen den Bäumen.

»Gehen wir, Mädchen«, sagte Ryan. »Wir suchen uns eine Straße, folgen ihr und sehen, wo wir sind.«

Da die Morgendämmerung eingesetzt hatte, war es nicht schwierig, sich zwischen den Bäumen hindurchzufinden. Nach ein paar Minuten stießen sie auf eine schmale Landstraße. An einer Kreuzung stand ein Wegweiser.

»Du bleibst hier in Deckung, und ich schau mal nach.«

Kurz darauf kehrte er wieder zurück. Da es immer noch regnete, stellte er sich neben sie in den Schutz der Bäume, um sich eine Zigarette anzuzünden.

»Nach links sind es drei Meilen bis nach Drumdonald. Scotstown liegt fünf Meilen in die andere Richtung. Nehmen wir einfach den kürzeren Weg; spielt ja keine Rolle.«

»Alles war umsonst«, seufzte Kathleen. »Wir wissen nicht mal, wo die *Irish Rose* untergegangen ist.«

»Ach nein?« lachte er und zog ein schwarzes Kästchen aus seiner Tasche. »Noch so ein kleines Wunderding, das dieses junge Elektronikgenie von der Queen's University mir gegeben hat. Es heißt Master Navigator. Ich habe die Positionen von Marsh End und Kilalla einprogrammiert, und dieses Ding hat die ganze Zeit über beständig den Kurs und unsere Position angezeigt und gespeichert. Ich weiß exakt, wo die *Irish Rose* untergegangen ist.«

»Mein Gott, und du hast mir kein Wort davon verraten.«

»Manches behalte ich eben lieber für mich.«

»Und was machen wir jetzt? Reid und dieses Schwein Scully suchen uns doch bestimmt.«

»Auch das Army Council«, nickte Ryan. »Ich glaube, es ist Zeit für eine kleine Reise. In Amerika soll es um diese Jahreszeit ganz herrlich sein. Wir sehen zu, daß wir zu diesem geheimen Unterschlupf in Bundoran kommen. Dort liegen immer falsche Pässe bereit. Du weißt ja, wie vorsichtig ich bin.«

»Aber wir brauchen Geld, Onkel Michael, was ist damit?«

»Oh, ich war Martin gegenüber nicht ganz ehrlich. In einem Umschlag in meiner Brusttasche habe ich immer noch die zweiten fünfzigtausend Pfund für Tully.«

»Mein Gott, was bist du für ein Mann.«

»Damit dürften wir eine Weile hinkommen. Wenn es verbraucht ist, denke ich mir was aus.«

»Zum Beispiel?«

»Ich habe in Ulster Banken beraubt und bin davongekommen – warum sollte ich nicht dasselbe in Amerika versuchen?«

»Manchmal denke ich, du bist total verrückt.«

»Bin ich gelegentlich auch, aber jetzt gehen wir erst mal.«

Sie bogen auf die Straße in Richtung Drumdonald ein, als

plötzlich Keogh vor ihnen stand, der ebenfalls unter den Bäumen Schutz gesucht und ihr Gespräch belauscht hatte. Einen Moment lang herrschte Stille; nur der Regen war zu hören.

»Sie verfluchter alter Fuchs«, sagte er dann leise, und in seiner Stimme lag fast so etwas wie Bewunderung.

Er wandte sich um und ging in die entgegengesetzte Richtung nach Scotstown.

Um sechs Uhr morgens klingelte bei Jack Barry in Dublin das Handy auf dem Nachttisch. Neben ihm schlief seine Frau, deshalb stand er leise auf und ging mit dem Apparat ins Bad.

»Ja?«

»Ein R-Gespräch für Sie von einem Mr. Keogh. Wollen Sie das Gespräch annehmen?«

»Natürlich.«

Einen Moment später ertönte Keoghs Stimme. »Bist du's, Jack?«

»Wo steckst du?«

»In einer Telefonzelle in einem Dorf namens Scotstown an der Küste von Down.«

»Was ist denn los? Ich habe zwanzig Männer von der County-Down-Brigade nach Kilalla geschickt, die dort warten.«

»Schick sie wieder heim, Jack, die *Irish Rose* kommt nicht.«

»Erzähl schon«, befahl Barry.

Als Keogh fertig war, sagte er: »Mein Gott, was für ein Plan, und dann so ein Ende.«

»Stimmt. Schon ein toller Bursche, dieser Michael Ryan.«

»Als du ihn und seine Nichte belauscht hast, hättest du den Schuft erschießen und ihm diesen Master Navigator abnehmen können.«

»Wäre ein gewaltiges Unternehmen, dieses Gold hochzuholen, Jack.«

»Das klingt wie eine Ausrede. Du bist doch nicht etwa weich geworden?«

»Ich mochte ihn, Jack, und ich mochte das kleine Mädchen. Das Gold hat seinen Zielort nicht erreicht, die Unionisten werden sich also nicht für einen Bürgerkrieg bewaffnen können. Belassen wir es dabei.«

Barry lachte. »Verdammt, du hast wie gewöhnlich recht. Scotstown, hast du gesagt? Da gibt es einen Pub, The Loyalist, aber das täuscht, denn der Wirt, Kevin Stringer, ist einer von uns. Ich rufe ihn gleich an und sag ihm, daß er dich erwarten soll. Später schicke ich einen Wagen, der dich abholt.«

»Prima.«

»Paß auf dich auf.«

Keogh verließ die Telefonzelle und stand einen Moment lang im Regen, während er an Michael Ryan und seine Nichte dachte und zu seiner eigenen Überraschung bemerkte er, daß er dem Feind alles Gute wünschte. Dann zündete er sich eine Zigarette an und ging die Dorfstraße hinunter, um den Pub zu suchen.

New York State
Irland
London
Washington
Irland

1995

7

Paolo Salamone und sein Anwalt Marco Sollazo trugen zwar beide sizilianische Namen, waren jedoch waschechte, im Land geborene Amerikaner. Damit endeten allerdings die Gemeinsamkeiten zwischen ihnen auch schon.

Salamone war in New Yorks Little Italy aufgewachsen, und seine Karriere in der Mafia hatte den üblichen Verlauf genommen. Vom *piccioti*, dem einfachen Handlanger, hatte er sich hochdienen müssen zum *sicario*, einem Killer für besondere Fälle, und war nach drei erfolgreich ausgeführten Aufträgen schließlich in den Clan von Don Antonio Russo aufgenommen worden. Zweimal hatte er wegen verhältnismäßig geringfügiger Delikte wie Drogenhandel für kurze Zeit im Gefängnis gesessen, bis ihn vor zwei Jahren das Verhängnis ereilte, als er mit einem von Don Antonios Konkurrenten abrechnete und plötzlich eine Polizistin aufgetaucht war. Salamone hatte bei der Schießerei eine Kugel ins Bein abbekommen, was hinsichtlich seiner Flucht hinderlich gewesen war, doch seine eigene Kugel hatte unglücklicherweise die Polizistin getötet. Daß er nicht zu lebenslänglich, sondern nur zu fünfundzwanzig Jahren verurteilt worden war, hatte er allein dem Geschick seines Anwalts, Don Antonios Neffen Marco Sollazo, zu verdanken.

Aus der Strafanstalt von Ossining war Salamone nach Green Rapids verlegt worden, da er eine Ausbildung als Krankenpfleger gemacht hatte und man es für nützlicher hielt, ihn in der dortigen Krankenabteilung einzusetzen.

Marco Sollazo war fünfunddreißig, ein recht gutaussehender Mann von südländischem Typus mit dunklem, nach hinten gekämmtem Haar, der einen gestreiften Anzug von Armani und eine College-Krawatte trug. Er hatte an der juristischen Fakultät von Groton und Harvard studiert und war stets nach Kräften von seinem Onkel Don Antonio, dessen Stolz und Freude er war, gefördert worden.

»Marco, Sie haben gesagt, es gäbe eine Chance, daß Sie ein Berufungsverfahren für mich erreichen. Fahrlässige Tötung. Und jetzt erzählen Sie mir, daß ich noch weitere dreiundzwanzig Jahre hier sitzen könnte.«

»Die Sache ist nicht so einfach«, erwiderte Marco. »Ich tue wirklich mein Bestes.«

»Ja, ja, ich tue auch mein Bestes. Ich weiß jede Menge über den Clan, aber ich quatsche nicht.«

»Paolo, ich glaube kaum, daß Don Antonio erfreut wäre, dich so reden zu hören, im Gegenteil.«

»Verstehen Sie mich nicht falsch«, sagte Paolo hastig. »Ich würde meinen Paten nie verraten. Es ist bloß so, daß ich einfach Hilfe brauche.«

»Ich weiß ja«, versicherte Marco verständnisvoll. »Ich werde jede Möglichkeit ausschöpfen, und der Don verfügt schließlich über viel Einfluß.«

»Was wäre, wenn ich was Interessantes erzählen könnte? Etwas wirklich Interessantes?«

»Und das wäre?«

Ringsum auf dem Gelände gingen andere Gefangene mit ihren Besuchern spazieren. Salamone zog ihn zu einer Bank und deutete, nachdem sie sich gesetzt hatten, auf einen Mann mit grauem Haar von etwa Mitte sechzig, der in Begleitung einer jungen, dunkelhaarigen Frau von ungefähr fünfundzwanzig war.

»Das ist Liam Kelly, zumindest nennt er sich so. Die Frau ist seine Nichte Jean Kelly. Sie ist OP-Schwester im Green Rapids General Hospital.«

»Und?«

»Er sitzt fünfundzwanzig Jahre ab, weil er vor zehn Jahren bei einem Bankraub in Pleasantville einen Polizisten erschossen hat. Ich habe ihn in Ossining kennengelernt, aber weil er an Angina pectoris leidet, hat man ihn wegen des Krankenhauses hierher verlegt. Ein paar Monate darauf bin ich ebenfalls als Krankenpfleger hergekommen. Wissen Sie, wir haben hier eine gute Krankenabteilung; wenn es allerdings irgendwelche Probleme gibt, schicken wir die Patienten nach Green Rapids.«

»Was soll das alles?«

»Hören Sie nur zu. Letzten Monat hatte er einen Herzanfall. Ich muß Ihnen erst noch sagen, daß die beiden Iren sind, und zwar aus dem Norden. Jedenfalls geht es ihm gesundheitlich nicht gut. Er hatte damals Fieber, hing am Tropf und lag in einem Einzelzimmer. Ich hatte Nachtdienst und sollte ihn beobachten.«

»Und?«

»In seinem Fieber hat er fantasiert und alle möglichen komischen Sachen gesagt. Hat immer wieder von einem Schiff geredet, der *Irish Rose,* und daß er der einzige sei, der wisse, wo es untergegangen sei und das Gold liege.«

Sollazo schwieg einige Zeit und überlegt. »Der einzige, der wisse, wo das Gold liegt? Das hat er gesagt?«

»Genau.«

»Und sonst weißt du nichts?«

»O doch«, entgegnete Salamone triumphierend. »In der Gefängnisbücherei gibt es eine fabelhaften Computer. Ich habe mal den Namen *Irish Rose* eingegeben – und bingo!«

»Weiter«, drängte Sollazo.

»Im Herbst 1985 stand ein Artikel in der *New York Times.* Es scheint, daß ein Laster, der mit fünfzig Millionen Pfund in Goldbarren beladen war, im Nordwesten Englands überfallen wurde. Die Untersuchungen der Polizei ergaben, daß man das Gold auf eine Fähre namens *Irish Rose* gebracht hatte.«

»Und dann?«

»Das Schiff verschwand, aber Schwimmwesten und Überreste eines Boots wurden an der irischen Küste angespült. Ende der Geschichte.«

»Und es stand nichts drin, wer hinter dieser Sache steckte?«

»Kein Wort.«

»Interessant«, sagte Sollazo. »Gehen wir noch ein Stück.«

Sie schlenderten über den Rasen, wobei sie an der Bank

vorbeikamen, auf der Kelly und seine Nichte saßen und die Köpfe zusammensteckten. Sie blickten nur flüchtig auf. »Hallo, Liam«, grüßte Salamone.

»Tag, Paolo.«

Sollazo und Salamone gingen weiter, und Kathleen Ryan, die inzwischen fast wie eine gebürtige Amerikanerin sprach, fragte: »Wer war das denn, Onkel Michael?«

»Paolo Salamone. Er ist Pfleger in der Krankenabteilung. Wir haben beide gemeinsam, daß wir fünfundzwanzig Jahre wegen Polizistenmord sitzen, bloß war es bei ihm eine Polizistin, die er erschossen hat. Aber jetzt sag mal, wie geht's dir?«

»Gut. Hab' viel zu tun im Krankenhaus.«

»Immer noch keinen Mann in deinem Leben?«

»Das gibt bloß Aufregung und Ärger«, lächelte sie. »Ein Glück, daß ich den Job in Green Rapids bekommen habe. So kann ich dich wenigstens regelmäßig sehen.«

»Und das soll noch mal fünfzehn Jahre lang so weitergehen? Du kannst doch dein Leben nicht derart vergeuden, Kathleen.« Wütend stand er auf und schüttelte den Kopf. »Mein Gott, wie konnte ich bloß so blöd sein! Eine Bank in einer Kleinstadt, das ist ein Klacks, hab' ich gedacht – und dann kommt ausgerechnet dieser Bulle um die Ecke.«

»Es war eben einfach Pech, so was passiert.«

»Gott sei Dank, daß du es wenigstens geschafft hast, noch rechtzeitig wegzufahren und zu flüchten.«

Er zog eine Packung Zigaretten heraus und zündete sich eine an. »Du weißt doch, daß du nicht rauchen sollst«, sagte sie.

»Damit ich mein Leben hier in diesem hübschen Knast um ein oder zwei Jahre verlängere?« Er ließ die Zigarette zu Boden fallen. »Na gut, ich bin brav. Komm, ich bringe dich zum Tor.«

Zahlreiche andere Leute gingen in die gleiche Richtung, darunter auch Salamone und Sollazo. Am bewachten Ausgang blieben sie stehen. Ryan küßte seine Nichte auf die Wange. »Danke, daß du gekommen bist.«

»Bis Freitag.«

Als sie draußen auf dem Parkplatz die Tür ihres Wagens aufschloß, sah sie Sollazo auf einen silbernen Porsche zugehen. Beiläufig schaute er zu ihr herüber. Aus irgendeinem Grund empfand sie bei seinem Blick ein merkwürdiges Unbehagen. Rasch stieg sie ein und fuhr davon.

Sollazo hatte inzwischen nach seinem Handy gegriffen und rief in seinem Büro an. »Rosa«, befahl er seiner Sekretärin, »stöbern Sie mal die Archive durch nach einem Bericht in der *New York Times* über einen Raubüberfall im Norden Englands, mit dem ein Schiff, die *Irish Rose*, in Zusammenhang steht, das offenbar gesunken ist.«

»Gut, Sir, sonst noch was?«

»Ja, sagen Sie unseren Leuten in London, sie sollen sich ebenfalls sämtliche entsprechenden Zeitungsartikel anschauen. Sie sind dort wahrscheinlich ausführlicher. Und ich hätte die Sachen gern möglichst gestern.«

»Wird sofort erledigt.«

»Ich bin zum Essen bei Don Antonio.«

»In seinem Haus auf Long Island?«

»Nein, im Trump Tower. Sobald Sie das Zeug aus England kriegen, faxen Sie es mir dorthin.«

»Mache ich.«

Auf der Fahrt dachte Sollazo über die ganze Geschichte nach. Faszinierend der Gedanke, daß Goldbarren im Wert von fünfzig Millionen Pfund nur darauf warteten, geborgen zu werden.

Kathleen Ryan zog sich in ihrem Zimmer im Green Rapids General Hospital aus und ging unter die Dusche. In einer Stunde begann ihr Nachtdienst, der bis sechs Uhr morgens dauerte, aber das machte ihr nichts aus, denn sie liebte ihre Arbeit und war eine gute Krankenschwester.

Ihr Onkel hatte nach seiner Verurteilung darauf bestanden, daß sie sich ein eigenes Leben aufbaute, und sie hatte ein harte fünfjährige Ausbildung absolviert. Besonders schlimm war die Zeit gewesen, die er in dieser düsteren Festung von Ossining absitzen mußte, wo sie ihn nur selten hatte sehen können. In gewisser Weise war seine Herzkrankheit ein Segen gewesen. Dank der viel lockereren Bestimmungen in Green Rapids konnte sie ihn hier häufiger besuchen, und nachdem sie eine Stelle im Krankenhaus der Stadt bekommen hatte, sah alles noch viel besser aus.

Trotzdem tat ihr sein Anblick jedesmal weh. Er war nur noch ein Schatten des Mannes, der er in diesen aufregenden Tagen daheim in Irland gewesen war, als sie es mit der IRA und manchmal sogar mit der britischen Armee aufgenommen hatten. Ein herrliches, fast erregendes Prickeln überlief sie bei diesen Erinnerungen.

Sie trocknete sich ab, fönte ihr kurz geschnittenes Haar, zog sich ihre Schwesterntracht über, kämmte sich und betrachtete sich prüfend im Spiegel. Ein energisches Gesicht, dunkle Augen, nicht hübsch, aber ausdrucksvoll – das Mädchen, das im Alter von vierzehn Jahren zwei Mitglieder der IRA mit einer Handgranate getötet und im Alter von sechzehn einen Mann namens Bert Fox aus nächster Nähe erschossen hatte.

Eine ganze Flut von Bildern stürmte auf sie ein – der Lake District, diese einsame Straße, der Überfall auf den Laster, Martin Keogh und die letzte brutale Auseinandersetzung auf der *Irish Rose.* Erneut überflutete sie die alte Erregung.

»Das darf es einfach nicht gewesen sein«, sagte sie laut. »Er kann nicht noch fünfzehn Jahre lang eingesperrt bleiben.«

Sie öffnete eine Schublade in ihrem Schreibtisch und nahm eine Aktenmappe heraus. Darin befand sich ein großer Umschlag mit fünfzigtausend Dollar in bar; Geld, das sie eisern zusammengespart hatte für den Tag, an dem sie und Onkel Michael einmal rasch weg müßten, denn seit er von Ossining nach Green Rapids verlegt worden war, wo der Strafvollzug wesentlich liberaler gehandhabt wurde, hatte sie sich an die Hoffnung geklammert, daß es ihm vielleicht gelingen würde, zu fliehen. Sie hatte sich sogar an einen Fälscher in New York gewandt, einen alten Zellengenossen ihres Onkels aus Ossining, der ihr für den Sonderpreis von tausend Dollar pro Stück zwei irische Pässe angefertigt hatte.

Niedergeschlagen betrachtete sie die Dokumente auf die Namen Daniel und Nancy Forbes. Eine sinnlose Geldverschwendung, dcnn wic sic bald entdeckt hatte, waren die Sicherheitsmaßnahmen in Green Rapids trotz aller Liberalität sehr scharf.

Das Foto in ihrem falschen Paß erschien ihr beinah wie das Bild einer Fremden. »Was ist bloß mit Kathleen Ryan passiert?« fragte sie leise.

Die Tür öffnete sich, und eine Kollegin schaute herein. »Fertig, Jean?«

»Sicher«, erwiderte Kathleen, »komme sofort.«

Sie schloß die Aktenmappe, legte sie zurück in die Schublade und begann ihren Dienst.

Don Antonio war siebzig Jahre alt und mehr als füllig, was sein locker sitzender, cremefarbener Leinenanzug nur schlecht verbarg. Sein langes graues Haar war nach hinten gekämmt, und auf seinem fleischigen Gesicht lag ein arroganter Zug, wie er zu einem Mann paßte, der es von jeher gewöhnt war, daß alles so geschah, wie er es wollte. Er stand auf und stützte sich auf seinen Stock, als Sollazo das luxuriös eingerichtete Wohnzimmer des Apartments im Trump Tower betrat.

»Marco! Schön, dich zu sehen.« Er umarmte seinen Neffen. »Ein Glas Champagner?« Don Antonio schnippte mit den Fingern, und der Butler eilte dienstbeflissen davon. »Es sind übrigens ein paar Faxe für dich gekommen. Kann dein Büro dir denn nicht mal einen Abend Ruhe gönnen?«

»Entschuldige, Onkel, es ist wichtig. Darf ich?«

»Natürlich.«

Sollazo ging ins Büro und las rasch die Faxe durch, ehe er ins Wohnzimmer zurückkehrte und sich mit seinem Glas Champagner zu Russo setzte.

»Können wir etwas Geschäftliches besprechen?«

»Immer.«

»Gut.« Ausführlich berichtete Sollazo ihm von seinem Gespräch mit Salamone.

»Das ist allerdings mehr als interessant«, nickte der Don. »Und die Faxe?«

»Sie bestätigen den Bericht in der *New York Times*, sind sogar noch ausführlicher. Wie es bei Zeitungen so ist, unterscheiden sie sich natürlich in einigen Einzelheiten, aber im allgemeinen stimmen sie schon überein. Ein Laster, der mit fünfzig Millionen Pfund in Gold beladen war, wurde auf einer Landstraße im englischen Lake District überfallen. Ein kleiner Junge erzählte der Polizei, daß man ihn von einer alten Mole in der Nähe des Tatorts verjagt habe, wo eine Fähre namens *Irish Rose* angelegt hatte. Er habe außerdem später einen Laster, auf den die Beschreibung paßte, von der Hauptstraße in Richtung dieser Mole abbiegen sehen.«

»Und?«

»Offensichtlich hat man den Laster mit dem Gold auf die Fähre gebracht.«

»Und was ist dann passiert?«

»Damit endet die Geschichte. Im Lauf der nächsten Tage wurden Schwimmwesten, ein zerschmettertes Rettungsboot und andere Trümmer, die alle den Namenszug *Irish Rose* trugen, an der Küste von County Down angespült.«

»Verstehe.« Don Antonio überlegte kurz. »Und Salamone hat gesagt, daß dieser Kelly behauptet hat, er sei der einzige, der wisse, wo das Schiff unterging?«

»Stimmt.«

»Und es handelt sich um Goldbarren im Wert von fünfzig Millionen Pfund?«

»Ja, aber das war vor zehn Jahren. Inzwischen dürfte das Gold mehr wert sein.«

»Ein solcher Batzen Geld ist immer interessant.«

»Ich habe mir überlegt, daß es heutzutage mit der richtigen Ausrüstung kein Problem sein dürfte, diese Ladung zu heben, sofern man weiß, wo das Schiff liegt, was die Behörden offenbar nicht wissen.«

Don Antonio dachte einen Moment nach und nickte schließlich. »Ich frage mich, für wen dieser Kelly gearbeitet hat. War es einfach nur ein Raubüberfall, oder steckte die IRA oder eine ähnliche Gruppierung dahinter?«

»Wäre durchaus möglich.«

»Weißt du, ich hatte vor ein paar Jahren geschäftlich mit Leuten von der IRA zu tun. Wir haben ihnen über eine sizilianische Verbindung Waffen geliefert. Der Stabschef war ein Mann namens Barry – Jack Barry.«

»Momentan dreht sich ja alles nur noch um Frieden«, sagte Sollazo. »Gerry Adams von der Sinn Fein-Partei führt sogar Verhandlungen im Weißen Haus.«

»Na und?« entgegnete der Don. »Barry ist ein alter Fuchs. Falls irgend jemand etwas über diese Angelegenheit weiß, dann er. Seine Privatnummer in Dublin muß in meinem speziellen Adreßbuch in der obersten rechten Schreibtischschublade stehen. Versuch mal, ob du ihn erreichen kannst.«

In Dublin regnete es. Jack Barry saß am Kamin, las in einer Zeitung und langweilte sich unendlich, als das Telefon läutete.

»Hier Barry.«

»Sind Sie Mr. Jack Barry? Dann müßten Sie mich kennen. Don Antonio Russo.«

»Guter Gott, das ist aber eine Überraschung. Was kann ich für Sie tun?«

»Wir könnten etwas füreinander tun, Mr. Barry. Sagt Ihnen der Name *Irish Rose* etwas?«

Barry schluckte schwer. »Sollte er das?«

»Was würden Sie sagen, wenn ich Ihnen erzählte, daß ich den Aufenthaltsort eines Mannes kenne, der sich Kelly nennt und in halb bewußtlosem Zustand davon spricht, daß er als einziger wisse, wo das Schiff untergegangen ist und das Gold liegt?«

»Ich wäre mehr als interessiert.«

»Gut. Dann scheint es, als hätten wir ein gemeinsames Interesse und könnten beide davon profitieren. Mein Neffe

Marco Sollazo, der gleichzeitig mein Anwalt ist, wird morgen bei Ihnen sein.«

»Ich freue mich auf seinen Besuch.«

Don Antonio legte den Hörer auf. »Haben wir einen guten Kontaktmann in Green Rapids?«

»Sicher.«

»Ruf ihn gleich an. Wir brauchen so schnell wie möglich ein Foto von Kelly. Danach setz dich mit dem Flughafen in Verbindung, daß man die Gulfstream bereithalten soll – sagen wir um Mitternacht. Irland ist uns vier Stunden in der Zeit voraus. Du kannst dich dann am späten Vormittag mit Barry treffen.«

»Gut, Onkel.«

»Und nun wollen wir zu Abend essen.« Don Antonio lächelte. »Ich habe plötzlich richtigen Appetit.«

Kurz vor Mittag läutete es am folgenden Tag an Barrys Tür.

»Mr. Barry?«

»Und Sie sind Mr. Sollazo?«

»Stimmt.«

»Kommen Sie einen Moment herein, ich will nur rasch meinen Mantel holen. Sie müssen das Durcheinander entschuldigen, aber ich lebe inzwischen allein. Meine Frau ist letztes Jahr gestorben.«

Marco Sollazo wartete in einem kleinen Wohnzimmer, in dem ein Sofa und zwei Sessel standen und auf dem Kamin verblichene Familienfotos von Kindern in verschiedenen Altersstufen aufgereiht waren. Das alles paßte zu dem Bild des freundlichen sechzigjährigen Mannes in einer Strickjacke, den er gerade kennengelernt hatte, und doch war dieser Mann mehrere entscheidende Jahre lang der Stabschef der Provisional IRA gewesen.

Barry kehrte in einem Regenmantel mit einer Mütze zurück. »Wir machen einen Spaziergang durch den Park, dann nehmen wir in Cohan's Bar einen Drink und essen eine Kleinigkeit.«

»Ist mir recht.«

Ehe sie das Haus verließen, griff Barry nach einem Regenschirm. »Nur für alle Fälle. Wir sind immerhin in Irland.«

Sie überquerten die Straße. Auf der anderen Seite lag der Park. »Können wir bei Ihnen zu Hause nicht reden?« fragte Sollazo. »Hat man Sie verwanzt?«

»Ach, du lieber Gott, nein. In den alten Tagen haben sie es natürlich versucht, der englische Secret Service, der irische Geheimdienst, die Dublin Special Branch, aber ich hatte meine Experten, die einmal die Woche vorbeikamen und das Haus säuberten. Ich denke mir, daß Ihr Onkel solche Vorsichtsmaßnahmen ebenfalls kennt.«

»Allerdings.«

»Aber jetzt bin ich nicht mehr Stabschef der IRA.« Er lächelte. »Die Zeit des Friedens ist gekommen, Mr. Sollazo, so heißt es jedenfalls.«

»Also keine IRA mehr?«

Barry lachte laut auf. »Wenn Sie das glauben, dann glauben Sie auch an den Weihnachtsmann. Es gibt einen neuen Stabschef, unsere Kommandostruktur ist im gesamten Land intakt, und wie Ihr Präsident und der englische Premierminister ja feststellen mußten, haben wir nicht die Absicht, unsere Waffen abzugeben.«

»Ja, ich weiß aus den Zeitungen, daß die Weigerung Ihrer Leute, wegen der Waffen einzulenken, einer der zentralen Gesprächspunkte sein wird, wenn der Präsident am Freitag London besucht.«

»Sie können reden, bis sie schwarz werden, es wird nichts nützen. Wir behalten unsere Waffen – komme, was wolle.«

»Sie glauben nicht, daß dieser Frieden von Dauer sein wird?«

»Wann war Frieden schon jemals von Dauer?« Sie gingen durch die Eingangstore des Parks, und Barry öffnete den Schirm, da es zu regnen begann. »Na bitte, hab' ich mir doch gedacht. Aber kommen wir jetzt mal zur Sache.«

Sollazo nahm das Foto aus der Tasche, das sein Kontaktmann in Green Rapids ihm am vergangenen Abend gegeben hatte. »Kennen Sie diesen Mann?«

»Und ob«, nickte Barry. »Sein Name ist Michael Ryan. War mal ein berüchtigter Aktivist für die Sache der Unionisten, ein schwarzer Oranier aus Belfast.«

»Würde es Sie überraschen zu erfahren, daß er seit zehn Jahren in Amerika im Gefängnis sitzt?«

Barry lächelte. »Aber nein! Er verschwand 1985 vollkommen spurlos von der Bildfläche, und ich konnte mir nie einen Reim darauf machen. Was hat er angestellt?«

»Bei einem Bankraub einen Polizisten erschossen. Man hat ihn zu fünfundzwanzig Jahren verurteilt.«

»Armes Schwein. Er muß jetzt fünfundsechzig sein. Seine Chance, wieder auf freien Fuß zu kommen, ist wohl nicht sehr groß.«

»Kaum. Er kann nach fünfzehn Jahren einen Antrag auf Haftentlassung auf Bewährung stellen, aber dann wäre er um die siebzig, und die Chance auf eine bedingte Entlassung ist sowieso nicht besonders groß. Immerhin sitzt er wegen Polizistenmord.«

»Welchen Namen benutzt er?«

»Liam Kelly. Er leidet an einer Herzkrankheit, deshalb hat man ihn von Ossining nach Green Rapids verlegt. Dort gibt es eine gute Krankenstation und in der Stadt ein hervorragendes Krankenhaus. Er erhält regelmäßig Besuch von seiner Nichte, die dort Krankenschwester ist. Sie nennt sich Jean Kelly. Ich habe sie gesehen. Klein und nicht gerade eine Schönheit, eher ein bäuerlicher Typ, dunkles Haar, ungefähr fünf- oder sechsundzwanzig.«

»Das muß Kathleen Ryan sein. Na so was – und das nach all den Jahren.« Der Regen wurde heftiger, und er nahm Sollazos Arm. »Stellen wir uns dort drüben unter. Ich möchte gern mal hören, was Sie über die *Irish Rose* zu erzählen haben.«

Nachdem Sollazo mit seinem Bericht fertig war, schwieg Barry einige Zeit nachdenklich. »Und warum sind Sie zu mir gekommen?« fragte er schließlich.

»Aus rein geschäftlichen Gründen. Diese Goldbarren könnten bei den heutigen Preisen ein hübsches Sümmchen einbringen.«

»Und Sie würden sie gern in die Hände kriegen.«

»Ich will ganz offen sein. Mein Onkel findet, daß es am besten wäre, diese Angelegenheit untereinander zu regeln. Also die Hälfte für uns, die andere für Sie und die IRA. Das ist doch wirklich fair. Sollte der Frieden nicht halten, könnten Sie mit dem Gold sehr viele Waffen kaufen, mein Freund.«

»Allerdings, und Ihr Onkel mit seinem bewährten Instinkt hat sich genau an den Richtigen gewandt – nicht nur aus dem einen Grund, wie Sie glauben.«

»Das müssen Sie mir näher erklären.«

»Nun, ich weiß einiges mehr über diese Geschichte als jeder andere – soviel wie Ryan selbst.«

»Aber wie das?«

»Ich wußte, daß Ryan etwas vorhatte; es gab die üblichen Gerüchte, sogar den Hinweis, daß es dabei um Gold ginge, daher habe ich einen meiner Männer bei ihm eingeschleust, den wir mal Martin Keogh nennen wollen.«

»Aber das ist nicht sein richtiger Name?«

»Nein. Er war einer meiner allerbesten Leute und von Anfang an bis zu dem Überfall dabei; auch auf der *Irish Rose*, als sie unterging.«

»Erzählen Sie«, drängte Sollazo. »Erzählen Sie mir alles.«

Als sie später in einer Ecknische in Cohan's Bar bei Guiness und Schinkensandwiches saßen, sagte Sollazo: »Eine bemerkenswerte Geschichte. Und dieser Mann, dieser Keogh, ist immer noch dabei?«

»Könnte man sagen. Vor einigen Jahren hat er die IRA verlassen und auf eigene Rechnung gearbeitet, um es mal so auszudrücken. Er hat seine Dienste ungefähr allen zur Verfügung gestellt – dem alten KGB, der PLO, selbst den Israelis.«

»Und wo ist er jetzt?«

»Beim britischen Geheimdienst.«

»Ziemlich ungewöhnlich, oder?«

»Die Briten haben damals, im Jahr 1972, eine streng geheime Abteilung für die wirklich dreckigen Jobs und zur Bekämpfung des Terrorismus eingerichtet. Sie wird von einem Brigadier namens Charles Ferguson geleitet, der niemand anderem verantwortlich ist als ausschließlich dem Premierminister. Aus diesem Grund heißt die Truppe in eingeweihten Kreisen auch die Privatarmee des Premierministers.«

»Und dieser Keogh arbeitet für Ferguson?«

»Genau. Er ist ein Mann für besondere Fälle. Der alte Fuchs hat ihn vor ungefähr drei Jahren dazu mit dem Angebot erpreßt, ihm wieder eine weiße Weste zu verschaffen und seine Vergangenheit in der IRA zu vergessen. Er brauchte jemanden wie ihn in seinem Team, also einen Gauner, um andere Gauner zu schnappen, so ungefähr muß man sich das vorstellen.«

»Ich verstehe. Und wie heißt dieser Keogh richtig?«

»Dillon – Sean Dillon, und zu seiner Zeit war er der gefürchtetste Mann, den ich hatte.«

»Offensichtlich ein erstaunlicher Bursche, dieser Dillon«, meinte Sollazo, »aber es ist wohl eher unwahrscheinlich, daß er uns helfen wird.«

»Ist auch nicht nötig. Er hat mir alles berichtet, was er weiß, und ich habe es jetzt Ihnen erzählt.«

»Und Reid, der diesen Wirt in London umgebracht hat, ist der immer noch zugange?«

»Sitzt in einem Gefängnis in Ulster eine Haftstrafe wegen Mord ab.«

»Noch etwas – das Army Council der Unionisten, das Sie erwähnt haben, würde doch sicher liebend gern das Gold in die Finger kriegen, nicht wahr?«

»Ganz bestimmt. Die Unionisten sind äußerst unzufrieden mit dem Verlauf des Friedensprozesses. Sie finden, man habe sie verraten und verkauft. Die militanten Kreise denken sogar an einen Bürgerkrieg. Dieses Gold käme ihnen mehr als recht. Damit könnten sie sich die Waffen beschaffen, die sie bräuchten.«

»Was Ihnen nicht gefallen würde. Und deshalb darf ich wohl annehmen, daß Sie bei diesem Unternehmen mit uns zusammenarbeiten werden?«

»Nicht offiziell, und schon gar nicht unter diesen Umständen. Ich will's Ihnen erklären. Die Menschen hier sehnen sich verzweifelt nach Frieden. Man kann niemandem vertrauen, auch nicht der Sinn Fein und der IRA. Wenn ich mich an den derzeitigen Stabschef wenden würde, müßte er die Sache mit den Mitgliedern des Army Council besprechen, und im Nu wäre etwas durchgesickert.«

»Verstehe. Und was schlagen Sie vor?«

»Wir behalten das Ganze vorerst für uns.« Barry lächelte verschmitzt. »Glauben Sie nicht, ich sei persönlich darauf erpicht. Geld bedeutet mir nichts; für mich zählt allein unsere Sache. Sie sehen zu, daß Sie von Ryan die Position der *Irish Rose* erfahren, und danach überzeugen wir uns still und unauffällig, daß sie wirklich dort liegt – nur ein kleines Boot, ein Taucher, das genügt für den Anfang.«

»Und dann?«

»Das liegt an Ihnen. Ich bin sicher, Sie können so was wie eine vorgetäuschte wissenschaftliche Expedition arrangieren, damit wir eine geeignete Tarnung hätten, während das Gold gehoben wird.« Er grinste. »Ich setze volles Vertrauen in Sie.«

Neben der schwarzen Limousine, die am Bürgersteig vor dem Haus parkte, lehnte ein finster aussehender Mann mit gequetschter Nase, der die dunkelblaue Uniform eines Chauffeurs trug.

»Mein Fahrer.«

»Und Leibwächter, wie er aussieht.«

»Giovanni Mori.« Sollazo schüttelte Barry die Hand. »War mir wirklich ein Vergnügen, Sie kennenzulernen, Mr. Barry. Wann hat man schon mal die Gelegenheit, eine lebende Legende zu treffen? Wir bleiben in Verbindung.«

Er stieg ein, während Mori um den Wagen herumging und sich hinters Steuer setzte. »Alles glatt gelaufen, Signore?« fragte er.

»Bestens. Zum Flughafen, Giovanni. Es geht heim nach New York.« Er lehnte sich zurück, schloß die Augen und dachte über das nach, was Barry ihm erzählt hatte.

Um neun Uhr abends war er wieder im Apartment im Trump Tower, wo Don Antonio sich seinen Bericht anhörte.

Als er fertig war, nickte der alte Don. »Eine aufregende Geschichte.«

»Wir nehmen die Sache also in Angriff?«

»Natürlich. Ein überaus lukratives Unternehmen. Der erste Schritt ist jetzt, von diesem Ryan die genaue Lage der *Irish Rose* zu erfahren.«

»Stimmt. Es stellt sich allerdings die Frage, warum er es uns verraten sollte, wenn für ihn nichts dabei herausspringt.«

»Glaubst du, du könntest es fertigbringen, daß er aus dem Gefängnis entlassen wird?«

»Das bezweifle ich. Immerhin hat er einen Polizisten getötet.«

»Es führt nicht nur ein Weg nach Rom. Ich bin sicher, dir wird etwas einfallen, und du hast ja auch noch Salamone. Er könnte uns vielleicht sehr nützlich sein. Ich überlasse es dir; du wirst das schon regeln.« Der Don lächelte. »Jetzt wollen wir ein Glas Wein trinken. Ich sehe übrigens, daß unser Präsident auf Besuch nach London fliegt.«

8

Der wichtigste Punkt im Terminkalender des britischen Premierministers war die Zusammenkunft mit dem Präsidenten der Vereinigten Staaten am Ende der Woche, und diesem Treffen galt Brigadier Charles Fergusons ganze Sorge. Entsprechend groß war seine Nervosität.

»Manchmal denke ich, diese ganze verdammte Stadt steht still«, fluchte er, als sein Daimler im dichten Verkehr nur stockend vorankam.

»Und manchmal stimmt das sogar«, entgegnete Sean Dillon, der ihm gegenüber auf dem Klappsitz saß.

Er war ein kleiner, gutaussehender Mann, kaum ein Meter sechzig groß. Sein Haar war so hellblond, daß es fast weiß wirkte. Um seinen Mund spielte ständig ein leichtes Lächeln, als mache er sich über die ganze Welt lustig. Er trug einen maßgeschneiderten blauen Flanellanzug und unter dem einreihigen Jackett ein dunkelblaues seidenes Polohemd.

»Ich möchte Sie daran erinnern, daß ich eine Verabredung mit dem Premierminister habe, Dillon, und mich unmöglich verspäten darf.«

»Ach, er reißt Ihnen schon nicht den Kopf ab; das ist doch ein ganz anständiger Bursche.«

Die attraktive Frau von Ende zwanzig, die neben Ferguson saß, trug einen rehfarbenen Hosenanzug von Armani und eine schwarze Hornbrille, die auffällig mit ihrem roten Haar kontrastierte. Es handelte sich bei ihr um Detective Chief Inspector Hannah Bernstein von der Special Branch Scotland Yards, die zur Zeit als Fergusons Assistentin eingesetzt war.

»Sie sind ein hoffnungsloser Fall, Dillon«, sagte sie. »Ihr Iren habt wirklich vor gar niemandem Respekt.«

»Das liegt bloß an dem ganzen Regen, Mädchen«, erwiderte er fröhlich.

»Verschwenden Sie nicht Ihre Zeit mit ihm, Chief Inspector«, seufzte Ferguson. »Er ist nicht mehr zu retten.«

Die Wachen winkten den Daimler durch das Tor am Ende der Downing Street, und der Fahrer hielt vor Number Ten.

»Es dauert sicher nicht mehr als zwanzig Minuten«, erklärte Ferguson.

»Ist auch dieser alte Gauner Simon Carter dabei?« fragte Dillon.

»Es gehört sich nicht, den stellvertretenden Direktor der Sicherheitsdienste so zu nennen.«

»Schon gut, aber vergessen Sie nicht, ihm zu sagen, daß ich der Meinung bin, seine ganzen Sicherheitsmaßnahmen für den Besuch des amerikanischen Präsidenten sind Schrott.«

»Das ist wohl kaum die richtige Ausdrucksweise, Dillon. Versuchen Sie sich in Geduld zu fassen, bis ich wiederkomme.«

Er überquerte den Bürgersteig; der diensthabende Polizist salutierte, und die Tür wurde geöffnet.

»Ganz der große Gentleman alter Schule – selbstbewußt und sich seiner Wichtigkeit für das gesamte Empire gewiß.« Dillon nahm eine Zigarette aus seinem silbernen Etui und zündete sie an.

»Wir haben kein Empire mehr, Dillon«, entgegnete Hannah Bernstein.

»Ach was? Weiß die Regierung das auch?«

Sie schüttelte nur den Kopf. »Sie sind wirklich hoffnungslos, Dillon, und mit dieser dauernden Qualmerei bringen Sie sich bald um.«

»Stimmt, aber ich wußte schon immer, daß es eines Tages mal ein schlimmes Ende mit mir nimmt.«

Im Arbeitszimmer des Premierministers saß bereits Simon Carter, ein kleiner Mann Anfang fünfzig mit schneeweißem Haar. Als ehemaliger Professor für Geschichte, der nie selbst als Agent tätig gewesen war, gehörte er zu den gesichtslosen Männern, die für die Sicherheit Großbritanniens die Verantwortung trugen. Seit Jahren hegte er eine entschiedene Abneigung gegen Ferguson, dem er vor allem wegen seiner privilegierten Position grollte; außerdem verübelte er ihm die Tatsache, daß er nur dem Premierminister gegenüber verantwortlich war.

»Tut mir leid, daß ich mich verspätet habe, Premierminister«, grüßte der Brigadier, ohne eine weitere Erklärung abzugeben.

Der Premierminister lächelte. »Schon in Ordnung.« Er griff nach einer Akte. »Das sind die Sicherheitsmaßnahmen, die Direktor Carter und seine Leute für den Präsidentenbesuch vorgesehen haben. Sie haben sie gelesen?«

»Natürlich.«

»Mir liegt besonders daran, daß sein Besuch im Unterhaus reibungslos verläuft. Um halb elf am Freitagmorgen sollen dort auf der Terrasse Erfrischungen gereicht werden.«

»Da brauchen Sie keine Bedenken zu haben, Premierminister«, versicherte Carter. »Das Unterhaus ist der einzige Ort, an dem während des gesamten Besuchs kein Sicherheitsrisiko besteht.« Mit der üblichen Herablassung wandte er sich an den Brigadier. »Sie stimmen mir doch sicher zu, Ferguson.«

Ferguson hatte eigentlich nicht die Absicht gehabt, etwas einzuwenden, doch Carters arrogante Miene machte ihn wütend.

»Nun, was meinen Sie, Brigadier?« fragte der Premierminister.

»Oberflächlich gesehen scheint es so, Herr Premierminister, aber offen gesagt ist Dillon ganz anderer Ansicht. Er findet die Sicherheitsvorkehrungen im Unterhaus sogar ziemlich jämmerlich.«

»Dillon?« Carter quollen förmlich die Augen aus dem Kopf. »Dieser verfluchte Schuft. Ich muß wirklich dagegen protestieren, Herr Premierminister, daß Brigadier Ferguson nach wie vor einen Mann beschäftigt, der einmal ein IRA-Mitglied war, ein in ganz Europa aktenkundiger und berüchtigter Terrorist.«

»Ich protestiere ebenfalls«, sagte Ferguson. »Dillon hat der

Krone beträchtliche Dienste geleistet, wie Sie sehr wohl wissen, Premierminister, nicht zuletzt der königlichen Familie selbst.«

»Ja, das weiß ich wohl. Aber diese Sache ist zu wichtig für persönliche Animositäten, meine Herren.« Der Premierminister überlegte einen Moment. »Ich möchte, daß Sie sich mit dem Brigadier und Dillon im Unterhaus treffen, Mr. Carter, und sich anhören, was er zu sagen hat.«

Carter hielt nur mühsam seine Wut im Zaum. »Wenn Sie meinen.«

»Allerdings. Und nun müssen Sie mich entschuldigen. Ich habe eine Kabinettssitzung.«

Bürger, die mit ihren Abgeordneten sprechen wollten, warteten ebenso wie zahlreiche Touristen darauf, ins Unterhaus zu gelangen. Auch Dillon, Hannah Bernstein und ein ziemlich ungeduldiger Ferguson standen in der Schlange.

»Wie es heißt, haben sie hier sechsundzwanzig Restaurants und Bars«, sagte Dillon, »und das Essen und die Getränke werden vom Steuerzahler subventioniert. Parlamentsabgeordneter scheint ein toller Job zu sein.«

»Zumindest müssen sie nicht Schlange stehen, um reinzukommen«, knurrte Ferguson.

Ein hochgewachsener Polizeisergeant hatte Hannah entdeckt und kam auf sie zu. »Chief Inspector Bernstein! Schön, Sie zu sehen. Warten Sie, ich sorge dafür, daß Sie durchgehen können. Sie werden sich wohl nicht mehr an mich erinnern?«

»Aber sicher, sehr gut sogar. Sergeant Hall, nicht wahr?«

»Jawohl, ich war als erster am Tatort, als Sie diesen Ganoven erschossen haben, der den Supermarkt überfallen hatte. Sie waren gerade auf dem Weg zur amerikanischen Botschaft.«

»Jetzt holt Sie Ihre finstere Vergangenheit wieder ein«, flüsterte Dillon.

»Das ist ein Kollege, Mr. Dillon, und das hier mein Chef, Brigadier Ferguson«, stellte sie vor.

Sergeant Hall nahm Haltung an. »Darf ich Sie hineinbringen, Brigadier?«

»Sehr freundlich, Sergeant.«

»Ist mir ein Vergnügen, Sir.«

Er führte sie durch die Sperre und grüßte salutierend. »Was für ein Glück, daß Sie dabei waren, Chief Inspector«, seufzte Ferguson. »Wir hätten sonst noch ewig in dieser verfluchten Schlange stehen können.«

»Demütigend, nicht wahr?« grinste Dillon.

Nachdem sie mehrere Korridore durchquert hatten, kamen sie schließlich hinaus auf die Terrasse, die Blick auf die Themse, die gegenüberliegende Uferstraße und Westminster Bridge bot. Eine Reihe großer viktorianischer Straßenlampen stand entlang der Brüstung. Zahlreiche Besucher und etliche Abgeordnete gönnten sich einen Drink an der Terrace-Bar.

Dillon winkte einen vorbeigehenden Kellner heran. »Eine halbe Flasche Krug und drei Gläser. Geht auf mich, Brigadier«, lächelte er.

»Wie großzügig. Aber wenn ich andererseits bedenke, daß Sie im Jahr 91 sechshunderttausend Pfund bei dieser Michael-Aroun-Geschichte verdient haben, denke ich mir, Sie können es sich leisten.«

»Stimmt, Brigadier, stimmt.« Dillon beugte sich über die Brüstung und schaute hinab auf das Wasser der Themse. »Fällt Ihnen auf, daß der ziemlich synthetische Teppich, auf dem wir stehen, grün ist?« meinte er zu Hannah.

»Ja.«

»Sehen Sie, wo er ins Rot übergeht? Da endet das House of Lords, direkt dort, wo die Stützpfeiler hinunter ins Wasser reichen.«

»Ich verstehe.«

»Ihr Briten legt wirklich Wert auf eure Tradition.«

»Ich bin Jüdin, Dillon, wie Sie ganz genau wissen.«

»O ja, ich weiß. Der Opa ein Rabbi, der Vater Medizinprofessor, und Sie eine Absolventin der Universität von Cambridge – was könnte wohl britischer sein?«

In diesem Moment kam Carter ungeduldig auf sie zu. »Also, Ferguson, lassen Sie uns bitte keine Zeit verschwenden. Was haben Sie vorzubringen?«

»Dillon?« wandte sich Ferguson an seinen Untergebenen.

»Ganz einfach – Ihre Sicherheitsvorkehrungen hier sind ziemlich jämmerlich«, meinte Dillon. »Zu viele Leute, sechsundzwanzig Restaurants und Bars, zudem jede Menge Ein- und Ausgänge, nicht nur für die Parlamentsmitglieder, sondern auch für Personal und Arbeiter.«

»Ach, kommen Sie, jeder hat einen Ausweis, und jeder einzelne ist überprüft worden.«

»Und dann ist da noch der Fluß.«

»Der Fluß? Was für ein Unsinn. Die Themse ist gezeitenabhängig, Dillon, und die Strömung äußerst stark. Nie unter drei und manchmal sogar fünf Knoten.«

»Ach ja? Na, dann tut's mir leid.«

»Das sollte es auch.« Carter wandte sich an Ferguson. »Kann ich nun wieder gehen?«

Ferguson schaute Dillon an, der grimmig lächelte. »Wie unglaublich selbstgefällig Sie sind, Mr. Carter. Haben Sie Lust auf eine kleine Wette mit ihm, Brigadier? Ich werde am Freitagmorgen, wenn der Präsident und der Premierminister hier sind, auf der Terrasse auftauchen, ohne daß mich vorher jemand bemerkt. Mr. Carter kriegt fünfhundert Pfund, wenn ich versage, und fünf Pfund, wenn ich es schaffe.«

»Einverstanden«, entgegnete Carter prompt und hielt Ferguson die Hand hin. »Schlagen Sie ein.« Lachend wandte er sich zum Gehen. »Was für ein amüsanter kleiner Kerl Sie sind, Dillon.«

»Wissen Sie auch, was Sie tun?« fragte Ferguson.

Dillon beugte sich über die Brüstung und schaute auf das Wasser, das viereinhalb Meter tiefer vorbeiströmte. »O ja, ich denke schon, besonders wenn Chief Inspector Bernstein mir die richtigen Informationen beschaffen kann.«

Fergusons Abteilung befand sich im dritten Stock des Verteidigungsministeriums mit Blick auf die Horse Guard Avenue, und eine Stunde später betraten Dillon und Hannah Bernstein ihr Büro.

Sie setzte sich an ihren Schreibtisch. »Also, was wollen Sie?«

»Ich brauche jemanden, der sich mit der Themse auskennt wie kein zweiter. Wer könnte das sein? Jemand von der Zollbehörde oder vielleicht bei der Wasserschutzpolizei?«

»Ich werde es bei beiden probieren.«

»Gut. Dann mache ich inzwischen Tee.«

Pfeifend ging er ins Vorzimmer. Als das Wasser kochte, goß er Tee auf, stellte Tassen und Milch auf ein Tablett und brachte es hinein. Hannah sprach gerade in sein Telefon.

»Danke, Inspector.« Sie legte den Hörer auf und lehnte sich zurück, während Dillon einschenkte. »Oh, wie häuslich Sie sein können. Das war die Wasserschutzpolizei, die mir gesagt hat, wer der beste Experte für die Themse ist.« Sie wandte sich zu ihrem Computer um und tippte auf die Tastatur. »Ich hab' gleich die Angaben. Es ist allerdings niemand von der Polizei oder vom Zoll, sondern ein Londoner Gangster.«

Dillon lachte laut auf.

Die Informationen rollten über den Bildschirm. »Henry Salter, fünfundsechzig, hat sieben Jahre wegen Bankraubs gesessen, als er Mitte zwanzig war, seither keine Gefängnisstrafen mehr«, las Hannah vor. »Aber schauen Sie sich seine Akte bei der Kripo an. Er besitzt Vergnügungsboote auf dem Fluß, einen Pub namens Dark Man in Wapping, Lagerhäuser und Grundstücke im Wert von mehr als einer Million Pfund.«

»Scheint ein ganz gerissener Bursche zu sein.«

»Ein Schmuggler, Dillon, der auf dem Fluß sein Gewerbe betreibt. Zigaretten, Alkohol, Diamanten aus Holland – das gesamte übliche Sortiment.«

»Nicht ganz. Sehen Sie, was da steht? Keine Drogengeschäfte, keine Prostitution, keine Striplokale. Also ein richtig altmodischer Gangster. Wahrscheinlich gehört er sogar zu den Männern, die es anstößig finden, in Damengesellschaft zu fluchen.«

»Ein Gangster ist er trotzdem, Dillon; er steht sogar unter Verdacht, andere Gangster getötet zu haben.«

»Was ist schon dabei, solange sie die braven Bürger in Ruhe lassen? Zeigen Sie uns mal sein Bild.«

Ein fülliges Gesicht erschien auf dem Schirm, das Dillon intensiv betrachtete. »Genau wie ich erwartet habe. Ganz angenehm.«

»Er erinnert mich an Bill Sykes«, sagte Hannah.

»Hat er irgendwelche Partner?«

»Billy Salter, fünfundzwanzig, sein Neffe.« Die Informationen erschienen wieder auf dem Schirm. »Einmal sechs und einmal zwölf Monate wegen Körperverletzung, weitere zwölf Monate wegen tätlicher Bedrohung.«

»Ein hitzköpfiger Junge.«

»Dazu noch Joe Baxter und Sam Hall – das gleiche Kaliber. Eine wirklich üble Bande.«

»Die genau richtig für meine Zwecke sein dürfte.«

»Bis auf eines.«

»Und das wäre?«

»Die Wasserschutzpolizei hat einen Tip erhalten, daß Salter und seine Leute heute abend um neun Uhr auf einem seiner Vergnügungsboote, der *River Queen*, auf ein holländisches Schiff warten, die *Amsterdam*. Die *River Queen* wird am Harley Dock vor Anker liegen. Während die *Amsterdam* vorbeifährt, wirft einer der Stewards ein Päckchen hinüber. Ungeschliffene Diamanten im Wert von zweihunderttausend Pfund.«

»Und dabei will die Polizei sich die ganze Bande schnappen?«

»Keineswegs. Sie warten, bis die *River Queen* wieder in Wapping am Cable Wharf bei Salters Pub vor Anker liegt. Dort wollen sie ihn hochnehmen.«

»Was für ein Jammer. Er wäre genau richtig gewesen.«

»Sonst noch irgendwas, das ich für Sie tun kann?« fragte Hannah Bernstein.

»Eigentlich nicht. Ich sehe, Sie finden das alles sehr amüsant. Lachen Sie sich nur ungeniert ins Fäustchen; ich gehe jetzt und denke mal nach.«

Um halb neun abends wartete Dillon, der bereits in einen schwarzen Neoprenanzug geschlüpft war, in einem uralten, unverdächtigen Toyota-Lieferwagen, den er sich aus dem Fahrzeugpark des Verteidigungsministeriums ausgeborgt hatte, am Harley Dock. Gelegentlich fuhr ein Boot auf dem Fluß vorbei, und durch seine Infrarotbrille sah er schließlich die *River Queen* herankommen. An Deck standen zwei Männer, zwei weitere hielten sich im Steuerhaus des Oberdecks auf.

Kurz darauf hörte man ein Stück flußaufwärts Motoren, und die *Amsterdam,* ein mittelgroßer Frachter, tauchte aus der Dunkelheit auf. Dank seiner Nachtsichtbrille konnte er sogar den Mann an der Reling erkennen, der ein Päckchen hinüberwarf, das auf dem Dach des Vergnügungsbootes landete.

Der Frachter fuhr weiter, und Dillon legte rasch seine Sauerstoffflasche an, nahm seine Flossen und ging zum Rand des Piers, wo er sie anzog, seine Maske aufsetzte, nach dem Mundstück griff und ins Wasser sprang.

An der Ankerkette des Schiffs tauchte er wieder auf, streifte seine Sauerstoffflasche und die Flossen ab und befestigte sie an der Kette, ehe er daran hinaufkletterte und durch die Ankerpforte an Deck kroch.

Aus der Kabine kam Gelächter. Er schlich zu einem Bullauge und sah Salter, dessen Neffen Billy, sowie Baxter und Hall. Auf dem Tisch lag eine gelbe Schwimmweste, die Salter aufschnitt, um das kleine Stoffbündel herauszunehmen.

»Zweihunderttausend Riesen.«

Dillon öffnete den Reißverschluß seines Taucheranzugs und zog die schallgedämpfte Walther heraus, ehe er die Tür aufstieß und eintrat.

»Gott segne euch alle miteinander.«

Sprachlos starrten die vier Männer am Tisch ihn an. Keiner machte eine Bewegung.

»Was soll das?« fragte Salter.

»Öffnen Sie das Päckchen.«

»Eher soll mich der Teufel holen. Und ich glaube nicht, daß Sie der Mann sind, der mich dazu zwingen kann.«

Dillon feuerte wortlos und zerschoß das Whiskeyglas neben Salter auf dem Tisch und anschließend das Bierglas, das Baxter in der Hand hielt. Billy Salter schrie laut auf, als ein zackiger Glassplitter seine rechte Wange streifte.

»Noch eine Kostprobe gefällig?«

»Okay, schon gut«, sagte Salter. »Was wollen Sie?«

»Die Diamanten. Lassen Sie mich die Steinchen mal sehen.«

»Verpiß dich!« rief Billy, der sich die Hand an seine blutende Wange preßte.

Salter öffnete das Päckchen, in dem ein Beutel aus gelbem Ölzeug mit einem Reißverschluß lag. »Her damit«, befahl Dillon.

Salter warf ihm das Bündel zu, das vor Dillons Füßen landete. Er hob es auf, öffnete den Reißverschluß seines Taucheranzugs und verstaute es an seiner Brust, ehe er mit einer raschen Bewegung den Schlüssel aus der Tür zog.

»Ich finde dich schon, du kommst mir nicht ungestraft davon«, drohte Salter. »So was läßt sich Harry Salter von niemandem gefallen.«

»Hat das nicht James Cagney in diesem alten Gangsterfilm gesagt, der letzte Woche im Fernsehen lief?« grinste Dillon. »Ich weiß, es sieht im Moment nicht danach aus, aber ich habe Ihnen wirklich einen großen Gefallen getan. Vielleicht können Sie sich mal bei mir revanchieren.«

Er schlüpfte hinaus und verschloß die Tür. Hall und Baxter stürzten los, kamen jedoch zu spät, da Dillon bereits den Schlüssel im Schloß drehte. Er sprang über Bord, holte seine Sauerstoffflasche und die Flossen und streifte sie über, ehe er unter Wasser zurück zum Harley Dock schwamm.

Baxter war in der Kabine auf den Tisch geklettert und öffnete die Deckluke, durch die Salter und Hall ihn hinausschoben. Einige Augenblicke später war er draußen vor der Tür und öffnete.

»Wie sieht mein Gesicht aus?« fragte Billy.

Salter musterte ihn. »Bloß ein Kratzer, wirst es überleben. Im Medizinschrank im Steuerhaus ist Pflaster.«

»Und was machen wir jetzt?«

»Herausfinden, wer uns verpfiffen hat. Von dieser Sache wußte nur eine Handvoll Leute etwas. Je eher ich also diesen Dreckskerl auftreibe, desto eher finde ich auch unseren Freund. Zieht den Anker hoch, und dann geht's zurück nach Wapping.«

Dillon hatte seinen Taucheranzug abgestreift, ein Hemd, Jeans und seine alte Seemannsjacke angezogen und war bereits nach Wapping unterwegs. Um halb elf fuhr er durch die verlassenen Straßen, die gesäumt waren von verfallenden Lagerhäusern des einstmals größten Hafens der Welt. Danach kam er durch einen Teil der Stadt, in dem beträchtlich mehr Betrieb herrschte, passierte schließlich den Tower und erreichte die Wapping High Street.

Er parkte den Toyota am Bürgersteig und ging zu Fuß weiter zum Cable Wharf. Es war kurz vor elf und damit gleich Sperrstunde. Er hatte sich vorher bereits angeschaut, wo Salters Pub, der Dark Man, lag, und betrat das Lokal wie ein ganz normaler Gast, der sich noch rasch einen Drink genehmigen wollte. An einem Tisch mit einer Marmorplatte saßen zwei alte Frauen und tranken Stout; drei Männer hockten vor ihren Biergläsern am Ende der Theke. Sie sahen fast wie Matrosen aus – aber nur fast.

Die Barfrau war eine Blondine Anfang vierzig mit ziemlich stark geschminktem Gesicht. »Was hätten Sie denn gern, Schätzchen?«

Dillon lächelte sein ganz besonderes Lächeln, das ungeheuer einnehmend war. »Na ja, wenn wir hier von einem Drink reden, dann einen Bushmills.«

»Leider müssen Sie rasch austrinken«, sagte sie und reichte ihm den Whiskey. »Es ist nämlich gleich Sperrstunde. Ich muß an meine Lizenz denken. Überall diese Bullen.«

»Wo stecken sie denn?«

»Die drei da drüben am Ende der Bar sind genausowenig Seeleute wie mein Hintern.«

»Und was suchen sie hier?«

»Weiß der Geier.«

»Dann mache ich mich wieder auf die Socken.« Dillon kippte seinen Bushmills. »Wünsch Ihnen eine gute Nacht.«

Die beiden alten Frauen brachen ebenfalls auf. Dillon folgte ihnen den Kai entlang, wobei er in einem Hof einen Polizeibeamten bemerkte und auf der anderen Straßenseite einen Streifenwagen.

»Ein bißchen arg verdächtig«, murmelte er. In der Wapping High Street machte er sich auf die Suche nach einem passenden alten Lagerhaus. Vorsichtig stieg er die Treppen in den obersten Stock hinauf und kauerte sich auf eine der Laderampen unter einen Kran, von wo aus sich ihm freier Blick auf den Fluß, den Kai und den Dark Man bot. Nachdem er seine Infrarotbrille aufgesetzt hatte, sah er auch schon die herankommende *River Queen.*

Kaum hatte das Schiff angelegt, als die Hölle losbrach. Die beiden Polizeiwagen, die Dillon aufgefallen waren, rasten auf den Kai, zur gleichen Zeit erschienen zwei Patrouillenboote der Wasserschutzpolizei, die irgendwo in der Dunkelheit gewartet hatten, und legten längsseits an. Die Polizisten kletterten über die Reling und stießen auf Hall und Baxter. Salter und Billy kamen aus der Kabine und musterten die Beamten am Kai, unter denen sie einen hochgewachsenen Mann Mitte fünfzig in der Uniform eines Superintendenten entdeckten.

»Sieh an, das ist ja unser alter Freund Superintendent Brown«, sagte Salter. »Wie geht es Ihnen, Tony?«

Brown lächelte. »Darf ich an Bord kommen, Harry?« Gefolgt von einem halben Dutzend Polizisten kletterte er über die Reling.

»Und was soll das alles?«

»Na ja, Harry, daß im Pub nichts zu finden sein würde, war mir klar, dafür sind Sie zu gerissen. Wir haben bei Ihnen ja oft genug eine Durchsuchung veranstaltet. Ich habe allerdings Grund zu der Annahme, daß Sie eine illegale Lieferung von Diamanten im Wert von zweihunderttausend Pfund auf diesem Boot befördern. Sehr dumm, Harry, nach all diesen Jahren einen solchen Fehler zu machen.« Brown wandte sich an einen Sergeanten. »Lesen Sie ihm seine Rechte vor – die anderen fangen mit der Durchsuchung an.«

»Diamanten auf der *River Queen*?« Salter lachte laut auf. »Tony, mein Bester, da irren Sie sich aber gründlich.«

Es war fast ein Uhr morgens, als sie endlich fertig waren und der Superintendent in die Kabine schaute, wo Salter und seine Männer am Tisch saßen und Karten spielten.

»Auf ein Wort, Harry.«

Die Polizisten waren nach ihrer ergebnislosen Suche wieder auf dem Rückweg zu ihren Einsatzwagen, die beiden Patrouillenboote warfen bereits die Motoren an und fuhren davon. Da es inzwischen regnete, stellten sich Salter und Brown unter eine Plane an Deck.

»Also, was gibt's?« fragte Salter.

»Harry, ich weiß nicht, was heute nacht passiert ist, aber ich hatte einen der heißesten Tips meines Lebens, wie mir schien.«

»Wer immer Ihr Spitzel war, ich hoffe, Sie haben den Kerl dafür nicht auch noch bezahlt.«

Brown schüttelte den Kopf. »Sie werden langsam alt, Harry, zu alt, um zehn Jahre in Parkhurst abzusitzen. Denken Sie mal darüber nach.«

»Mache ich, Tony.«

Brown kletterte auf den Pier und wandte sich noch einmal um. »Wir kennen uns schon eine Ewigkeit, Harry, deshalb will ich Ihnen einen Gefallen tun. Ich würde in Zukunft sehr vorsichtig sein mit der holländischen Seite.« Damit stieg er in den Streifenwagen und nickte seinem Fahrer zu, der den Motor startete.

»Mein Gott«, sagte Billy. »Wir hätten alle für eine ziemlich lange Zeit im Bau landen können. Was hat dieser kleine Bastard vorhin gesagt, als er uns die Steine abnahm? Daß er dir einen Gefallen tue?«

»Stimmt«, nickte Salter. »Ein komischer Zufall – bloß glaube ich nicht an Zufälle. Na ja, jetzt gehen wir erst mal in den Pub und trinken was.«

Dillon wartete, bis alles wieder ruhig war, ehe er die Treppe des alten Lagerhauses hinunterstieg und zum Dark Man zurückkehrte. Im Schankraum brannte Licht. Salter hockte an der Theke; Billy, der ein Pflaster im Gesicht trug, saß mit Baxter und Hall an einem Tisch. Dillon ging in eine Seitengasse und schaute in die Küche, wo die Barfrau eine Tasse Tee trank und die Zeitung las.

Er öffnete die Tür. »Wie ich sehe, sind die Bullen inzwischen verschwunden.«

Sie schaute erschrocken auf. »Herrgott, wer sind Sie?«

»Ein alter Freund von Harry. Falls er so schlau ist, wie ich glaube, wird er mich vielleicht sogar schon erwarten.«

Harry Salter trank seinen Scotch und betrachtete sein Bild in dem alten viktorianischen Spiegel hinter der Theke, während er wartete. Ein leichter Luftzug strich über seine Wange, als die Tür sich öffnete. Gleich darauf rutschte das in gelbe Ölhaut gewickelte Päckchen über die Theke und blieb vor ihm liegen.

»Bitte sehr«, sagte Dillon.

Die anderen drei verstummten, während Salter das Päckchen nahm und sich zu Dillon umwandte, der in seiner alten Seemannsjacke am Ende der Theke stand, eine Zigarette herauskramte und sie anzündete.

»Das ist er!« schrie Billy. »Dieser verfluchte Dreckskerl!«

»Laß gut sein, Billy«, sagte Salter, der seit seinem fünfzehnten Lebensjahr im Gewerbe war und sich auf seinen Instinkt verlassen konnte.

»Was? Weißt du nicht mehr, was er getan hat? Schau dir bloß mal mein Gesicht an.« Billy zerschlug seine Bierflasche auf der Tischkante und stürzte sich auf Dillon, der zur Seite wich, sein Handgelenk faßte und Billys Arm gegen die Theke schlug, daß er vor Schmerz aufheulte und die Flasche fallen ließ. Dillon packte ihn im Nacken und hielt ihn fest.

»Mein lieber Mr. Salter, ich glaube, Ihr Neffe wird es nie lernen.«

»Sei kein dummer Junge, Billy«, sagte Salter. »Wenn er uns die Steine auf dem Fluß nicht abgenommen hätte, hockten wir jetzt in der Polizeistation von Tower Bridge mit der Aussicht, auf zehn Jahre in den Knast zu wandern. Das einzige, was mich interessiert, ist der Grund für diesen ganzen Auftritt. Sie haben doch einen Namen, mein Sohn?«

»Dillon – Sean Dillon.«

Salter ging hinter die Theke, und Dillon ließ Billy los, der sich den Arm massierte und mit mürrischem Gesicht wieder zu Baxter und Hall an den Tisch zurückkehrte.

»Sie sind kein Bulle, die kann ich nämlich auf eine Meile riechen.«

»Gott steh mir bei«, grinste Dillon. »Mit denen hatte ich soviel Schwierigkeiten, daß es mir fürs ganze Leben reicht. Sagen wir es mal so, Mr. Salter – ich arbeite für eine dieser Regierungsstellen, die angeblich gar nicht existieren.«

Salter musterte ihn einen Moment lang. »Und was möchten Sie?«

»Bushmills Whiskey, wenn Sie keinen Krug-Champagner haben.«

Salter lachte kurz auf. »Das gefällt mir. Bushmills kann ich Ihnen sofort servieren, Krug besorge ich fürs nächste Mal.« Er nahm die Flasche aus dem Regal und schenkte großzügig ein. »Um was geht es also?«

»Prost.« Dillon trank ihm zu. »Na ja, ich war auf der Suche nach demjenigen, der sich wie kein zweiter mit der Themse auskennt, und als ich im Polizeicomputer nachgeschaut habe, stellte sich heraus, daß Sie das sind. Das

Problem war nur, daß ich Sie schon gleich wieder zu verlieren drohte, kaum daß ich Sie gefunden hatte. Ein Kollege, eine große Nummer bei der Special Branch, fand heraus, daß die Wasserschutzpolizei Sie schnappen wollte.«

»Sehr unangenehm«, nickte Salter.

»Das wäre es tatsächlich gewesen, deshalb beschloß ich, etwas zu unternehmen.« Dillon lächelte. »Den Rest kennen Sie.«

Salter schenkte sich noch einen Drink ein. »Sie wollen etwas von mir, nicht wahr? Irgendeine Gegenleistung?«

»Ihre Erfahrung, Mr. Salter, Ihr Wissen über den Fluß.«

»Wozu?«

»Sie haben vielleicht in den Zeitungen gelesen, daß der Präsident der Vereinigten Staaten und der Premierminister sich am Freitagmorgen auf der Terrasse des Unterhauses treffen.«

»Und?«

»Ich halte die Sicherheitsvorkehrungen für lächerlich, und das muß ich beweisen; deshalb möchte ich, daß Sie mir am Freitag, irgendwann nach Mitternacht, helfen, zur Terrasse zu kommen. Ich werde mich in einem der Vorratsräume hinter der Bar verstecken und den Herrschaften im geeigneten Moment eine nette Überraschung bereiten.«

Salter starrte ihn verblüfft an. »Sie müssen komplett übergeschnappt sein.«

»Hat mir schon manch einer gesagt.«

Salter wandte sich an die drei anderen. »Habt ihr das gehört? Wir haben hier einen armen Irren vor uns.« Er wandte sich an Dillon. »Aber Sie gefallen mir. Ich will Ihnen nicht nur helfen, Sie dürfen mich auch Harry nennen.«

»Klasse«, nickte Dillon. »Könnte ich noch einen Bushmills bekommen?«

»Ich hab' auch noch was Besseres, was viel Besseres.« Salter öffnete den Eisschrank hinter der Theke und nahm eine Flasche heraus. »Krug-Champagner, mein Lieber. Wie wär's damit?«

9

Am nächsten Tag erschien Dillon erst kurz vor Mittag in Hannah Bernsteins Büro im dritten Stock des Verteidigungsministeriums.

»Mein Gott, Dillon, wissen Sie eigentlich, wieviel Uhr es ist? Er fragt schon dauernd nach Ihnen.«

»Hatte eine harte Nacht, liebes Mädchen. Eigentlich bin ich auch nur hergekommen, um Sie zu einem wunderbaren kleinen Imbiß einzuladen.«

»Sie sind wirklich verrückt.« Sie drückte auf die Sprechanlage. »Er ist da, Brigadier.«

»Schicken Sie ihn rein. Und Sie brauche ich ebenfalls, Chief Inspector.«

Hannah öffnete die Tür und ging voraus. Ferguson saß hinter seinem Schreibtisch und war in einen Stapel Papiere vertieft.

»Gott grüße das rechtschaffene Handwerk«, sagte Dillon, doch Ferguson schaute nicht einmal auf. Dillon lachte. »Gott schütze Euch, ist die korrekte Antwort darauf, Brigadier.«

Ferguson lehnte sich zurück. »Es ist mir bekannt, daß Sie als junger Mann die Royal Academy of Dramatic Art besucht haben, Dillon. Es ist mir ebenfalls bekannt, daß Sie am National Theatre engagiert waren.«

»Als Lyngstrand in Ibsens *Die Frau vom Meer*«, ergänzte Dillon.

»Bis Sie sich entschieden, im Straßentheater der IRA mitzumischen. Da meine Mutter, Gott hab sie selig, Irin war, bemühe ich mich wirklich nach Kräften, Sie zu verstehen, aber daß Sie beständig die Rolle des typischen Iren spielen müssen, ist manchmal etwas ermüdend.«

»Gott schütze uns, Euer Ehren, ich werde versuchen, mich zu bessern.«

»Um Himmels willen, seien Sie doch mal ernst. Sie sind dabei, mich wegen dieser lächerlichen Wette mit Carter zum Gespött zu machen. Sie wissen, wie sehr der Geheimdienst schon allein unsere Existenz haßt. Es wäre den Burschen eine Wonne, wenn ich vor dem Premierminister als Narr dastehe.«

»Weiß ich, weiß ich«, sagte Dillon. »Deshalb will ich ja dafür sorgen, daß Carter als Narr dasteht.«

»Wollen Sie mir im Ernst erzählen, daß Sie meinen, Sie schaffen es?«

»Natürlich.«

»Wo haben Sie eigentlich gesteckt? Es ist fast Mittag.«

»Ich hatte sozusagen wegen der nötigen Vorbereitungen eine schwere Nacht.«

»Erzählen Sie.«

»Es ist besser, Sie wissen es nicht, glauben Sie mir. Aber eines verspreche ich Ihnen: Das nächste Mal werden Sie mich morgen früh um halb elf auf der Terrasse sehen, zusammen mit dem Präsidenten der Vereinigten Staaten und dem Premierminister.«

Ferguson schaute ihn ungläubig an. »Mein Gott, Sean, Sie scheinen es tatsächlich ernst zu meinen?«

»Na klar, Brigadier, aber passen Sie mal besser auf. Sie haben mich gerade Sean genannt.«

»Wollen Sie mir erzählen, was Sie vorhaben?«

»Manches daran ist so illegal, daß es besser ist, wenn Sie nichts wissen. Ich werde es mit meiner gutaussehenden Kollegin besprechen, wenn ich sie zum Essen ausführen darf.«

Ferguson mußte unwillkürlich lachen. »Ach, verschwinden Sie schon, Sie Schurke. Aber wenn mich diese Geschichte fünfhundert Pfund kostet, ziehe ich es Ihnen vom Gehalt ab.«

Sie gingen zurück in Hannahs Büro. »Meinen Sie wirklich, Sie haben eine Chance?«

»Dem großen Dillon ist nichts unmöglich. In den tollen Tagen in Ulster hat mich der britische Geheimdienst immer einen Zauberer genannt. Sie haben mich nicht ein einziges Mal in die Finger gekriegt, Hannah. Galt als Meister der Verkleidung. Hab' ich Ihnen schon mal erzählt, wie ich mich als Frau verkleidet habe?«

»Ich will das gar nicht wissen, Dillon, denn sonst muß ich nur daran denken, wie viele Menschen von Ihnen getötet wurden.«

»Ich habe in einem Krieg gekämpft, Hannah. Aber das war damals, und heute ist heute. Holen Sie Ihren Mantel, dann gehen wir. Ich glaube, Schalentiere dürfen Juden nicht essen, geräuchterten Lachs allerdings schon, stimmt's?«

»Natürlich. Warum?«

»Gut. Es gibt nämlich Krug-Champagner, Rühreier und geräucherten Lachs, den besten der ganzen Stadt.«

»Und wo?«

Er half ihr in den Mantel. »Mein Gott, Mädchen, stellen Sie doch nicht dauernd so neugierige Fragen.«

Er fuhr mit ihr ins Dorchester und führte sie in die Piano Bar, der besten in London, mit einer prachtvoll verspiegelten Decke, wo er vom Geschäftsführer wie ein alter Freund begrüßt und zu einem Tisch begleitet wurde. Wie üblich bestellte Dillon Krug-Champagner und Rühreier, geräucherten Lachs und Salat.

»Meine Güte, Sie leben aber wirklich nicht schlecht, Dillon. Ihr Anzug ist von Armani, wie ich sehe, und diese Preise können Sie sich offenbar ebenfalls leisten.«

»Ich versuche immer noch, ein bißchen was von den sechshunderttausend Pfund auszugeben, die ich gekriegt habe, weil ich Michael Aroun einen Strich durch die Rechnung machen konnte, als er während des Golfkriegs den Premierminister und das Kriegskabinett in Number Ten in die Luft jagen wollte.«

»Sie haben wirklich gar kein Schamgefühl, was? Nicht die Spur?«

»Warum soll ich mich verstellen oder meine Vergangenheit verleugnen? Ich bin heute noch der gleiche Mann, Hannah, der ich früher war, und es gab Gelegenheiten, da waren auch Sie sehr froh darüber.«

Der Kellner brachte den Champagner, öffnete ihn und schenkte ein. Dillon trank ihr zu. »Auf die schönste Polizistin Londons.«

»Mit solchen Schmeicheleien erreichen Sie bei mir gar nichts. Jetzt erzählen Sie mir, was Sie vorhaben.«

Entsetzt starrte sie ihn an. »Sie haben mich und polizeiinterne Informationen benutzt, ja regelrecht mißbraucht, um zu verhindern, daß ein berüchtigter Gangster und seine Bande geschnappt werden?«

»Er ist gar kein so übler Geselle.« Dillon nippte an seinem Champagner. »Und ich brauchte ihn.«

»Wie konnten Sie bloß so was tun?«

»Ach, kommen Sie, Hannah. Ferguson macht ständig, was ihm in den Kram paßt. Was war denn letzten Monat mit diesem litauischen Ganoven Platoff? Wenn es je einen Mann gegeben hat, der es verdient hätte, auf der Stelle erschossen zu werden, dann er, aber er war für uns nützlich, also hat Ferguson einen Handel mit ihm geschlossen, und Sie waren, wie ich mich erinnere, dabei die Vermittlerin.«

Sie funkelte ihn wütend an. »Scheren Sie sich zum Teufel, Dillon.«

»Sie sehen übrigens hinreißend aus, wenn Sie wütend sind.« Der Kellner brachte ihre Bestellung. »Und nun essen Sie alles schön auf wie ein braves Mädchen.«

»Dillon, Sie sind ein sexistischer Macho.«

»Und Sie ein nettes jüdisches Mädchen, das Kinder haben und seinem Ehemann das Leben schwermachen sollte, statt für Scotland Yard Leute zu erschießen.«

Wider Willen mußte sie lachen. »Boshaftes Scheusal. Nun erzählen Sie endlich, was Sie geplant haben.«

»Ich will durch den Fluß schwimmen.«

»Dillon, das ist reiner Selbstmord, das dürfen Sie nicht! Die Strömung dort kann bei Gezeitenwechsel tödlich sein.«

»Ja, Sie haben recht. Aber die Terrasse ist der Schwachpunkt im Sicherheitssystem.«

»Sie können doch unmöglich hoffen, es zu schaffen?«

»Es ist schwierig, allerdings nicht unmöglich«, meinte er und erklärte ihr, was er vorhatte.

Die *River Queen* lag immer noch am Cable Wharfe vor Anker, als Dillon um elf Uhr an diesem Abend mit seinem Toyota vor dem Dark Man hielt. Er wartete, bis die letzten Gäste aus dem Pub kamen und in Richtung Wapping High Street davongingen. Die Barfrau verabschiedete Billy und schloß die Tür ab.

Dillon stieg aus seinem Wagen. »Schönen guten Abend, Billy, könnten Sie mir vielleicht behilflich sein?«

Billy schaute ihn mit einem Ausdruck widerwilliger Bewunderung an. »Sie wissen, daß Sie verrückt sind, nicht wahr? Mein Onkel hat mir erzählt, was Sie vorhaben. Einfach irre. Erstens werden Sie schon mal gar nicht bis zur Terrasse kommen. Die Strömung ist da draußen richtig mörderisch.«

»Wenn ich absaufe, dürfen Sie den Toyota verkaufen. Abgemacht?«

Er streckte die Hand aus, die Billy instinktiv schüttelte. »Verrückter Kerl. Okay, dann wollen wir mal sehen.« Er öffnete die Hecktür des Lieferwagens.

Aufmerksam von Salter und den anderen beobachtet, breitete Dillon in der Kajüte seine Ausrüstung aus.

»Das verdammte Zeug werden Sie auch brauchen.« Salter musterte den schweren Neoprenanzug mit Kapuze, Socken und Handschuhen. »Das Wasser ist heute nacht verflucht kalt.«

»Hab' nicht erwartet, daß es sich wie in der Badewanne anfühlt.«

Dillon legte seine Flossen und die Sauerstofflasche, die er mitgebracht hatte, zurecht, überprüfte den Bleigürtel und nahm aus einem Umhängebeutel eine kleine Halogenlampe und ein wasserdichtes Täschchen.

»Die Lampe brauchen Sie nicht«, sagte Salter. »Ich bin oft genug nachts an der Terrasse vorbeigefahren; dort brennen ständig diese viktorianischen Lampen. Aber selbst wenn Sie bis dorthin kommen, Dillon, sind Sie noch längst nicht aus dem Schneider. Überall stehen Wachposten. Wenn man Sie sieht, sind Sie dran.«

»Ja, das weiß ich.« Dillon öffnete den wasserdichten Beutel und überprüfte den Inhalt.

»Und was ist das?«

»Dietriche. Ich will in einem der Vorrätsräume den Rest der Nacht verbringen, wie ich Ihnen ja schon erzählt habe.«

Salter schüttelte den Kopf. »Offenbar wissen Sie, wie man diese Dinger benutzt. Nein, Sie brauchen gar nicht zu antworten. Bloß fragt man sich bei Ihrem Akzent natürlich, ob Sie nicht vielleicht doch vorhaben, den Premierminister zu erschießen.«

»Ja, früher wäre der Gedanke gar nicht so abwegig gewesen.« Dillon öffnete den Reißverschluß des wasserfesten Beutels.

»Und was ist da drin?«

»Weißes Hemd, Fliege, hübsches weißes Jackett, schwarze Hose und Schuhe.« Dillon lächelte. »Immerhin will ich ja als Kellner durchgehen.«

Billy begann zu lachen. »Dillon, Sie gefallen mir, ehrlich. Sie sind verrückt und haben Ihren eigenen Kopf, genau wie ich.«

»Ich nehme das als Kompliment.« Dillon begutachtete noch einmal seine Ausrüstung. »Das wär's dann. Ich vertraue mich jetzt Ihren Händen an, Harry.«

»Na gut, mein Sohn, dann wollen wir mal.«

Auf dem Tisch lag eine vergrößerte Karte. »Also, hier ist das House of Commons, da ist die Westminster Bridge, und ich sage Ihnen gleich, um diese Jahreszeit ist die Flut ganz besonders stark. Die Gezeiten wechseln gegen drei Uhr morgens, und ich brauche eine Strömung flußabwärts, um Sie an Ort und Stelle zu bringen, aber sie hat eine abnorme Geschwindigkeit, bestimmt gute fünf Knoten. Überlegen Sie sich's noch mal.«

»Hab' ich«, erwiderte Dillon.

»Es ist ausgeschlossen, daß Sie schwimmend dagegen ankommen. Aber wenn Sie am Heck hängen und wenn ich Sie genau im richtigen Moment absetze, könnten Sie eine Chance haben.«

»Gut«, nickte Dillon. »Ist mir recht.«

»Verrückt.« Salter schüttelte den Kopf. »Komplett verrückt.«

Dillon kramte nur grinsend seine Zigaretten aus der Tasche und stieg hinauf an Deck. Unter dem Schutz des vorstehenden Dachs schaute er in den Regen hinaus.

Salter kam zu ihm und lehnte sich gegen das Schott. »Ich liebe diesen verdammten Fluß. War schon als Kind ein richtiger Flußpirat. Mein alter Herr hat geschmuggelt, und meine Mutter ging putzen, damit wir über die Runden kamen. Alles, was ich bloß erwischen konnte, hab' ich mitgehen lassen – Glimmstengel, Schnaps, einfach alles.«

»Und Sie haben Ihren Weg gemacht.«

»Ich hatte nie was mit Drogen zu tun oder mit Zuhälterei, so was ist für mich Dreck. Klar, ich bin immer ein harter Bursche gewesen und hab' so manchen umgelegt, aber nur Schweine, die mir ans Leder wollten.«

»Verstehe.«

»Und Sie?«

»Oh, ich bin mehr als zwanzig Jahre lang mit der Welt im Kriegszustand gewesen.«

»Bei diesem Akzent, den Sie haben, heißt das wohl das, was ich denke?«

»Nicht mehr, Harry«, sagte Dillon. »Ich arbeite tatsächlich für eine ziemlich geheime Abteilung der Regierung. Belassen wir es dabei.«

»Na gut, mein Sohn. « Salter grinste. »Bei diesem Unternehmen, das Sie vor sich haben, brauchen Sie was Anständiges zu essen. Wir gehen jetzt rauf in die Wapping High Street. Da ist ein Laden, in dem es die besten Fish and Chips von ganz London gibt.«

Kurz vor drei fuhr die *River Queen* unter der Westminster Bridge durch und wendete in der mächtigen Strömung. Die Decklichter waren gelöscht, nur im Steuerhaus brannte eine gedämpfte Lampe. Dillon und Salter hatten am Heck die Ausrüstung ausgebreitet.

»Ich übernehme jetzt von Billy das Steuer. Wenn er runterkommt, bringt er ein Funksprechgerät mit. Sie hängen sich ans Heck. Keine Angst vor den Schiffsschrauben, bei einem Boot wie diesem liegen sie ziemlich tief.«

»Und dann?«

»Wenn ich den passenden Moment für gekommen halte, sage ich Billy über Funk Bescheid, er ruft es Ihnen zu, und Sie lassen los. Falls ich's richtig hinkriege, müßte die Strömung Sie direkt gegen die Terrasse treiben. Wenn nicht, können wir bloß noch beten.«

»Danke, Harry.« Dillon grinste. »Sie sind ein Teufelskerl.«

»Ach, brechen Sie sich doch den Hals, Sie verdammter Irrer«, erwiderte Salter und verschwand.

Dillon wandte sich an Hall und Baxter. »Dann mal los, Kameraden, ziehen wir die Sachen an.«

Zehn Minuten später hatte er sich die beiden Taschen an den Gürtel gebunden und hing an einem an der Reling befestigten Seil. Er spürte den gewaltigen Sog des aufgewühlten Wassers, dann hörte er Billys Ruf und ließ los.

Die Kraft der Strömung war unglaublich. Wie eine große Hand, die ihn gnadenlos packte, riß sie ihn zwei Meter in die Tiefe, ehe er wieder an die Oberfläche geworfen wurde. Er sah die *River Queen* in der Dunkelheit verschwinden, sah die Lichter der viktorianischen Lampen auf der Terrasse und wurde wieder hinuntergezogen. Einen Moment später schlug er gegen die Mauer der Terrasse, tauchte auf und schoß zwischen die Streben, die an der Grenze zwischen Ober- und Unterhaus ins Wasser reichten.

Dort hielt er sich einige Zeit fest, ehe er seine Sauerstoffflasche, Flossen und Maske abstreifte und alles von der Strömung mitreißen ließ. Nachdem er seine Kräfte gesammelt hatte, begann er zu klettern. Er stemmte sich über die Brüstung, zog die beiden Taschen hinter sich her und duckte sich in einen dunklen Winkel.

Einige Meter entfernt öffnete sich eine Tür, aus der ein Wachmann trat, der bis zur Brüstung schlenderte und sich eine Zigarette anzündete. Dillon wartete fünf qualvolle Minuten lang, bis der Mann schließlich die Kippe in den Fluß warf und wieder hineinging.

Er löste die Schnüre, mit denen er die Taschen festgebunden hatte, und streifte den Taucheranzug ab, den er in den Fluß fallen ließ. Mit seinen Taschen ging er zu den Lagerräumen neben der Bar, nahm aus der kleineren Tasche die Halogenlampe, öffnete das Etui mit den Dietrichen und machte sich an die Arbeit. Es dauerte keine fünf Minuten, bis die Tür sich öffnete.

Rasch schaute er sich um. Überall stapelten sich Handtücher, Tischdecken und Kartons mit Weingläsern. In einem Nebenraum befanden sich zwei Toiletten und ein Waschbecken. Er öffnete die größere Tasche, nahm seine Kleider heraus und ein Handtuch, schlüpfte aus der Badehose, trocknete sich gründlich ab und zog sich an.

Inzwischen war es Viertel vor vier. Je nachdem, wann die Angestellten ihren Dienst begannen, mußte er noch vier bis fünf Stunden verstreichen lassen. Er entdeckte einen ziemlich großen Vorratsschrank, in dem Wäsche verwahrt wurde. In der Tür steckte kein Schlüssel, deshalb versperrte er sie von innen mit einem Dietrich, machte sich aus einigen Handtüchern ein behelfsmäßiges Bett und rollte sich zufrieden zusammen.

»Harry wird sich freuen«, dachte er und sank fast sofort in Schlaf.

Mit einem Ruck fuhr er hoch, als jemand an der Tür rüttelte. Ein Blick auf die Uhr zeigte ihm, daß es fast neun war. »Diese blöde Tür ist zu!« rief eine Stimme. »Ich sehe mal, ob ich einen Schlüssel auftreiben kann.«

Schritte entfernten sich, und Dillon huschte rasch aus dem

Schrank, schlüpfte in eine der Toilettenkabinen und sperrte ab. Einige Zeit später hörte er, wie zwei Leute zurückkehrten. »Nehmen Sie diese Tischtücher, und beeilen Sie sich«, sagte ein Mann.

»Mache ich, Mr. Smith«, antwortete eine Frau.

Die Tür fiel ins Schloß, und der Mann schlenderte pfeifend durch den Raum. Nach einer Weile trat er in die nächste Kabine, setzte sich und rauchte eine Zigarette. Dillon zog die Spülung und verließ die Toilette. An einem Haken neben dem Waschbecken hing das weiße Jackett des Mannes. Er löste die Ausweiskarte aus Plastik, die daran befestigt war, und steckte sie sich an, so daß sie halb vom Revers verdeckt wurde.

Als er nach draußen kam, waren die Kellner dabei, die Tische zu decken und an der Bar die nötigen Vorbereitungen zu treffen. Dillon nahm sich eine Serviette von einem Tisch, legte sie über seinen Arm und griff nach einem Tablett. Vorbei an den beiden Sicherheitsbeamten ging er ungehindert ins Gebäude und die Treppe hinauf.

Eine Stunde lang schlenderte er mit seinem Tablett durch einige Restaurants, nicht nur im Unterhaus, sondern auch im House of Lords, und wurde nicht ein einziges Mal aufgehalten oder angesprochen. Grinsend dachte er daran, was Ferguson wohl dazu sagen würde. Und was Carter betraf …

Kurz nach zehn kehrte er, unbeachtet von den Sicherheitsbeamten, wieder auf die Terrasse zurück, wo inzwischen noch größere Geschäftigkeit herrschte. Ein grauhaariger Mann in einem schwarzen Mantel und gestreiften Hosen kommandierte die Kellner herum.

»Sie da«, befahl er Dillon, ohne ihm mehr als einen flüchtigen Blick zu gönnen, »holen Sie die Kanapees von dem Tisch dort hinten.«

»Jawohl, Sir.«

Als einige Augenblicke später die ersten Parlamentsmitglieder hereinströmten, standen Dillon und die anderen bereit. Es war verblüffend, wie rasch sich die Terrasse füllte. Die Kellner machten sich an die Arbeit und servierten Erfrischungen. Auch Dillon ging durch die Menge und bot von seinem Tablett Kanapees an. Dann entdeckte er Ferguson, Hannah Bernstein und Carter.

Rasch wandte er sich ab, doch er war nahe genug, um Carter sagen zu hören: »Tja, Ferguson, tut mir leid für Sie, aber dieser kleine Idiot hat Sie ganz schön blamiert, wie es scheint.«

»Wenn Sie meinen«, erwiderte Ferguson.

Kurz darauf ertönte eine Durchsage. »Meine Damen und Herren, der Premierminister und der Präsident der Vereinigten Staaten.«

Die beiden Männer erschienen im Eingang, und alles brach in spontanen Applaus aus. Dillon nahm von einem Tisch ein abgedecktes Tablett, beugte sich einen Moment lang darüber und wandte sich um. Der Präsident und der Premierminister schlenderten durch die Menge und blieben hin und wieder stehen, um mit jemandem zu sprechen, so auch mit Simon Carter, Ferguson und Hannah Bernstein.

»Brigadier Ferguson«, lächelte der Präsident. »Schön, Sie wiederzusehen.« Anschließend begrüßte er Carter und Hannah.

Dillon trat zu ihnen. »Entschuldigen Sie, meine Herren ...«

Er sah Hannahs Verblüffung, Fergusons ungläubiges Stirnrunzeln und auf Carters Gesicht das reine Entsetzen, als er den Deckel von seinem Tablett hob. Auf den Kanapees lag eine Fünfpfundnote.

»Ihr Fünfer, Sir.«

Carter war außer sich vor Wut, doch die interessanteste Reaktion kam von Präsident Clinton. »Ach, Mr. Dillon, sind Sie das?« lachte er.

Am Nachmittag waren sie wieder in Fergusons Büro, der in grimmiger Freude schmunzelte.

»Sie gerissener irischer Bastard.«

»Sie sind ja selbst ein halber.«

»Carters dummes Gesicht war ein Bild für die Götter. Ich mußte die Sache natürlich dem Präsidenten und dem Premierminister erklären, was Carter erst recht nicht behagte. Der Präsident fand es fabelhaft. Nachdem wir ihm letztes Jahr bei dem Friedensprozeß in Irland geholfen haben, hatte er sowieso schon eine hohe Meinung von Ihnen, Dillon, das darf ich Ihnen verraten. Jetzt natürlich um so mehr. Also, wie haben Sie es gemacht?«

»Vom Fluß aus, Brigadier, aber ich möchte lieber nicht in die Details gehen.«

Ferguson wandte sich an Hannah Bernstein. »Wissen Sie Bescheid, Chief Inspector?«

»Leider ja, Sir.«

»So schlimm?«

»Sagen wir mal – das ganze Unternehmen wurde auf eine derart kriminelle Weise eingefädelt, daß ich Dillon eigentlich seine Rechte vorlesen und ihn verhaften müßte, wenn ich noch für Scotland Yard arbeiten würde. Da ich momentan allerdings Ihnen zugeteilt bin, bleiben mir solche Überlegungen zum Glück erspart.«

»Guter Gott.« Ferguson schüttelte den Kopf. »Trotzdem, ich habe gewußt, was ich tat, als ich Sie angeworben habe, Dillon, kann die Schuld also auf niemand anderen abschieben.« Er öffnete eine Akte, die vor ihm lag. »Nun wollen wir uns aber wieder an die Arbeit machen.«

Zur gleichen Zeit gingen Kathleen Ryan und ihr Onkel auf dem Gelände des Gefängnisses von Green Rapids spazieren. Wie üblich gab es, dank der großzügigen Regelung der Anstaltsleitung, sehr viele Besucher. Paolo Salamone, der kurz nach dem Frühstück einen Telefonanruf von Sollazo erhalten hatte, folgte ihnen in einigem Abstand.

»Im Hinblick auf die kürzlich besprochene Angelegenheit und die beteiligten Personen würde jede weitere Information unserer Sache helfen«, hatte er lediglich gesagt.

Salamone hatte eine Aufregung gepackt wie seit langem nicht mehr. Wenn der Don und Sollazo sich für ihn einsetzten, bestand eine echte Chance, daß er vielleicht eine Berufungsverhandlung bekam, und dafür würde er alles tun. Natürlich hatte er aufgepaßt, wann das Mädchen seinen Onkel wieder besuchte. Aus Gesprächen mit ihm wußte er, daß sie im Krankenhaus meistens Nachtdienst hatte und ihn deshalb dreimal, manchmal auch viermal die Woche besuchen konnte.

Sie schienen allerdings nicht viel miteinander zu reden und schlenderten auf eine der kleinen Schutzhütten am See zu. Salamone durchquerte eilig ein kleines Baumstück, das bis an diese Hütten reichte, und konnte sie deutlich verstehen.

»Du scheinst niedergeschlagen, Mädchen.«

»Ist das ein Wunder, wenn ich sehe, daß du hier wie ein Tier eingesperrt bist?«

»Daran kann ich leider nur wenig ändern, und auch sonst niemand.«

»Als man dich hierher verlegt hat, war ich so voller Hoffnung. Deshalb habe ich mich auch mit diesem Cassidy getroffen, mit dem du damals in Ossining eine Zelle geteilt hast, und die falschen Pässe besorgt. Ich dachte, hier gäbe es eine Chance, auszubrechen«, sagte Kathleen.

»Bestimmt nicht. Man ist hier bloß so liberal, weil die Sicherheitsmaßnahmen besonders ausgefeilt sind. Überall sind hochmoderne elektronische Anlagen und Kameras, die jede Bewegung erfassen. Ich werde hier sterben, Kathleen, das ist gewiß, deshalb ist es Zeit, daß wir mal über die Zukunft reden, über deine Zukunft, denn falls du dich entschließt zu gehen, möchte ich dir noch einiges sagen.«

»Zum Beispiel?«

»Später, wenn es soweit ist.«

»Dann rede auch nicht solchen Unsinn. Wie geht es dir gesundheitlich?«

»Nicht schlecht. Ich nehme die Tabletten und tue, was man mir sagt. Am Dienstagmorgen soll ich zu einer weiteren Herzuntersuchung runter ins Green Rapids General Hospital gebracht werden.«

»Ich habe Nachtschicht, aber ich komme trotzdem und schaue nach dir. Morgen besuche ich dich sowieso wieder, am Vormittag habe ich ja Zeit. Gegen elf.«

»Das ist schön.«

Sie standen auf und gingen weiter, und Salamone eilte rasch zurück.

Als sie sich dem Ausgang näherten, fragte Kathleen: »Kriegst du immer noch die gleichen Tabletten?«

»Nein, hab' jetzt neue.« Er nahm ein Plastikfläschchen aus seiner Hemdentasche. »Die hier.«

»Dazane? Kenne ich gar nicht. Ich erkundige mich aber mal im Krankenhaus.« Sie küßte ihn auf die Wange. »Bis morgen dann.«

Salamone rief von einer der Telefonzellen, die für die Gefangenen bereitstanden, direkt in Sollazos Büro an. Die Sekretärin versuchte zunächst ihn abzuwimmeln und behauptete, Mr. Sollazo sei beschäftigt, doch schließlich gab sie seinem Drängen nach und stellte ihn durch.

»Was hast du erreicht?« fragte Sollazo. »Hoffentlich etwas Gutes.«

»Ich konnte ein Gespräch zwischen Kelly und seiner Nichte belauschen. Sie hat erzählt, daß sie gehofft habe, er könne ausbrechen, als er von Ossining nach Green Rapids verlegt wurde. So ein Schwachsinn. Von hier ist noch niemand ausgebrochen, seit dieser Knast besteht.«

»Und warum sollte mich das interessieren?«

»Sie hat von falschen Pässen geredet, die sie sich von irgendeinem Typen namens Cassidy hat machen lassen, der mit Kelly in Ossining gesessen hat.«

»Das klingt schon interessanter. Sonst noch was?«

»Eigentlich nicht. Ach ja, er ist am Dienstagmorgen wegen einer Untersuchung im Green Rapids General Hospital. Wie schon gesagt, er hat's am Herzen. Übrigens will sie ihn morgen um elf wieder besuchen.«

»Gut, Paolo, mach weiter so. Nur eins noch, das ich dir bisher nicht gesagt habe. Liam Kelly heißt in Wahrheit Michael

Ryan und war einmal ein großer Aktivist in der irischen Politik auf der Seite der Protestanten, also unterschätze ihn nicht. Er hat mehr Männer getötet als man sich vorstellen kann.«

»Mein Gott!«

»Seine Nichte Kathleen Ryan ist vom gleichen Kaliber. Das sind keine gewöhnlichen Gauner, Paolo, es sind Revolutionäre. Solche Leute sind unberechenbar wie tollwütige Hunde. Man darf sie nie unterschätzen.«

»Werd's mir merken, Mr. Sollazo ... Und Sie tun für mich, was Sie können?«

»Das ist selbstverständlich.«

Sollazo legte den Hörer auf, dachte einen Moment nach und drückte dann den Summer für seine Sekretärin. »Treiben Sie Mori auf, ich brauche ihn.«

Er beschäftigte sich wieder mit dem Schriftsatz auf seinem Schreibtisch und lächelte ein wenig, als er den fatalen Fehler entdeckte, den der Bezirksstaatsanwalt gemacht hatte. Kurz darauf klopfte es an der Tür, und Mori trat ein.

»Sie wünschen, Signore?« fragte er auf Sizilianisch.

Sollazo lehnte sich zurück. »Ich hatte einen Anruf von Salamone, der mir weitere Informationen über Ryan und seine Nichte gegeben hat. Es scheint, sie hat sich falsche Pässe von einem Kerl namens Cassidy machen lassen, der mit Ryan in Sing-Sing in einer Zelle gesessen hat. Stöbere ihn auf und bring ihn zu mir. Irgend jemand wird ihn sicher kennen.«

»Kein Problem«, nickte Mori. »Dazu brauche ich bloß ein paar Anrufe zu machen.«

Bereits eineinhalb Stunden später parkte er seine Limousine vor einem kleinen Fotoladen in einer Seitenstraße in der Bronx. Ein junger Farbiger bediente eine Maschine, die Urlaubsfotos ausspuckte.

»Bitte, Sir?«

»Ich suche Mr. Cassidy. Sagen Sie ihm, jemand will ihn sprechen.«

»Er ist hinten, ich hole ihn.«

»Nicht nötig, Junge, das mache ich schon selbst.«

Mori ging hinter die Theke und öffnete die Tür. Cassidy, ein kleiner Mann mit Glatze und Nickelbrille, arbeitete an einem Aktienzertifikat, wie es Mori schien.

»Na, wieder mal bei den alten Gaunereien?«

Cassidy, der ein Gespür für Schwierigkeiten hatte, stand unsicher auf. »Was soll das?«

»Ich bin im Auftrag des Russo-Clans hier. Don Antonios Neffe und Anwalt, Mr. Marco Sollazo, hätte gern Ihre Hilfe in einer kleinen Angelegenheit in Anspruch genommen.«

Cassidy nahm mit zitternder Hand seine Brille ab. »Natürlich, ich tue alles, was ich kann.«

»Hab' ich auch nicht anders erwartet. Sie machen mit falschen Pässen ein nettes Geschäft, und ich nehme an, daß Sie ein korrekter Mann sind, der darüber Buch führt. Habe ich recht?«

Cassidy wurde bleich. »Das stimmt. Um wen geht es?«

»Ein Mann, mit dem Sie in Ossining eine Zelle geteilt haben, Liam Kelly. Seine Nichte ist vor einiger Zeit zu Ihnen gekommen.«

»Ja, ich habe noch alle Unterlagen.«

»Stecken Sie sie in einen Hefter, und dann wollen wir gehen. Mr. Sollazo wartet nicht gern.«

»Irische Pässe, sagen Sie?« fragte Sollazo.

»Ja, Mr. Sollazo«, antwortete Cassidy, der vor seinem Schreibtisch stand. »Auf die Namen Daniel und Nancy Forbes. Es war kein Problem, ein neues Foto von Kelly zu kriegen. Im Gefängnis gibt es so einen Fotoautomaten. Sie brauchen ja dauernd Bilder für die verschiedenen Ausweiskarten, die die Gefangenen dort benutzen.«

»Wann war das?«

»Vor achtzehn Monaten. Es sind gültige Pässe der EG, der Europäischen Gemeinschaft, braun eingebunden. Als Beruf habe ich bei Kelly Künstler angegeben. Ich dachte, das passe ganz gut, weil er in seiner Zelle gemalt hat.«

»Und das Mädchen?«

»Krankenschwester, was sie auch tatsächlich ist.«

»Ich weiß«, erwiderte Sollazo. »Und das war erstklassige Arbeit?«

»Ja, gewiß, mit Stempeln aller möglichen Länder von Hongkong bis Großbritannien, sogar mit Visa für Ägypten. Gute Arbeit, das schwöre ich bei meinem Leben, Mr. Sollazo.«

»Ich bin überzeugt, Sie sagen die Wahrheit. « Sollazo wandte sich an Mori. »Andernfalls, Giovanni, hast du meine Erlaubnis, ihm beide Arme und Beine zu brechen.«

»Mit Vergnügen.«

Cassidy schwitzte. »Bitte, Mr. Sollazo, ich bin ein ehrlicher Mensch.«

Sollazo brach in Gelächter aus. »Verschwinde!«

Mori schob ihn zur Tür hinaus.

»Sonst noch was, Signore?«

»Ja, rede mal mit Salamone. Es scheint, daß Ryan am Dienstagmorgen zu einer Untersuchung ins Green Rapids Hospital muß. Finde heraus, wie das abläuft, wenn man einen der Insassen dorthin bringt.«

»Meint der Signore, was ich denke?«

»Vielleicht. Danach schau dir das Krankenhaus an. Ich muß dir nicht sagen, daß du diskret sein sollst. Das bist du ja immer.«

»Danke, Signore«, erwiderte Mori und ging. Sollazo machte sich wieder an seine Arbeit.

Salamone hatte panische Angst vor Mori, aber so erging es den meisten Menschen, denn er war einer der gefürchtetsten Schläger des Russo-Clans. Während sie hinunter zum See schlenderten, berichtete Mori ihm, warum er hergekommen war.

Salamone überschlug sich fast vor Eifer, ihm behilflich zu sein. »Man benutzt einen besonders gesicherten Krankenwagen, um die Leute runter ins Krankhaus zu bringen. Ich war selbst schon dabei, als sie einen gefangen hatten, der nicht gehfähig war und einen Pfleger brauchte.«

»Wieviele Wächter?«

»Neben dem Fahrer sitzt einer mit einer Waffe, und gewöhnlich sind zwei weitere hinten bei den Sträflingen. Das hängt davon ab, wie viele es sind, aber ich kann Ihnen sagen, daß es am Dienstagmorgen außer Kelly oder Ryan, oder wie immer man ihn nennen soll, nur noch ein Kerl namens Bryant ist, der an der Prostata operiert werden muß.«

»Gut«, sagte Mori. »Und wo bringt man Ryan hin?«

»Die Abteilung für die Behandlung von Herzerkrankungen liegt im dritten Stock.«

»Wieviele Wächter gehen mit ihm?«

»Gewöhnlich einer. Der Kerl hat ja schließlich ein Herzleiden, außerdem trägt er natürlich Handschellen.«

»Die ganze Zeit?«

»Nicht während der Behandlung.«

»Gut«, nickte Mori. »Das ist alles, was ich wissen muß. Kennst du das alte sizilianische Sprichwort: ›Halte die Zunge ruhig, sonst wird sie am Ende noch abgeschnitten?‹«

»Herrgott, Giovanni.« Paolo schien entsetzt. »Du weißt doch, ich liebe meinen Don.«

»Ja, klar.« Mori tätschelte ihm die Wange und ging.

Auf dem Parkplatz des Krankenhauses standen die Fahrzeuge dicht an dicht, aber Mori hatte Glück, da gerade jemand aus einer Lücke fuhr, in der er seinen Wagen parkte, obwohl der Platz für den Leiter der Chirurgie reserviert war, wie er bemerkte. Er betrat durch den Haupteingang das hochmoderne Gebäude. In der Halle hielten sich zahlreiche Krankenschwestern, Ärzte in weißen Kitteln und etliche Besucher auf.

Zielstrebig marschierte er an ihnen vorbei und fuhr mit dem Lift absichtlich zum vierten Stock hinauf. Der Korridor war leer; er entdeckte eine Tür mit der Aufschrift ›Lagerraum‹ und einen Fahrstuhl mit besonders breiten Türen, der offenbar für die Beförderung von Tragbahren und Betten diente; daneben war eine Tür, auf der ›Personalwaschraum‹ stand; Mori öffnete sie.

An einer Reihe von Haken hingen neben den Waschbecken Overalls und weiße Kittel, darunter auch einer, an dem eine Ausweiskarte aus Plastik mit dem Namen ›Doktor Lynn, Radiologie‹, befestigt war.

Mori streifte den Kittel über, fuhr mit dem Lift hinunter in den dritten Stock und schlenderte selbstbewußt auf die Abteilung zu, die Salamone beschrieben hatte.

Auf den Bänken saßen zwei oder drei Patienten, am Empfang saß eine junge farbige Schwester, die lächelnd aufschaute. Mori steckte die Hände in die Taschen, so daß der weiße Kittel offenstand und sie die Ausweiskarte nicht lesen konnte, nur für den Fall, daß sie etwa den Namen kannte.

»Kann ich Ihnen helfen, Doktor?«

»Ich bin leider neu, Radiologie, und muß hier am Dienstagmorgen einen Patienten behandeln, einen Insassen aus dem Gefängnis von Green Rapids. Ein Herzpatient. Ich wollte mich nur mal ein bißchen umschauen.«

»Ja, das ist Mr. Kelly. Er ist schon mehrmals hier gewesen. Zur Abteilung Drei kommen Sie den Gang hinunter, dort wird er behandelt.«

»Vielen Dank«, erwiderte Mori und ging weiter. Er blickte durch die runden Fenster in der Tür der Abteilung und sah auf einem Bett einen Patienten liegen, über den sich eine Schwester beugte.

Hinter einer Tür mit der Aufschrift ›Notausgang‹ entdeckte er einen leeren Korridor. Gegenüber befand sich ein Lastenaufzug. Er drückte auf den Knopf, fuhr hinunter in den Keller und kam in eine Tiefgarage, durch die er wieder nach draußen auf den Parkplatz zurückkehrte, wo er seine Limousine abgestellt hatte. Lächelnd ging er zu seinem Wagen, streifte den weißen Kittel ab und warf ihn auf den Rücksitz, ehe er sich hinter das Lenkrad setzte.

In der Krankenhausapotheke hatte Doktor Sieed, eine junge Inderin, Dienst. Sie kannte Kathleen und mochte sie.

»Was kann ich für Sie tun, Schwester?«

»Mein Onkel leidet an Angina Pectoris. Ich habe gerade

mit ihm gesprochen, und er hat mir erzählt, daß er neue Tabletten bekommt, die ich nicht kenne – Dazane.«

Doktor Sieed nickte. »Gibt es erst seit kurzem. Das Mittel hat sich ausgezeichnet bewährt, aber die Dosierung ist heikel. Nur eine, dreimal am Tag.«

»Ja, das habe ich bemerkt.«

»Eine eventuelle Überdosierung, beispielsweise drei Tabletten gleichzeitig, würde einen schweren Anginaanfall auslösen.«

»Lebensgefährlich?«

»Wahrscheinlich nicht, aber der Patient hätte wohl einige Tage lang einen Schock. Sagen Sie ihm, er soll vorsichtig sein.«

»Danke.«

Kathleen verabschiedete sich, holte ihren Mantel und ihre Handtasche und verließ das Krankenhaus. Als sie über den Parkplatz ging, fuhr Giovanni Mori an ihr vorbei und bog auf die Hauptstraße ein.

10

»Du siehst recht zufrieden aus, Marco«, begrüßte der Don gutgelaunt seinen Neffen.

»Ich glaube, ich habe eine Lösung.«

»Schön, aber zuerst das Geschäftliche. Irgendwas für mich zu unterschreiben?«

»Einige Übertragungsurkunden. Ich habe sie dabei.« Sollazo nahm mehrere Dokumente aus seinem Aktenkoffer.

»Dann wollen wir mal.« Russo griff nach einem Stift und unterzeichnete. »So, und nun gönnen wir uns ein paar meiner ganz speziellen Wodka-Martinis.«

»Die besten der Welt.«

»Ganz recht.« Russo ging hinter die Bar und mixte die Drinks. Sollazo setzte sich auf einen Barhocker. Der Martini war ausgezeichnet, und er leerte sein Glas mit Vergnügen. Anschließend berichtete er von seinem Plan.

»Du glaubst wirklich, daß Mori das ganz allein fertigbringt?« fragte der Don.

»Sicher, es ist ja weiter nicht schwierig.«

»Allerdings müßte Ryan mitmachen.«

»Natürlich.«

»Und er wird seine Nichte dabeihaben wollen.«

»Klar.«

»Wie willst du ihn überreden?«

»Um deinen Lieblingsfilm zu zitieren: Ich mache ihm ein Angebot, dem er nicht widerstehen kann.«

Der alte Mann nickte. »Es darf keine Verbindung geben zwischen Ryan und dir oder dem Clan. Falls es gelingt, wollen wir nicht, daß die Polizei uns auf den Pelz rückt.«

»Keine Sorge. Nach Green Rapids fahre ich lediglich, um Salamone in meiner Funktion als Anwalt zu besuchen, alles streng offiziell, aber dort ist man so lächerlich liberal, daß die Gefangenen mit ihren Familien oder Anwälten im

Park spazierengehen dürfen und es ohne weiteres möglich ist, mit jedem zu reden. Salamone hat mir erzählt, daß das Mädchen ihren Onkel morgen um elf wieder besucht. Ich werde die Gelegenheit nutzen, mit Ryan zu sprechen.«

Der Don nippte nachdenklich an seinem Martini. »Sag mal, Salamone hofft doch, daß du irgendwas im Hinblick auf eine Strafminderung für ihn tun kannst. Siehst du da wirklich eine Möglichkeit?«

»Überhaupt keine, aber ich lasse ihn in dem Glauben, schon allein, weil er eine Menge über uns weiß.«

»Viel zu viel. Es gibt ein altes sizilianisches Sprichwort: ›Besser den Ast absägen als den Baum zu verlieren.‹ Außerdem ist zu bedenken, daß er die einzige Verbindung ist zwischen uns und diesem Ryan.«

»Er ist vollkommen entbehrlich«, erwiderte Sollazo ruhig, »und wird eines Tages einen Unfall haben. Wir verfügen über Freunde dort drinnen, die uns nur zu gern einen Gefallen tun.«

»Gut. Ich überlasse dann alles weitere dir.«

Es war ein schöner heller Morgen, als Sollazo kurz vor elf mit Salamone durch den Park schlenderte.

»Du hast gut für uns gearbeitet. Der Don ist zufrieden.«

»Prima.« Salamone nickte eifrig. »Und wie sieht's mit meinem Fall aus?«

»Ich arbeite daran, Paolo, diese Dinge brauchen ihre Zeit.«

In diesem Moment sah er Michael Ryan und Kathleen zum See hinuntergehen.

»Bei Dazane, diesen neuen Tabletten, die du bekommst«, sagte Kathleen, »mußt du aufpassen, daß du dich an die richtige Dosis hältst.«

»Das weiß ich doch. Dreimal täglich eine.«

»Ich habe mich bei Doktor Sieed erkundigt. Wenn du drei gleichzeitig nehmen würdest, bekämst du einen Anginaanfall.«

»Und das wäre das Ende?«

»Sagen wir mal, du würdest dich für eine Weile nicht besonders gut fühlen.«

Plötzlich stand Marco Sollazo vor ihnen, elegant wie immer in seinem dunklen Anzug und einem langen Regenmantel von Armani.

»Guten Morgen, Mr. Ryan.« Er lächelte Kathleen zu. »Miß Ryan.«

Ryan erstarrte. »Sie müssen uns verwechseln, Mister, wir heißen nicht so.«

»Ich glaube doch.«

Kathleen musterte Sollazo grimmig. »Was soll das?«

»Zuerst einmal – ich weiß alles über Sie. Michael und Kathleen Ryan, die in Ulster immer noch wegen etlicher terroristischer Delikte auf der Fahndungsliste der unionistischen Terroristen stehen. Ich vermute, die Briten könnten Ihre Auslieferung beantragen, wenn sie wüßten, daß Sie hier sind, Miß Ryan.«

»Verdammt, was wollen Sie?«

»Die Goldbarren, die vor zehn Jahren auf der *Irish Rose* vor der Küste von County Down versunken sind; und bitte sagen Sie nicht, Sie hätten keine Ahnung, wovon ich rede.«

Beide starrten ihn fassungslos an. »Sie scheinen eine Menge zu wissen«, meinte Ryan schließlich.

»Alles.«

»Na gut, dann müßten Sie auch wissen, daß die *Irish Rose* nachts bei hoher See sank und wir vom Kurs abgekommen waren. Ich habe keinen Schimmer, wo sie unterging.«

»O doch. Sie hatten ein Gerät, einen sogenannten Master Navigator, in Ihrer Tasche, eine Art Minicomputer, der einwandfrei den Kurs und die Position errechnete.«

Ryan war sprachlos. »Woher können Sie das wissen? Nur ich selbst wußte davon und habe es nachher lediglich Kathleen erzählt.«

»Dabei stand jemand hinter einem Baum und lauschte, ein Mann, den Sie unter dem Namen Martin Keogh kannten.«

»Sie reden, als sei er in Wirklichkeit ein anderer gewesen?« fragte Kathleen.

»Das war er auch. Mr. Ryan, haben Sie jemals den damaligen Stabschef der IRA, Jack Barry, kennengelernt?«

»Nicht persönlich.«

»Er wußte, daß Ihr Plan von Ihrem Army Council abgelehnt worden war, hatte das Gerücht gehört, daß Sie beabsichtigten, die Sache auf eigene Faust durchzuführen, und befahl deshalb seinem besten Mann, sich bei Ihnen einzuschleusen.«

Kathleens Gesicht wurde bleich. »Um wen handelte es sich?«

»Um einen Mann namens Sean Dillon. Haben Sie schon mal von ihm gehört?«

»O ja«, nickte Ryan. »Eine Legende. Den Mann mit den tausend Gesichtern hat man ihn immer genannt. Er war früher einmal Schauspieler. Hat die Armee und die Polizei von Ulster jahrelang zum Narren gehalten und ist nicht ein einziges Mal geschnappt worden. Also – das war Martin.«

»So ein Schwein«, zischte Kathleen.

»Er hätte Sie an diesem Morgen auf der Straße töten und den Master Navigator an sich nehmen können. Barry war ärgerlich auf ihn, daß er es nicht getan hat, aber er hat nur erwidert, daß er Sie mochte.« Er lächelte dem Mädchen zu. »Und Sie ebenfalls.«

»Darauf kann ich verzichten.« In ihren Augen standen Tränen. »Ich hoffe, er schmort in der Hölle.«

»Tatsächlich arbeitet er zur Zeit für eine spezielle Abteilung des britischen Geheimdienstes.«

»Ach, du lieber Gott.« Ryan lachte laut auf. »Das ist typisch Martin, wie wir ihn kannten – und eigentlich gern hatten.« Er überlegte. »Ich weiß jetzt, wer Sie sind«, fuhr er dann fort. »Sie sind der Anwalt, der sich um Paolo Salamone kümmert – und Sie arbeiten für den Russo-Clan, also die Mafia.«

»Spielt das eine Rolle? Kommen wir lieber wieder zur Sache. Ich weiß alles bis hin zu der Tatsache, daß Sie, Miß Ryan, im Besitz falscher irischer Pässe auf die Namen Daniel und Nancy Forbes sind und als Krankenschwester im Green Rapids General Hospital arbeiten.«

»Sie wissen eine Menge, Mister, aber was soll das?«

»Ich will die Flucht Ihres Onkels aus dem Krankenhaus organisieren, wenn er am Dienstagmorgen zu seiner Untersuchung dorthin gebracht wird.«

Beide schwiegen fast betroffen, und Ryan schaute ihn ungläubig an. »Guter Gott, Sie meinen es wirklich ernst?«

»Natürlich.«

»Einen Moment mal«, warf Kathleen ein. »Welche Gegenleistung erwarten Sie dafür von uns?«

»Daß Sie mir die Position der *Irish Rose* verraten«, erwiderte Sollazo ruhig. »Wir haben mit Jack Barry eine Abmachung getroffen. Ich war neulich bei ihm in Dublin. Er ist zwar nicht mehr Stabschef, aber er ist bereit, mitzuarbeiten, da die Bewegung davon profitieren könnte. Zunächst würde man das Schiff lokalisieren, danach wird meine Organisation für irgendeine geeignete Tarnung sorgen, um die Bergung vorzunehmen.«

»Sie arbeiten mit der IRA zusammen?« fragte Kathleen.

»Ja, die Hälfte für sie, die Hälfte für uns.«

»Und sie ernten die Früchte der Arbeit meines Onkels? Was ist denn für ihn drin?«

»Ich könnte sagen, eine Million Pfund, aber wir wollen fair sein. Ich mache zwei Millionen draus.«

»Herrgott, Sie haben wirklich Nerven«, entgegnete Ryan.

»Sie hätten natürlich auch die Alternative, noch weitere fünfzehn Jahre hier zu sitzen.«

Ryans Gesicht war bleich. »Aber ausgerechnet mit Barry und der verdammten IRA zusammenzuarbeiten ...«

Kathleen legte ihm eine Hand auf den Arm. »Wir müssen praktisch denken.« Sie wandte sich an Sollazo. »Ich lasse ihn aber auf keinen Fall allein.«

»Versteht sich. Wenn er draußen ist, bringt man Sie zuerst einmal in eine sichere Unterkunft.«

»Und es wird kein Problem sein, aus dem Land zu kommen?«

»Absolut nicht. Wir werden wahrscheinlich in einer Gulfstream nach Irland fliegen. Ich begleite Sie.«

»Und das war es dann?«

»Nein. Ich möchte die Position der *Irish Rose* wissen, und erzählen Sie mir nicht, die Ziffern seien nicht in Ihr Gehirn eingebrannt.«

»O nein, Mister«, erwiderte Kathleen. »Die kriegen Sie, wenn wir hier raus und sicher in Irland sind, nicht eher.«

Sollazo lächelte. »Gut, Miß Ryan. Ich akzeptiere Ihre Bedingungen. Und jetzt will ich Ihnen genau erklären, wie ich mir die Sache denke.«

Es regnete, als der Krankenwagen des Gefängnisses am Dienstagmorgen auf den Parkplatz fuhr und auf einem reservierten Platz dicht am Haupteingang hielt. Kathleen Ryan saß in ihrem Wagen und sah ihren Onkel und einen zweiten Mann aussteigen. Beide waren mit Handschellen an einen Wächter gefesselt. Ein zweiter Wächter und der Fahrer blieben draußen stehen und zündeten sich Zigaretten an, während die Gefangenen ins Gebäude geführt wurden.

Sie griff nach ihrem Koffer und ging, wie man ihr befohlen hatte, in die Tiefgarage, wo sie sich nach einem grünen Kleintransporter mit der Aufschrift *Henley Laundry* umschaute. Giovanni Mori saß hinter dem Lenkrad und rauchte eine Zigarette.

»Ich bin Kathleen Ryan. Sie müssen Mori sein.«

»Stimmt.« Er nahm den weißen Arztkittel, den er gestohlen hatte, vom Rücksitz und streifte ihn über. »Sind alle nach oben gegangen?«

»Gerade eben.«

»Setzen Sie sich schon mal rein. Ich brauche nicht lange.« Er holte einen zweiten weißen Kittel aus dem Wagen und reichte ihn ihr.

»Sie kennen doch meinen Onkel gar nicht.«

»Ich habe sein Foto gesehen«, erwiderte er und ging zum Lastenaufzug.

Im dritten Stock betrat er durch den Notausgang die Abteilung für Herzerkrankungen und blickte durch das runde

Fenster in der Tür zur Abteilung Drei. Ryan lag auf einem Tisch, und ein junger Arzt war gerade dabei, verschiedene Elektroden an seinem Körper zu befestigen. Mori ging zurück zum Empfangsbereich und schaute auch dort durch das Fenster in der Schwingtür. Eine Schwester hatte Dienst; auf den Bänken saßen neben einigen Patienten der uniformierte Gefängniswächter, der in einer Zeitschrift blätterte. Rasch kehrte er zurück zur Abteilung Drei und trat ein.

Der junge Arzt schaute auf. »Hallo, Kollege, was kann ich für Sie tun?«

Wortlos zog Mori einen mit Bleikugeln gefüllten Lederbeutel aus seiner Tasche und schlug ihn dem Arzt über den Schädel; stöhnend sank er zu Boden. Ryan riß sich die Drähte und Sensoren ab.

Mori warf ihm den weißen Kittel zu. »Anziehen.«

Er öffnete die Tür zum Waschraum und zerrte den Arzt dort hinein.

»Los, weg hier. Nach links und durch den Notausgang.«

Einen Moment später waren sie mit dem Lastenaufzug auf dem Weg nach unten und eilten durch die Tiefgarage. Kathleen schaute ihnen entgegen. Ihr Gesicht war bleich.

Mori öffnete die Hintertür des Lieferwagens. »Rein mit Ihnen. Sie finden dort alles, was Sie an Klamotten brauchen. Ziehen Sie die Gefängnissachen aus und beeilen Sie sich. Wir haben nicht viel Zeit.«

Er streifte den weißen Kittel ab, warf ihn in einen Mülleimer, der in der Nähe stand, sprang hinter das Lenkrad und fuhr aus der Garage. Vorbei an dem Krankenwagen des Gefängnisses und den beiden Wächtern, verließ er den Parkplatz und bog auf den Highway ein.

Wie es der Zufall wollte, dauerte es gute fünfzehn Minuten, ehe eine Schwester in die Abteilung Drei kam und dort zu ihrer Überraschung niemanden vorfand.

»Wo sind denn Doktor Jessup und der Patient?« fragte sie ihre Kollegin am Empfang.

»Die müßten doch noch bei der Behandlung sein. Sie dauert eine Stunde.«

»Nein, es ist kein Mensch da.«

»Schauen wir mal nach.«

Der Gefängniswärter las immer noch in seiner Zeitung als die Tür aufgestoßen wurde und die beiden Schwestern, die den bewußtlosen Arzt in der Toilette gefunden hatten, hereinstürmten.

Genau in diesem Moment bog der Lieferwagen fünfzehn Kilometer entfernt auf den vollbelegten Parkplatz eines großen Supermarktes. Mori parkte neben einer dunklen Limousine.

»Hier steigen wir um«, sagte er zu Kathleen, ging nach hinten und öffnete die Tür.

Ryan trug inzwischen einen braunen Tweedanzug und einen Regenmantel. Kathleen küßte ihn impulsiv. »Du hast es geschafft, Onkel Michael.«

Mori schloß die Limousine auf. »Einsteigen!«

Ryan und seine Nichte nahmen auf dem Rücksitz Platz, und Mori, der sich eine zu seinem dunkelblauen Anzug passende Chauffeursmütze aufsetzte, klemmte sich hinter das Lenkred.

»Wohin fahren wir?« fragte Ryan. »Inzwischen wurde bestimmt längst Alarm gegeben. Es wird überall von Bullen wimmeln.«

»Long Island.«

»Das ist aber eine verdammt weite Strecke«, sagte Kathleen. »Auf dem Highway und den Zollbrücken hat man sicher schon die Straßen gesperrt.«

»Nur keine Sorge. Vertrauen Sie mir.«

Ungefähr zehn Minuten später hörte man Sirenengeheul, und drei Streifenwagen fuhren auf der anderen Spur an ihnen vorbei. »Herrgott«, stöhnte Ryan, »das sieht mir verdammt nach Schwierigkeiten aus.«

Mori zuckte nur die Schultern. »Keine Sorge, wir sind fast da.«

Einige Augenblicke später bog er auf eine Umgehungsstraße ein und bei einem Wegweiser zum ›Jackson Aero Club‹ links ab. Kurz darauf hatten sie ihr Ziel erreicht. Auf einem Parkplatz standen einige Fahrzeuge; daneben sah man ein einstöckiges Bürogebäude, zwei Hangars und eine Rollbahn, an deren Rand etwa zwanzig ein- und zweimotorige Flugzeuge sowie ein Swallow-Hubschrauber abgestellt waren.

»Da wären wir.« Mori stieg aus und griff nach Kathleens Koffer. »Den nehme ich. Kommen Sie, vorwärts.«

Der Pilot, ein junger Mann mit schwarzer Sonnenbrille, startete bereits den Motor des Helikopters. Mori öffnete die rückwärtige Tür. »Los, rein mit euch, Beeilung.«

Ryan und Kathleen stiegen ein, Mori schloß die Tür und versperrte sie, ehe er den Gurt anlegte und sich zu Ryan umwandte. Zum erstenmal lächelte er.

»Auf nach Long Island. Sehen Sie, was ich meinte? Ganz leicht, wenn man weiß, wie.«

Bei der Landung auf dem Flughafen von Long Island stand schon eine Limousine mit einem Fahrer bereit.

»Meine Güte«, sagte Kathleen, »man hat ja kaum Zeit, mal Luft zu holen. Wohin geht es jetzt?«

»Zum Haus der Russos in Quogue. Don Antonio möchte Sie sehen.«

»Ach ja? Und er kriegt wohl stets, was er will?«

»Genau.« Mori lächelte zum zweitenmal. »Daran würde ich an Ihrer Stelle immer denken, Schätzchen.«

Die Nachricht von Ryans Flucht verbreitete sich wie im Flug durch das ganze Gefängnis. Salamone, der in der Krankenabteilung Dienst hatte, hörte es von einem Insassen namens Chomsky, der einen Wagen mit schmutziger Wäsche aus der Station schob.

»He, Paolo, hast du schon von Kelly, diesem irischen Burschen, gehört?«

»Was ist mit ihm?«

»Abgehauen, als er zu einer Behandlung unten im General Hospital war. Ich hab's von Grimes aus dem Büro erfahren. Ist der erste Ausbruch aus diesem Knast, und überall ist der Teufel los.«

»Na, da kann ich nur sagen, ich wünsch' ihm viel Glück«, erwiderte Paolo.

Eine halbe Stunde später hatte er Mittagspause und rief aus einer der Telefonzellen für die Insassen Sollazo an, der gerade nach Long Island aufbrechen wollte.

»Ja, Paolo?«

»Mensch, Sie haben's geschafft. Mit meiner Hilfe, was?«

»Wir haben nichts anderes erwartet.«

»Also kann ich jetzt hoffen, daß sich auch für mich was tut? Sie haben versprochen, mich hier rauszuholen. Ich habe mich drauf verlassen und es mir wirklich verdient. Sie würden mich doch nicht hängenlassen, oder?«

Sollazo hörte trotz aller Aufregung die unterschwellige Drohung in seiner Stimme.

»Mein lieber Paolo, keine Sorge, ich kümmere mich um dich, und viel schneller als du meinst. Ein bißchen Geduld noch.«

Er legte auf, überlegte einen Augenblick, griff dann erneut nach dem Telefon und wählte eine Nummer.

»Wir brauchen in der Sache Salamone eine Lösung«, sagte er ohne lange Vorrede. »Gib deinem Mann in Green Rapids Bescheid, daß es Zeit ist, und zwar sofort.«

»Betrachten Sie es als erledigt.«

Sollazo legte den Hörer auf, nahm seinen Regenmantel und den Aktenkoffer und verließ zufrieden das Büro.

Das große Wohnzimmer in Russos prachtvollem Haus in Quogue bot freien Blick aufs Meer, das sich bis in die Unendlichkeit zu erstrecken schien. Gläserne Schiebetüren führten auf eine breite Terrasse, wo Ryan und Kathleen an einem Tisch saßen. Allmählich senkte sich die Abenddämmerung herab.

»Ich kann das alles noch gar nicht glauben«, sagte sie.

»Mir geht es genauso. Ich denke dauernd, ich wache gleich auf und bin in meiner Zelle.«

Sollazo kam aus dem Wohnzimmer. »Ah, da sind Sie ja. Darf ich Ihnen meinen Onkel, Don Antonio Russo, vorstellen?«

Der Don stützte sich auf seinen Stock und nahm seine Zigarre aus dem Mund. »Mr. Ryan, Miß Ryan, freut mich. Ich denke, das sollten wir ein wenig feiern.«

»Dafür habe ich schon vorgesorgt, Onkel.«

Mori brachte in einem Eiskübel eine Flasche Champagner und ein Tablett mit Gläsern.

»Ah, der Held der Stunde. Du hast gut gearbeitet, Giovanni.«

Mori schwieg bescheiden. Er öffnete den Champagner und verteilte die Gläser. »Geh und hol dir auch eins«, sagte der Don. »Wir werden doch nicht ohne dich trinken.« Nachdem Mori sein Glas ebenfalls gefüllt hatte, brachte der Don einen Trinkspruch aus: »Auf Sie, Mr. Ryan, auf Ihre Rückkehr ins Land der Lebenden und auf unser gemeinsames Unternehmen, die Bergung der *Irish Rose*.«

Salamone hatte gerade seine Schicht im Gefängniskrankenhaus von Green Rapids beendet und wusch sich in der Toilette Gesicht und Hände. Als er aufschaute, sah er, daß Chomsky ihm gefolgt war; er lehnte sich gegen die Wand und rauchte eine Zigarette.

»Hast du irgendwas über Ryan gehört?«

»Kein Wort«, erwiderte Salamone.

»Mann, der ganze Knast ist in Aufruhr.« Salamone trocknete seine Hände ab und ging hinaus. Chomsky folgte ihm. »Ich hoffe bloß, sie fahren hier jetzt nicht einen anderen Kurs, du weißt, was ich meine.«

»Allerdings.«

Neben dem Fahrstuhl am Ende des Gangs stand ein Blumenregal, über dem ein Spiegel hing. Salamone drückte den Knopf fürs Erdgeschoß und sah plötzlich Chomskys Gesicht im Spiegel. Sofort wußte er, daß er in Schwierigkeiten war.

Die Türen des Fahrstuhls öffneten sich – doch die Kabine fehlte. Nur der leere Schacht gähnte ihm entgegen. Geistesgegenwärtig sprang er zur Seite, als Chomsky sich auf ihn stürzte; der Mann stieß einen erstickten Schrei aus und fiel kopfüber hinunter. Mit einem dumpfen Aufschlag landete er sechs Stockwerke tiefer.

Salamone rannte unverzüglich zum Notausgang am Ende des Flurs und eilte die Treppen hinunter. Im Erdgeschoß war sicher bereits alles zusammengelaufen, deshalb ging er im zweiten Stock zum Aufenthaltsraum der Pfleger, holte sich einen schwarzen Kaffee, setzte sich und rauchte eine Zigarette.

Ihm war klar, daß er gewaltig in der Scheiße steckte, und wem er diese Sache zu verdanken hatte, wußte er ebenfalls nur zu gut. Chomsky hatte viel zu oft schon für die Russos gearbeitet, als daß es eine andere Erklärung geben konnte. Ebenso klar war ihm, daß er längst nicht aus dem Schneider war. Es gab genügend andere Burschen wie Chomsky, die liebend gern bereit waren, den Russos einen Gefallen zu tun.

»Ich muß hier raus«, sagte er laut. »Aber wohin? Mensch, was, zum Teufel, soll ich bloß machen?«

Er sprang auf und tigerte nervös durch den Raum, bis ihm plötzlich ein Gedanke kam. »Johnson – Blake Johnson. Herrgott, wenn irgendwer was tun kann, dann er.«

Zehn Minuten später stand er im Büro des Gefängnisdirektors. »Was gibt's, Paolo? Sie haben meiner Sekretärin gesagt, es ginge um Leben oder Tod.«

»Mr. Cook, ich habe eine brandheiße Story. Ich möchte einen FBI-Agenten namens Blake Johnson sprechen.«

»Ach ja, einfach so?«

»Hören Sie, Mr. Cook, wenn ich hier bleibe, dann bin ich tot. Wollen Sie das?«

Cook musterte ihn skeptisch. »So schlimm? Und derart wichtig?«

»Es ist eine Riesensache. Vielleicht würden Sie dadurch sogar einiges über diesen Kelly erfahren und wie er abhauen konnte.«

Cook horchte interessiert auf. »Was wissen Sie darüber?«

»Ich rede nur mit Blake Johnson.«

»Na gut. Warten Sie draußen. Ich erkundige mich beim FBI.«

Ungefähr eine halbe Stunde später öffnete er die Tür und rief Salamone herein. »Mr. Johnson ist nicht mehr beim FBI. Er arbeitet inzwischen für den Präsidenten in Washington. Ich rufe ihn an, und dann können Sie mit ihm reden.«

Blake Johnson war sechsundvierzig, ein großer, gutaussehender und kräftig gebauter Mann mit so tiefschwarzem Haar, daß er um zehn Jahre jünger wirkte. Mit neunzehn war er in Vietnam gewesen, hatte zwei Purple Hearts, ein vietnamesisches Cross of Valour und einen Silver Star bekommen; anschließend hatte er sein Jurastudium an der Georgia State Universität abgeschlossen, war ins FBI eingetreten und so erfolgreich gewesen, daß man ihn vor einem Jahr zum Leiter der Abteilung ernannt hatte, die im Weißen Haus als ›Der Keller‹ bekannt war. Manche bezeichneten sie als die private Eingreiftruppe des Präsidenten, da sie vollkommen unabhängig vom CIA oder dem FBI war und sich ausschließlich dem Präsidenten gegenüber verantworten mußte.

Als Cook ihn in seinem Büro erreichte, erklärte er sein Anliegen und fragte schließlich: »Kennen Sie diesen Mann?«

»O ja«, sagte Johnson. »Ich habe ihn mal wegen Bankraubs eingelocht. Lassen Sie ihn allein mit mir reden. Er ziert sich sonst vielleicht, wenn er meint, daß jemand zuhört.«

Zehn Minuten später, nachdem er mit Salamone gesprochen hatte, telefonierte Johnson wieder mit dem Gefängnisdirektor. »Um mich zuerst einmal vorzustellen: Ich arbeite direkt für den Präsidenten und leite seine geheime Sonderabteilung für Sicherheitsfragen.«

»Verstehe«, erwiderte Cook hörbar beeindruckt.

»Ich kann Ihnen versichern, daß das, was Salamone mir erzählt hat, sehr viel schwerwiegender ist als irgendein normales kriminelles Vergehen; ich kann sogar ohne Übertreibung sagen, daß es weitreichende politische Folgen haben könnte.«

»Guter Gott!«

»Deshalb bitte ich Sie um folgendes: Sie stecken Salamone in eine Zelle, wo er unter Bewachung steht. Ich nehme doch an, daß Sie einen Hubschrauberlandeplatz haben?«

»Natürlich.«

»Gut. In ein paar Stunden landet bei Ihnen ein Hubschrauber mit einem Beamten, der ihn in Gewahrsam nimmt. Er wird eine Vollmacht des Präsidenten bei sich haben, damit alles seine Ordnung hat.«

»Noch etwas – wir hatten einen Gefangenen namens Kelly, der heute geflohen ist, während er im hiesigen Krankenhaus zu einer Behandlung war. Salamone hat angedeutet, er wisse etwas darüber.«

Johnson, der Salamone befohlen hatte, den Mund zu halten, flunkerte ungerührt: »Ach was, das hat er nur behauptet, weil er meinte, er müsse Ihnen einen Köder bieten, damit Sie ihn mit mir telefonieren lassen.«

»Dieser Ganove«, sagte Cook.

»So sind diese Burschen eben, aber für uns ist er von entscheidender Wichtigkeit. Der Präsident wird Ihnen für Ihre Unterstützung in dieser Angelegenheit mehr als dankbar sein.«

»Ich freue mich, wenn ich behilflich sein kann, das versteht sich doch von selbst.«

»Dann danke ich Ihnen in seinem Namen.«

In seinem Büro im Souterrain des Weißen Hauses überlegte Johnson einen Moment, ehe er auf einen altmodischen Summer drückte. Fast sofort öffnete sich die Tür, und seine Sekretärin Alice Quarmby, eine grauhaarige Frau von etwa fünfzig Jahren, kam mit einem Block in der Hand herein.

»Mr. Johnson?«

»Schreiben Sie eine Vollmacht zur Überstellung eines Gefangenen namens Paolo Salamone aus, der im Green Rapids Detention Center sitzt, und schicken Sie das Formular hinüber zum Büro des Sheriffs. Er soll ihn so bald wie möglich mit einem Hubschrauber abholen und hierher nach Washington in unsere spezielle Unterkunft in der Hurley Street bringen.«

»Sonst noch etwas?«

»Allerdings. Setzen Sie sich an Ihren Computer und machen Sie alles ausfindig, was es über einen irischen Terroristen namens Michael Ryan gibt, einen Protestanten; ebenso über seine Nichte Kathleen Ryan. Weiter brauche ich sämtliche Informationen über den Überfall auf einen Goldtransport im englischen Lake District im Herbst 1985.«

Sie machte sich eifrig Notizen. »Klingt spannend.«

»Es wird sogar noch besser. Überprüfen Sie, was es über ein Schiff namens *Irish Rose* gibt, das zur gleichen Zeit vor der Küste von County Down in Ulster gesunken ist.« Er grinste. »Das war's. Natürlich erwarte ich das alles vorgestern.«

»Verstehe.«

Nachdem sie gegangen war, dachte Johnson noch einmal über die ganze Sache nach. Sein Büro hatte sowohl auf die Computer des FBI wie des CIA und durch ein freundschaftliches Abkommen auch auf die Computer der englischen Behörden direkten Zugriff. Es würden sich also bestimmt einige handfeste Informationen auftreiben lassen, die er benötigte, ehe er mit dem Präsidenten sprach.

Seufzend öffnete er eine silberne Schachtel auf seinem Schreibtisch, nahm eine Zigarette heraus und griff nach dem Feuerzeug. Eigentlich hatte er vor einem Jahr mit dem Rauchen aufgehört, aber wann immer er das Gefühl hatte, er sei einer heißen Sache auf der Spur, brauchte er eine Zigarette. Na ja, eine einzige würde schießlich nichts schaden.

In Quogue wurde um sechs Uhr ein hervorragendes Abendessen serviert, das aus gebratener Ente, Kartoffeln, grünem Salat und weiterem Champagner bestand.

»So was habe ich seit Jahren nicht mehr gegessen«, meinte Ryan.

»Das denke ich mir«, erwiderte der Don trocken, »aber das beste kommt erst noch.« Er läutete eine kleine silberne Tischglocke, worauf das Hausmädchen mit einer Wärmepfanne erschien. »Cannolo, die liebste Süßspeise aller Sizilianer. Ganz einfach – besteht nur aus Mehl, Eiern und Sahne.«

Kathleen kostete und nickte. »Wunderbar.«

»Genießen Sie es. Später beim Kaffee wollen wir übers Geschäft reden.«

Nach dem Essen setzte man sich auf die Veranda, wo der Kaffee serviert wurde.

»Wie geht's jetzt weiter?« fragte Kathleen.

»Marco bringt Sie zu einem kleinen Strandhaus hier in der Nähe. Dort sind Sie in Sicherheit, und Mori wird ein Auge auf Sie haben.«

»Und dann?«

»Bis zum Flughafen MacArthur ist es nicht weit. Ich habe dort eine Gulfstream stehen. Sie fliegen mit meinem Neffen und Mori nach Dublin.« Er lächelte. »Sofern sich keine anderen Umstände ergeben.«

Sein Lächeln wirkte wie eine leise Drohung. Kathleen überlief ein Schauer. »Was wollen Sie damit sagen?« fragte Ryan.

»Ihre Nichte hat meinem Neffen erzählt, daß er die genauen Positionsangaben der *Irish Rose* erst bekommt, wenn Sie sicher in Irland sind.«

»Das stimmt.«

»Ich verlange sie aber jetzt – als Zeichen des Vertrauens, wenn Sie so wollen.« Er lächelte erneut.

Kathleen schüttelte energisch den Kopf. »O nein, Mister, sie müssen schon warten, bis wir in Irland sind.«

»Dann müssen Sie ebenfalls warten, Signorina.« Er wandte sich an Ryan. »Sie fliegen allein; Ihre Nichte bleibt zur Sicherheit hier.«

»Das können Sie nicht machen!«

»Ich kann alles, mein Freund. Vor vielen Jahren hat mein Vater mir beigebracht, immer nach dem Schwachpunkt eines Mannes Ausschau zu halten. Bei Ihnen ist es Ihre Nichte, Mr. Ryan.« Er stand auf. »Denken Sie darüber nach. Komm, Marco, lassen wir ihnen etwas Zeit.«

»Diese Dreckskerle«, schimpfte Kathleen, als sie gegangen waren. »Ich würde sie am liebsten alle erschießen.«

»Das kannst du aber nicht, und wir haben keine andere Wahl. Wir müssen so rasch wie möglich aus Amerika weg. Ich könnte es nicht ertragen, wenn ich wieder in den Knast müßte, aber ich könnte es auch nicht aushalten, dich hierzulassen.«

»Du willst es also machen? Was ist, wenn sie uns reinlegen? Was ist, wenn du ihnen die Position nennst, und dieser Mori erschießt uns?«

»Das glaube ich nicht. Ich bin aus einer Reihe von Gründen für sie zu nützlich, und falls sie die Absicht haben, uns irgendwann zu erschießen, können sie das genauso leicht in Irland tun.« Er lächelte grimmig. »Nein, ich gebe ihm, was er will.«

»Dann nenn ihm eine falsche Position.«

»Du denkst nicht logisch. Irgendwann sind wir mit diesen beiden Gaunern auf einem Schiff, und ein Taucher prüft, ob die *Irish Rose* an der angegebenen Stelle liegt; wenn nicht, verpaßt uns dieser Mori eine Kugel in den Kopf und wirft uns über die Reling. Nein, wir müssen vor allem hier weg und sicher nach Irland kommen, nur darum geht es. Glaub mir, ich weiß, was ich tue. Ich bin nämlich nicht ganz ehrlich dir gegenüber gewesen.«

»Was heißt das?«

Ryan gestand ihr endlich die Wahrheit.

»So viele Jahre.« Kathleen nahm seine Hand. »Und nie hast du mir ein Wort davon verraten.«

»Ich habe immer gesagt, daß ich noch nie im Leben irgend jemandem vertraut habe, nicht einmal dir.«

»Aber du tust es jetzt, und du hast recht. Wir müssen nach Irland. Wenn wir erst mal dort sind, denken wir uns was aus.« Sie wandte sich um und rief: »Don Antonio?«

Er kehrte mit Sollazo auf die Terrasse zurück. »Haben Sie über alles nachgedacht?«

»Ja, und wir sind einverstanden.«

»Ausgezeichnet.« Sollazo zog aus seiner Brusttasche ein Notizbuch und einen Stift. Don Antonio Russo lächelte. »Ich wußte vom ersten Augenblick an, daß Sie eine vernünftige junge Frau sind, Signorina.«

11

Blake Johnson saß mit dem Präsidenten im Oval Office und berichtete ihm alles.

»Salamone ist bereits in der Unterkunft in der Hurley Street, und ich habe ihn mir schon gründlich vorgeknöpft. Er hat mir alles erzählt, was er weiß. Sie haben ja die Akte gelesen, die ich Ihnen zusammen mit den wesentlichen Fakten über Ryans Vergangenheit geschickt habe. Wie Sie sehen können, besaß der englische Geheimdienst einen Bericht über Ryans Beteiligung an dem Überfall auf den Goldtransporter. Er stammte von dem protestantischen Terroristen Reid, der wegen Mordes an zwei Soldaten verhaftet worden war und hoffte, durch seine Aussage mit einer geringeren Strafe davonzukommen. Er nennt Ryan und seine Nichte als die Verantwortlichen, dazu einen Mann namens Martin Keogh, der aber eine völlig rätselhafte Figur zu sein scheint. Es gibt keinerlei Angaben zu seiner Person.«

»Ein wilder Bursche, dieser Ryan«, meinte der Präsident. »Und diese junge Frau.« Er schüttelte den Kopf. »Manchmal könnte man an den Menschen verzweifeln. Also, was jetzt? Wie steht es mit diesen Russos?«

»Meiner Meinung nach kommen wir in dieser Richtung nicht weiter. Marco Sollazo ist einer der renommiertesten Anwälte in Manhattan. Bei der geringsten Andeutung, er könne etwas mit dieser Sache zu tun haben, würde er seine Bestürzung und sein Befremden äußern und es abstreiten, daß er Ryan kennt. Eine so liberale Institution wie Green Rapids, wo Besucher und Gefangene auf dem Gelände miteinander spazierengehen dürfen, hat es ihm leicht gemacht, mit Ryan Kontakt aufzunehmen, was ihm eben deswegen aber auch niemand nachweisen kann. Ja, er war in Green Rapids, allerdings nur, um mit Salamone zu sprechen, und was nützte uns die gegenteilige Aussage eines verurteilten Bankräubers, der eine Polizistin ermordet hat? Der Bezirksstaatsanwalt würde keine fünf Minuten darauf verschwenden.«

»Und Don Antonio Russo?«

»Neben seinem Neffen stehen die hochkarätigsten Anwälte von New York auf seiner Gehaltsliste. Er hat in seinem gesamten Leben noch nie einen einzigen Tag in einer Zelle verbracht.«

»Aber Sie glauben Salamone?«

»Leider ja.«

»Und was meinen Sie, was jetzt geschieht?«

»Ich denke, Sollazo und sein Onkel haben sich Ryan geholt, um das Gold in die Hände zu kriegen. Sie werden sicher irgendein Abkommen mit ihm treffen, vielleicht halbehalbe machen. Immerhin ist dieses Gold inzwischen hundertfünfzig Millionen Dollar wert, und Ryan ist ein Fanatiker, dem die protestantische Sache alles bedeutet.«

»Wenn sie solch eine Riesensumme für Waffen zur Verfügung hätten, wäre der Frieden zum Teufel.« Der Präsident schüttelte den Kopf. »Allein der Gedanke ist so schrecklich, daß man es sich gar nicht vorstellen mag. Die ganzen Bemühungen von mir und John Major wären umsonst.«

»Genau, Mr. President, und deshalb halte ich es für nicht so wichtig, Don Antonio Russo oder seinen Neffen in eine Zelle zu stecken. Es kommt allein darauf an, zu verhindern, daß dieses Gold oder ein Teil davon den Unionisten in die Hände fällt, die sich damit für einen Bürgerkrieg aufrüsten könnten.«

»Nein, das dürfen wir nicht zulassen. Was vermuten Sie, was sie als nächstes vorhaben?«

»Sie werden Ryan und das Mädchen nach Irland bringen und dann versuchen, das Schiff aufzustöbern; vermutlich zunächst nur mit einem Boot und einem Taucher. Wenn sie die genaue Lage kennen, werden sie irgendeine Bergungsaktion veranstalten.«

»Das muß um jeden Preis verhindert werden.« Der Präsident überlegte einige Zeit und lächelte plötzlich. »Ich glaube, das könnte eine Aufgabe für Dillon sein.«

»Dillon, Mr. President?«

»Erinnern Sie sich, was passierte, als ich mich letzte Woche mit John Major auf der Terrasse des Unterhauses traf? Der falsche Kellner? Sean Dillon, ursprünglich mal der gefürchtetste Aktivist, den die IRA hatte; jetzt der Mann für besondere Fälle im Dienst Ihres englischen Kollegen, Brigadier Charles Ferguson.«

»Natürlich, Mr. President.«

»Gut. Dann geben Sie mir zunächst mal den Premierminister auf der abhörsicheren Leitung.«

In seinem Arbeitszimmer in der Downing Street nahm John Major das Gespräch entgegen. »Ich bin völlig Ihrer Meinung, Mr. President, das dürfen wir keinesfalls zulassen. Ich werde Brigadier Ferguson ermächtigen, sofort etwas zu unternehmen, und ich bin sicher, daß wir dabei wie üblich auf Dillon rechnen können. Überlassen Sie das mir.«

Er legte den Hörer auf und wandte sich an seinen Assistenten: »Ich möchte so rasch wie möglich Brigadier Charles Ferguson sprechen.«

Seufzend lehnte er sich zurück. Immer wieder dieses Problem mit Irland! Was hatte er nicht alles getan, sogar seine politische Karriere aufs Spiel gesetzt – und nun das!

Charles Ferguson nickte mit ernstem Gesicht, nachdem der Premierminister ihn ins Bild gesetzt hatte.

»Auf gar keinen Fall möchte ich erleben, daß eine der beiden Parteien in Irland solch eine Riesensumme in die Hände bekommt. Es hat genug Blutvergießen gegeben. Wir können uns keinen Bürgerkrieg leisten.«

»Ganz Ihrer Meinung, Premierminister.«

»Ich will, daß Sie Dillon einsetzen, Brigadier«, sagte John Major. »Seine IRA-Vergangenheit und seine terroristischen Aktivitäten kann ich zwar nicht billigen und distanziere mich deshalb von ihm, ich kenne jedoch seine außergewöhnlichen Fähigkeiten. Er hat der königlichen Familie letztes Jahr bei dieser Windsor-Geschichte sehr viel Angst und Sorgen erspart. Außerdem hat er verhindert, daß der Friedensprozeß durch diese terroristische Splittergruppe gefährdet wurde und gleichzeitig Senator Patrick Keogh das Leben gerettet, als der so mutig war, die Sinn Fein und die IRA zum Frieden aufzufordern. Ich weiß schon, daß Dillon absolut rücksichtslos sein kann, aber er ist genau der Mann, den wir in dieser Angelegenheit brauchen.«

»Da gebe ich Ihnen recht, Premierminister«, erwiderte Ferguson und stand auf.

»Man nennt Ihre Leute die Privatarmee des Premierministers, und Sie besitzen außergewöhnliche Befugnisse. Nutzen Sie sie, Brigadier, nutzen Sie sie.«

Ferguson stand am Fenster, als Hannah Bernstein und Sean Dillon sein Büro betraten.

»Ich habe direkten Befehl vom Premierminister, ein dringendes Problem aus der Welt zu schaffen, das absoluten Vorrang hat. Alle unsere anderen Aufgaben ruhen vorübergehend. Auf meinem Schreibtisch liegt ein Ordner mit der Aufschrift IRISH ROSE. Nehmen Sie ihn mit in Ihr Büro, Chief Inspector, und lesen Sie ihn beide durch. Danach reden wir weiter.«

Während Dillon ihr über die Schulter schaute, vertiefte sich Hannah Bernstein in die alten Zeitungsausschnitte, die Berichte über Ryans Aktivitäten und schließlich Salamones Aussage über das, was in Green Rapids geschehen war.

»Also«, sagte sie, »da haben wir hier zum einen Michael Ryan, einen recht üblen protestantischen Aktivisten, und seine böse kleine Nichte Kathleen; zum anderen den Überfall auf den Goldtransporter im Lake District, dazu die *Irish Rose*, die laut Polizeibericht von einem Jungen gesehen wurde, der mit seinem Hund zum Angeln in Marsh End war. Wir nehmen daher an, daß man den Laster an Bord gebracht hat – wir nehmen es an. Tatsache ist allerdings nur, daß Schwimmwesten und Trümmer der *Irish Rose* an die Küste von Down gespült wurden.«

»Wir haben außerdem Salamone und Ryan alias Kelly, der eine Bank im Staat New York ausraubt, einen Bullen erschießt und fünfundzwanzig Jahre bekommt. Während einer schweren Krankheit verrät er, daß er der einzige ist, der weiß, wo die *Irish Rose* liegt. Den Rest kennen wir.«

»Und nun haben sich Ryan und das Mädchen mit Hilfe der Russos aus dem Staub gemacht. Na und? Im Grunde wissen wir nichts, Dillon.«

»Außer daß logischerweise alle Wege nach Irland führen, meine Liebe – und da ist noch etwas. Ich muß Ihnen ein grauenvolles Geständnis machen. Gehen wir rein zum Boß, dann erzähle ich es Ihnen beiden gleichzeitig.«

»Nun, was meinen Sie?« fragte Ferguson. »Wenn man alle diese Informationen zusammennimmt, einschließlich der üblichen Gerüchte und der Aussagen dieses Schweins Reid, haben Michael Ryan, seine Nichte Kathleen und irgendein geheimnisvoller Mann namens Martin Keogh ein verdammt gerissenes Ding gedreht. Das bestätigt auch ein Bericht der Polizei von Ulster über eine Razzia in Ryans Pub in Belfast, dem Orange Drum. Irgendein einarmiger Barmann namens Ivor Sowieso erinnert sich daran, daß das Mädchen von diesem Keogh gerettet wurde, als katholische Jugendliche sie vergewaltigen wollten. Das war nur ein oder zwei Tage, bevor er sie zum letzten Mal sah. Sie seien zusammen in einem Taxi zum Flughafen gefahren und, soviel er wisse, nach London geflogen.«

»Das stimmt, Brigadier«, sagte Hannah. »Reid hat ihren Kontaktmann erwähnt, einen Protestanten namens Hugh Bell, der einen Pub in Kilburn namens William & Mary betrieb. Bell wurde bei einem Unfall von einem Auto überfahren.«

»Wer's glaubt. Kam viel zu gelegen, die Sache«, schnaubte Dillon. »Dafür haben Reid und sein Gorilla, ein Bastard namens Scully, höchstpersönlich gesorgt.«

Beide starrten ihn an. »Aber das steht gar nicht in den Akten. Woher wissen Sie das?«

»Weil ich Martin Keogh war. Ich bediene mich mal von Ihrem Whiskey, Brigadier, und dann erzähle ich alles.«

»Guter Gott, Dillon«, stöhnte Ferguson, »Sie schaffen es immer wieder, mich zu verblüffen.«

»Daß ich kein unbeschriebenes Blatt bin, Brigadier, wußten Sie, als Sie mich anheuerten.«

»Ja, so kann man es auch ausdrücken. Rund zwanzig Jahre lang ein Aktivist der IRA!«

»Englische Soldaten haben meinen Vater getötet, Brigadier, und ich wollte, daß jemanden dafür zahlt. Mit neunzehn Jahren sieht man das nun einmal auf diese Weise.«

»Und die PLO? War dabei das Motiv ebenfalls die politische Überzeugung – oder eher das Geld?«

»Jeder muß sich schließlich seinen Lebensunterhalt verdienen, Brigadier.« Dillon lächelte. »Sie wissen doch, daß ich auch für die Israelis gearbeitet habe.«

»Aber jetzt arbeiten Sie hier«, sagte Hannah. »Empfinden Sie es eigentlich nicht als Ihre Pflicht, bei Gelegenheit Ihre ganzen früheren Aktivitäten offenzulegen?«

»Wenn das bedeutet, alte Freunde aus der IRA zu verpfeifen, dann nein. Ich war jahrelang Jack Barrys rechte Hand, dann kam sozusagen die Ernüchterung – ich sah die glorreiche Sache nicht mehr ganz so verklärt und ging meiner Wege. Vergessen Sie übrigens auch nicht, wie es dazu kam, daß ich jetzt hier bin. Ich hatte die Alternative, mich einem serbischen Erschießungskommando zu stellen oder für unseren verehrten Boß zu arbeiten. Und machen Sie sich bloß keine Illusionen – er war durchaus bereit, mich dem Erschießungskommando zu überlassen. Außerdem wollen wir mal nicht so scheinheilig sein und mit dem Finger nur auf andere zeigen. Sie haben sich doch ebenfalls schon die Hände schmutzig gemacht, liebes Mädchen, seit Sie bei diesem Verein sind.«

Sie war sichtlich getroffen. »Gemeiner Mistkerl.«

»Lassen Sie das«, sagte Ferguson. »Es wartet Arbeit auf uns. Gehen Sie diese ganze Sache gründlich durch und durchforsten Sie alle Computer des Geheimdienstes, nicht nur beim MI 5 und 6, sondern auch bei Scotland Yard, ebenso bei der Polizei von Ulster und Dublin. Ich will ein Resultat sehen, also vorwärts.«

»Noch Freunde?« fragte Dillon, als sie wieder in Hannahs Büro waren.

Sie funkelte ihn wütend an, mußte aber plötzlich wider Willen lächeln. »Ich habe es ja schon oft genug gesagt – Sie sind ein richtiger Bastard, Dillon, aber ich mag Sie.«

Dillon stand in Hemdsärmeln im Computerraum und trank eine Tasse Tee, während Hannah vor dem Bildschirm saß und sich schließlich mit einem erbitterten Seufzer zurücklehnte.

»Nicht das geringste im Polizeicomputer von Ulster, nur Ryans Vergangenheit, die uns ja bekannt ist, und seit zehn Jahren gar nichts mehr.«

»Na, ist doch klar, seither sitzt er ja auch im Bau. Genauso sieht's bei Scotland Yard aus und bei Carters Leuten, ich hab's nachgeprüft«, sagte Dillon.

»Mir fallen gleich die Augen aus dem Kopf, wenn ich noch länger auf diesen verdammten Schirm starre. Ich mache jetzt mal eine Pause und koche Kaffee. Wie ist es mit Ihnen?«

»Ich nehme mir mal die Dateien der Behörden in Dublin vor.« Er zuckte etwas hilflos die Schultern. »Ich bin alles immer wieder durchgegangen – der Überfall, die Farm in Folly's End, Marsh End, die Fahrt auf der *Irish Rose* und ihr Untergang, dieser frühe Morgen an der Küste, Michael und Kathleen, die nach Drumdonald gehen, während ich nach Scotstown marschiere ...«

»Und?«

»Irgendwas stimmt da nicht. Ich habe in meinen Erinnerungen gekramt, sämtliche Zeitungsausschnitte noch mal gelesen, und da ist was faul, bloß komme ich nicht drauf.«

»Das passiert manchmal.«

»Nicht dem großen Dillon.« Er setzte sich wieder an den Computer.

»Sie hätten Ryan an diesem Morgen töten und den Master Navigator an sich nehmen können. Dann hätten Sie und Barry die Position des Schiffs gewußt.«

»Stimmt.« Er grinste. »Bin offenbar doch nicht ganz so ruchlos, wie Sie meinen, was?«

Sie wandte sich um und verließ das Zimmer, während er sich über die Computertastatur beugte.

Genau in diesem Moment befand sich die Gulfstream auf halber Strecke nach Irland über dem Atlantik. Sollazo schien zu schlafen, Mori saß neben ihm auf der anderen Seite des Gangs; Kathleen und ihr Onkel belegten etwas weiter hinten die Plätze. Ryan hatte die kleine Bar entdeckt und sich einen ordentlichen Whiskey eingeschenkt.

»Bald sind wir wieder in Dublin, im guten alten Irland.« Er schüttelte den Kopf. »War lange weg, und wie man hört, hat sich alles verändert. Jedermann redet nur noch vom Frieden.«

»Blöder Quatsch«, sagte sie. »Wenn Sinn Fein am Ruder ist, werden sie jeden Protestanten im Land hinaus in die See treiben. Es wird schlimmer als in Bosnien sein.«

»Immer noch so hitzköpfig?«

»Hab' auch guten Grund dafür, das weißt du besser als jeder andere.«

Er nahm ihre Hand und drückte sie. »Nur denk dran – wir müssen in Dublin unsere Karten klug ausspielen, also halt deine Zunge im Zaum und fall nicht über Jack Barry her. Warte einfach ab, bis wir die Chance haben, die wir brauchen.« Er nahm sich noch eine der kleinen Whiskeyfläschchen aus der Bar. »Vor allem brauchen wir Geld.«

»Also, in dieser Hinsicht bin ich nicht ehrlich dir gegenüber gewesen. Ich habe jahrelang gespart und immer was zur Seite gelegt in der verrückten Hoffnung, daß du mal ausbrechen könntest. Und nun hab' ich mein Konto abgeräumt.«

»Herrgott, Mädchen, wieviel?«

»So in etwa fünfzigtausend.« Sie griff nach ihrer Schultertasche. »Hier drin ist ein doppelter Boden, darunter liegt es. Die Häflte in Hundertdollarscheinen, der Rest in Fünfhunderten.«

»Mädchen, das ist ja fabelhaft.« Sein Gesicht war blaß vor Aufregung geworden, und er überlegte. »Mit Geld kann man alles in diesem Leben kaufen. Wenn ich früher mit Aufträgen für das Army Council unterwegs war, hab' ich immer Tony McGuires Lufttaxis benutzt. Er hatte seinen Betrieb in Ladytown. Das war der schnellste Weg nach England, um die Sicherheitskontrollen auf dem Flughafen Aldergrove zu umgehen.«

»Meinst du, er ist noch im Geschäft?«

»Warum nicht? Und sonst gibt es sicher einen anderen. Es wäre eine gute Möglichkeit, rasch wegzukommen, falls wir es tatsächlich schaffen zu fliehen und man uns verfolgt.«

»Was ist mit dem Army Council in Belfast?«

»Keine Ahnung. Es ist zehn Jahre her, Kathleen, zehn lange Jahre, und heute sind alle sehr für den Frieden, wie man so hört. Ich frage mich bloß, was mit Leuten wie Reid und Scully ist.«

»Mit etwas Glück sind sie längst tot.«

»Wie sollen wir es also anstellen?«

»Ich habe mir schon was überlegt«, erwiderte sie ein wenig unsicher. »Aber ich weiß nicht, ob es nicht zu riskant für dich ist.«

»Mein Gott, Mädchen, ich würde alles versuchen. Erzähl mal.«

»Gerissen«, nickte er, nachdem sie ihm ihren Plan erklärt hatte, »das muß ich sagen.«

»Aber vielleicht ist es ja gar nicht nötig. Vielleicht gibt es auch einen anderen Weg.«

»Wer weiß.« Er grinste. »Ach, zur Hölle, ich glaube, ich gönne mir noch einen Whiskey.«

Etwa drei Stunden später rief Dillon, der immer noch vor dem Computer saß: »Bingo! Na bitte.«

Hannah eilte zu ihm. »Was ist?«

»Der große Dillon hat's mal wieder geschafft. Hab' mich durch sämtliche Informationen geackert, die es in Dublin über Unionisten gab, und nur Nieten gezogen. Kein Wort über die *Irish Rose*, abgesehen von den Tatsachen, die wir schon kannten, bevor ich mein großes Maul aufgemacht hab'.«

»Und?«

»Dann habe ich mir die Sinn Fein und ihre Aktivisten vorgenommen und schließlich gedacht, warum nicht bis zu den Dinosauriern zurückgehen, den harten Männern von früher, und das hat mich zu Jack Barry gebracht, dem ehemaligen Stabschef, der jetzt im Ruhestand ist.«

»Und?«

»Da der Frieden so unsicher ist, behält man ihn und die anderen Schlüsselfiguren immer noch im Auge und zahlt nach wie vor für vertrauliche Informationen. Das ist typisch irisch – überall wimmelt es von Spitzeln, die für Geld Augen und Ohren aufsperren und anschließend plaudern. Genau so einen haben wir hier.« Er deutete auf den Bildschirm.

»Sagen Sie schon.«

»Nein, holen Sie den Brigadier, damit wir es zusammen genießen können.«

Ferguson stand neben Dillon, der auf die Tastatur tippte und sich zufrieden zurücklehnte. »Bitte, da ist es. Letzte Woche war irgendeine Laus namens O'Leary in Cohan's Bar, die ganz in der Nähe von Jack Barrys Haus liegt. Er hat erzählt, Barry sei mit einem sehr gut gekleideten Mann hereingekommen, einem Amerikaner, wie er an den paar Worten gehört hat, die er aufschnappen konnte. Sie hätten sich in eine Nische gesetzt, eine Kleinigkeit gegessen, was getrunken und die ganze Zeit über die Köpfe zusammengesteckt.«

»Und was bringt uns das?« fragte Ferguson.

»Nachher sind sie durch den Park zurück zu Barrys Haus gegangen, das auf der anderen Seite liegt. O'Leary ist dorthin gefahren und hat gesehen, daß draußen eine Limousine mit einem Fahrer parkte. Er hat gewartet, bis der Amerikaner sich verabschiedet hat und ist ihm zum Flughafen von Dublin gefolgt.«

»Und dann?«

»Der Amerikaner ist in einem Privatflugzeug, einer Gulfstream, zurückgeflogen. Flugziel war MacArthur Field auf Long Island.« Dillon lachte. »Ist nicht schwer zu raten, wem dieser Vogel gehört.«

»Ich setze mich sofort mit Johnson in Verbindung.« Ferguson wandte sich um und eilte in sein Büro.

Blake Johnson legte die Akte zur Seite, die er durchgearbeitet hatte, als Alice Quarmby mit ihrem Block hereinkam.

»Schießen Sie los.«

»Es war nicht schwer, Näheres über die Gulfstream zu erfahren, nach der Brigadier Ferguson sich erkundigt hat. Die Maschine gehört der Russo-Corporation und steht für gewöhnlich auf dem MacArthur-Airport auf Long Island. Laut den dortigen Unterlagen ist sie letzte Woche mit zwei Passagieren zu einem Flug gestartet – Marco Sollazo und Giovanni Mori.«

»Mann, das ist toll«, sagte Johnson. »Endlich haben wir was Greifbares.«

»Aber jetzt kommt's erst: Die gleiche Gulfstream hat MacArthur vor neun Stunden verlassen. Passagiere wie zuvor, dazu noch zwei irische Staatsbürger, nämlich ein gewisser Daniel Forbes und eine Nancy Forbes.«

»Verdammt! Ich muß mich gleich mit Ferguson in Verbindung setzen.«

»Zeitverschwendung, es ist zu spät, um irgendwas zu unternehmen«, entgegnete Alice. »Ich habe es gerade überprüft. Sie sind vor zwei Stunden in Dublin gelandet.«

Johnson schüttelte den Kopf. »Wissen Sie was, Alice? Ich glaube, jetzt gönne ich mir noch eine Zigarette, und dann geben Sie mir trotzdem mal Brigadier Ferguson.«

Dillon und Hannah warteten, während Ferguson telefonierte. Schließlich legte er auf. »Das war Costello von der Special Branch in Dublin. Die Gulfstream ist gelandet, vier Passagiere sind ausgestiegen, dann hat sie aufgetankt und ist wieder abgeflogen.«

»Sonst noch was?«

»Ja, ein bißchen Glück haben wir auch gehabt. Ein Sicherheitsbeamter des Flughafens, ein ehemaliger Detective Sergeant bei der Special Branch, hat bemerkt, wie sie in einen großen Kombi stiegen. Sie sind ihm aufgefallen, weil Jack Barry am Steuer saß, den er erkannte.«

»Dann wissen wir wenigstens, woran wir sind«, meinte Dillon. »Die Russos und die IRA machen gemeinsame Sache. Ich frage mich, wie das Michael Ryan wohl gefällt.«

»Nicht besonders, denke ich mir«, sagte Hannah Bernstein. »Zumindest ist damit offensichtlich, daß die Russos ihn rausgeholt haben und daß er jetzt dafür zahlen muß.«

»Stimmt«, sagte Dillon. »Aber genauso klar ist, daß es keinen Sinn hat, bei Barry zu Hause eine Razzia zu veranstalten oder einen ähnlichen Blödsinn. Er hat sie bestimmt irgendwo anders untergebracht.«

Sie schwiegen einen Moment und überlegten, bis Charles Ferguson plötzlich lachte. »Ich weiß, wen wir brauchen. Den größten Experten für die IRA – Liam Devlin.«

Aus einer Schreibtischschublade kramte er ein kleines schwarzes Buch heraus und blätterte darin. »Liam Devlin?« fragte Hannah Bernstein.

»Gelehrter, Poet, früher mal Professor am Trinity College – und hat vermutlich mehr Menschen getötet als ich. Die lebende Legende der IRA«, erklärte Dillon.

Ferguson war bereits am Telefon. »Sind Sie das, Devlin, Sie alter Schurke?«

Im Wohnzimmer seines Hauses in Kilrea, einem Dorf in der Nähe von Dublin, lachte Liam Devlin laut auf, nachdem Ferguson ihm alles erklärt hatte.

»Mein Gott, da haben Sie aber einen ganzen Sack von Problemen am Hals, Brigadier.«

»Wie wichtig das ist, begreifen Sie doch?«

»Allerdings. Schließlich sind wir heutzutage ja alle sehr für den Frieden. Schicken Sie Dillon und diese Miß Chief Inspector zu mir; nur sagen Sie ihm bitte, er soll diesmal nicht wieder versuchen, mich zu erschießen.«

Ferguson legte den Hörer auf. »Er will mit Ihnen beiden sprechen, und glauben Sie mir, falls uns irgend jemand helfen kann, dann Devlin. Er weiß mehr über die IRA als sonst jemand, deshalb bestellen Sie gleich den Lear Jet, packen Sie Ihre Sachen und setzen Sie sich in Bewegung.«

Hannah und Dillon gingen bereits zur Tür.

»Übrigens, Dillon ...!« rief Ferguson.

»Brigadier?«

»Er wäre Ihnen sehr verbunden, wenn Sie diesmal nicht wieder versuchen würden, ihn zu erschießen.«

Hannah schaute ihn entgeistert an, aber Dillon lächelte nur. »Sehe ich denn wie jemand aus, der so was machen würde, Brigadier?«

12

Der Lear-Jet startete von Gatwick aus und stieg auf dreißigtausend Fuß. Dillon saß neben Hannah Bernstein auf der anderen Seite des Gangs.

»Devlin – Liam Devlin«, sagte Hannah. »Wissen Sie, ich habe immer geglaubt, es sei nur ein Märchen, daß die Deutschen versucht hätten, Winston Churchill zu entführen.«

»O nein, das war im November 1943 tatsächlich geplant. Liam ist ein seltsamer Kerl. Er wurde in Ulster geboren. Sein Vater ist 1921 während des Bürgerkriegs von den Engländern hingerichtet worden. Er hat mit Auszeichnung englische Literatur am Trinity College studiert und ist ein brillanter Gelehrter. In den dreißiger Jahren hat er für die IRA gekämpft und im Spanischen Bürgerkrieg in der Internationalen Brigade gedient. Die Italiener nahmen ihn gefangen und übergaben ihn dem deutschen Geheimdienst, der sich alle Mühe mit ihm gegeben hat, aber leider war er ein ausgesprochener Antifaschist.«

»Und was passierte dann?«

»Nachdem er mit dem Fallschirm über Irland abgesprungen war, wo er vergeblich versuchte, mit der IRA Verbindung aufzunehmen, schaffte er es, nach Deutschland zurückzukommen und lehrte die folgende Zeit Englisch an der Universität in Berlin.«

»Und dann?«

Eine Elitetruppe deutscher Fallschirmjäger sprang im November 1943 in Norfolk ab, um Winston Churchill zu kidnappen. Devlin war als eine Art Vermittler dabei.«

»Aber ich dachte, Sie hätten gesagt, er sei Antifaschist?«

»Na ja, sie haben ihn gut bezahlt – die IRA brauchte immer schon Geld, und ich vermute, wenn ihn jemand auf Seiten der Alliierten gebeten hätte, Hitler aus Berchtesgaden zu entführen, hätte er das ebenfalls probiert.«

»Ich verstehe.«

»Devlin hat mal zu mir gesagt, die entscheidende Frage im Leben sei: ›Spiele ich das Spiel, oder spielt das Spiel mich?‹« Er lächelte versonnen. »Ich weiß nur zu gut, was er damit gemeint hat.«

»Und Sie haben wirklich versucht, ihn zu töten?«

»Und er mich.«

»Ich dachte, Sie seien Freunde gewesen?«

»Waren wir auch. Er hat mir sehr viel beigebracht.« Dillon zuckte die Schultern. »Ich hatte damals gerade so eine marxistische Phase, schwafelte von Gewalt als rechtmäßigem Mittel und war einer dieser Revolutionäre, die auch den Papst getötet hätten, falls es der Sache dienlich gewesen wäre. Liam war da altmodischer. Er wollte seinem Feind wie ein ehrlicher Soldat von Angesicht zu Angesicht gegenüberstehen. Wir haben uns bis aufs Blut zerstritten, sogar aufeinander geschossen – und uns dann getrennt, beide reichlich angeknackst.«

»Was Sie heute offenbar bereuen?«

»O ja, er ist einer der bedeutendsten Männer, die ich je im Leben kennengelernt habe.«

»Er muß inzwischen ziemlich alt sein.«

»An seinem nächsten Geburtstag wird er fünfundachtzig.«

»Guter Gott!«

Schon viele Jahre lang gehörte Barry ein altes Farmhaus in der Nähe des Dorfs Ballyburn, fünfzehn Meilen nördlich von Dublin. Das Land hatte er einem Bauern verpachtet, einem Sympathisanten der Sinn Fein; er selbst nutzte das Haus seit dem Tod seiner Frau nur noch für gelegentliche Wochenendbesuche.

Als er die Eingangstür aufschloß, roch es muffig und feucht. Kathleen Ryan schauderte. »Gott, hier drin könnte man sich ja glatt den Tod holen.«

»Das Feuer im Wohnzimmer und im Küchenherd braucht nur angezündet zu werden, es ist alles bereit. Dann wird es im Nu schön warm.« Er ging in die Küche, die einen steinernen Boden hatte, und stellte seine Tasche auf den Tisch. »Frisches Brot, Milch, Eier und Schinken. Sie könnten uns was brutzeln, Mädchen, wie wär's?«

»Das können Sie mal schön selbst machen.«

»Ziemlich hitzköpfig, was?« lächelte er. »Aber wie Sie wollen.«

Er öffnete den Herd und entzündete mit einem Streichholz Papier und Späne. Michael Ryan lehnte sich gegen die Wand, hatte die Hände in den Taschen und musterte ihn eindringlich.

»Sie würden mich bestimmt am liebsten erschießen, nicht wahr, Michael?«

»Mit Wonne, das dürfen Sie mir glauben.«

Barry lachte und wandte sich an Kathleen. »Aber wenigstens eine schöne Tasse Tee könnten Sie uns doch machen?«

Er ging hinaus in den Flur, wo Sollazo seinen Regenmantel aufhängte. Mori zündete das Kaminfeuer im Wohnzimmer an. Der Raum wies freiliegende Deckenbalken auf und hatte einen gefliesten Boden, auf dem einige Teppiche lagen; an einem Eßtisch standen sechs Stühle, an der Wand ein Sofa und neben dem Kamin zwei schwere Sessel. Auf dem Kaminsims thronte eine Statue der Heiligen Jungfrau, und an der Wand hing ein Andachtsbild.

»Ich wußte nicht, daß Sie so religiös sind, Mr. Barry.«

»Meine Frau war es, Gott hab' sie selig. Wann immer sie konnte, ging sie jeden Morgen in die Messe. Ständig hat sie sich Sorgen um mich gemacht wegen meiner wilden Jahre in der Bewegung.« Er schüttelte den Kopf. »Sie hatte es wirklich schwer mit mir.«

»Und wo sind unsere Freunde?«

»In der Küche. Keine Angst, Mr. Sollazo, die Hintertür ist abgesperrt, und die Schlüssel des Kombis habe ich.« Er hob die Stimme. »Wo bleibt der Tee?«

Während sie darauf wartete, daß das Wasser im Kessel kochte, redete Kathleen hastig mit ihrem Onkel. »Hast du deine Tablette genommen?«

»Ja.«

»Dann bleib jetzt ruhig und reg dich nicht auf. Es fehlt gerade noch, daß du auf die Nase fällst, das können wir im Moment wahrhaftig nicht gebrauchen.«

»Ist gut, Mädchen, mach dir keine Sorgen.«

Sie brühte den Tee auf und entdeckte eine Dose Instantkaffee, löffelte etwas davon in zwei Tassen und goß heißes Wasser darüber. Als sie Barry rufen hörte, stellte sie alles auf ein Tablett und verließ mit ihrem Onkel die Küche.

»Für Sie beide habe ich Kaffee gemacht«, sagte sie zu Sollazo. »Allerdings nur Instantkaffee.«

Mori probierte und zog ein Gesicht. »Ist ja scheußlich.«

Barry lachte. »Man kann im Leben nicht alles haben. Sie sollten mal den Tee probieren. Auf zwei Sachen verstehen sich die Iren nämlich wirklich – aufs Guinessbrauen und Teekochen.«

Kathleen schenkte ein. »Hier, bitte sehr.«

Barry nahm sich eine Tasse und nippte daran. »Ja, der ist großartig, da geht einem richtig das Herz auf. Den genieße ich jetzt erst mal in Ruhe; danach reden wir übers Geschäft.«

Barry breitete eine vergrößerte Karte der Ostküste von Irland, einschließlich der Republik und Ulster, auf dem Tisch aus.

»Hier ist Ballyburn, wo wir sind; Richtung Dundalk geht's hinauf ins County Down, und da liegen Drumdonald und Scotstown. Das ist das Gebiet, in dem Sie damals an Land gingen. Jetzt brauche ich bloß noch die genauen Positionsangaben der *Irish Rose*.« Er schaute Ryan an. »Wie lauten sie, Michael?«

Mit bleichem Gesicht und deutlichem Widerstreben nannte Ryan sie ihm. Barry griff nach einem Lineal und einem Bleistift. »Das ist ein Kinderspiel. Wie Sie sehen, sind auf der Karte Längen- und Breitengrade eingetragen.« Rasch zog er zwei Linien, die sich überschnitten. »Da haben wir's schon. Drei Meilen vor der Küste, direkt vor Rathlin Island. Wußten Sie das, Michael?«

»Es war dunkel.«

»Na, schauen wir uns mal die Seekarte dieser Gegend an. Ich habe eine dabei.«

Sie war in größerem Maßstab angelegt und zeigte die Küste von Down, die Isle of Man und den Nordwesten Englands. Er wiederholte den Vorgang. »Bitte sehr. Der Kahn liegt fünfzehn bis zwanzig Faden tief.«

»Also zwischen siebenundzwanzig und siebenunddreißig Metern.« Sollazo nickte. »Kein Problem.«

»Als Ihr Onkel mich letzte Nacht angerufen hat, um mir zu sagen, daß Sie abgeflogen sind, hat er mir erzählt, Sie wollten selbst runtergehen, um erst mal die genaue Position des Schiffes auszumachen. Sie seien ein erfahrener Taucher.«

»Ich tauche seit Jahren regelmäßig in der Karibik, und Mori ebenfalls. So was ist kein Problem für uns.«

»Ihr Onkel hat mich gebeten, die Ausrüstung zu besorgen. Ich kenne den richtigen Mann. Er hat ein Geschäft in einem Vorort von Dublin und sympathisiert mit unserer Sache. Wir könnten heute nachmittag mal hinfahren.«

»In Ordnung. Mori kann solange hier den Babysitter bei unseren Freunden spielen. Können Sie ihm dafür eine Waffe besorgen?«

»Hier gibt's genug davon, wenn man weiß, wo man suchen muß. Ich kümmere mich drum.«

»Gehen Sie zur Hölle, Mister«, fluchte Kathleen Ryan und stürmte aus dem Zimmer.

Devlins Haus, Kilrea College, lag am Rand des Dorfes neben einem Kloster. Der Garten mit seinen unzähligen Blumen und Sträuchern war eine einzige Pracht, das Haus selbst ein viktorianisches Gebäude mit gotischen Giebeln und bleigefaßten Fenstern. Dillon läutete an der Tür, die sich kurz darauf öffnete.

»Da bist du ja, du Teufelsbraten«, grüßte Liam Devlin auf Irisch.

»Ja, immer noch der alte«, erwiderte Dillon in der gleichen Sprache.

»Und Sie müssen die tüchtige rechte Hand des alten Ferguson sein – Detective Chief Inspector Hannah Bernstein.« Devlin musterte sie beifällig. »Der alte Knacker war immer schon ein Glückspilz und ist es noch. Na ja, *cead mile falte*, das heißt auf Irisch: hunderttausendmal willkommen. Kommt rein.«

Hannah war völlig verblüfft. Sie hatte einen Greis von fünfundachtzig Jahren erwartet, doch keinen Mann voller Energie und Lebenslust, der ein schwarzes Seidenhemd und eine Hose von Armani trug. Sein Haar war nur leicht ergraut, und seine Augen waren die blausten, die ihr je vorgekommen waren. Um den Mund hatte er den gleichen ironischen Zug wie Dillon; alle beide schienen ständig über eine Welt zu lachen, die ihnen zu absurd erschien, um ernst genommen zu werden.

Entzückt schaute sie sich im Wohnzimmer um, das mit seinem Kaminfeuer, den Mahagonimöbeln und den Gemälden von Atkinson Grimshaw typisch viktorianisch wirkte. Devlin brachte aus der Küche auf einem Tablett Tee herein.

»Guter Gott, sind die echt?«

»Ja, ich habe vor ein paar Jahren klug investiert. Ich hatte schon immer eine Schwäche für den alten Grimshaw, besonders für seine Nachtszenen. Whistler hat mal gesagt, es sei falsch, ihn einen Meister der Nachtstücke zu nennen, denn er habe alles nur von Grimshaw gelernt.«

»Mein Großvater besitzt auch ein Bild von ihm – *The Thames Embankment at Night*.«

»Oh, ein Mann mit Geschmack und Urteilskraft. Was macht er beruflich?«

»Er ist Rabbi.«

Devlin lachte laut auf. »Ach, du liebe Güte, das ist ja ein Ding, aber wahrhaftig.«

Hannah schaute ihn beinah hingerissen an. Was für ein unglaublich wunderbarer Mann. Einer der außergewöhnlichsten Menschen, die ich je kennengelernt habe, dachte sie.

Devlin setzte sich in einen Sessel am Kamin. »Und du arbeitest jetzt also für die Briten, Sean?«

»Klar, das weißt du ganz genau.«

»Haben Sie damit ein Problem, Mr. Devlin?« fragte Hannah.

»Nennen Sie mich Liam, Mädchen. Nein, was immer ich bin, ein Heuchler jedenfalls nicht. Ich war selbst mal für Ferguson tätig.«

»Davon hat er gar nichts gesagt.«

»Kann ich verstehen. Er brauchte jemanden, der einen Amerikaner irischer Abstammung namens Martin Brosnan aus einem französischen Gefängnis auf Belle Island rausholte, und da ich ein Freund von Martin bin, konnte ich schlecht nein sagen. Aber auf dich ist er nicht gerade gut zu sprechen, Sean«, meinte er, an Dillon gewandt. »Hat mir erzählt, daß du versucht hast, das britische Kabinett während des Golfkriegs in die Luft zu jagen, und er habe geglaubt, es hätte dich endgültig erwischt.«

»Na ja, ich trug eine kugelsichere Weste aus Nylon und Titan, die hat mir den Hals gerettet.«

Devlin grinste. »Hast neun Leben, und ich habe dir alles beigebracht, was ich kann.« Versonnen schüttelte er den Kopf. »Weißt du, Sean, eigentlich bist du so was wie meine dunkle Seite.«

»Und du, Liam, bist meine gute Seite«, erwiderte Dillon.

»Mit Worten konntest du schon immer gut umgehen«, lachte Devlin. »Aber kommen wir zur Sache.«

Nachdem sie ihm sämtliche Informationen mitgeteilt hatten, berichtete Dillon noch einmal exakt, wie der Überfall und die Fahrt auf der *Irish Rose* verlaufen war.

»Gut. Zuerst einmal wollen wir auf jeden Fall die Behörden aus dieser Sache raushalten. Klar, sie könnten Ryan verhaften und festhalten, bis die Amerikaner seine Auslieferung beantragen. Sie könnten sogar Kathleen und diesen Sollazo samt seinem Gorilla als Komplizen festsetzen, aber das alles ist nebensächlich. Das einzige, was zählt, ist die *Irish Rose*, denn in erster Linie geht es darum, daß das Gold nicht für die falschen Zwecke verwendet wird.«

»Was könnten wir tun?« fragte Hannah. »Ich meine, falls Barry und die IRA an dieser Sache beteiligt sind ...«

»Glaube ich nicht«, unterbrach Devlin. »Gerry Adams, Martin McGuinness und die Sinn Fein haben sich mit aller Kraft für den Friedensprozeß engagiert. Sicher, sie haben immer noch das Problem mit den Provos, die ihre Waffen nicht abgeben wollen, aber kein Mensch will im Moment Schwierigkeiten, dafür ist die politische Situation viel zu heikel.« Er schüttelte den Kopf. »Nein, ich wette einen Fünfer drauf, daß das Army Council der IRA nichts davon weiß.«

»Sie meinen, Barry beteiligt sich auf eigene Rechnung an der ganzen Geschichte?«

»O nein, Jack ist ein echter Patriot. Ich schätze aber, er wird so wenig wie möglich davon reden, weil er verdammt gut weiß, daß das Army Council bei der gegenwärtigen politischen Lage keine Probleme will.«

»Also, was schlägst du vor, Liam?« fragte Dillon.

»Ich werde mich mal mit dem Stabschef treffen und ihn ein bißchen aushorchen. Zufällig kenne ich den Pub in Dublin, in dem er jeden Mittag eine Kleinigkeit ißt.«

»Meinen Sie, er wird sich mit Ihnen treffen wollen?«

Devlin lachte. »Mich wollen alle treffen, liebes Mädchen, ich bin eine lebende Legende, und das kann manchmal sehr nützlich sein, aber Sie und dieser Bursche hier bleiben in Deckung.« Er wandte sich an Dillon. »Jedermann redet zwar vom Frieden, doch es gibt genügend Leute, die dich als Abtrünnigen sehen, der für die Briten arbeitet, und die dir mit Wonne eine Kugel verpassen würden.«

»Das ist wohl wahr.«

»Fahr mit dem Chief Inspector zu Casey, das ist ein Pub hier im Dorf.« Er lächelte Hannah zu. »Wir sehen uns dann später.«

Der Irish Hussar, ein Pub am Ufer des Liffey, war ein beliebter Treffpunkt von Anhängern der IRA und bereits gut besucht, als Liam Devlin um die Mittagszeit das Lokal betrat. Colum O'Brien, der Stabschef der Provisional IRA, saß in einer Nische im Hintergrund, stopfte sich eine Serviette unters Kinn und wollte gerade mit dem Essen beginnen.

»Schande über dich, Colum«, sagte Devlin, »daß ausgerechnet du dir ein englisches Gericht wie Lancashire Hot Pot schmecken läßt.«

O'Brien schaute auf und strahlte vor Freude. »Liam, du alter Gauner. Was machst du denn hier?«

»Ach, ich hatte geschäftlich in der Stadt zu tun, und man muß ja auch mal was essen.« Eine junge Frau kam an ihren Tisch, und Devlin sagte: »Ich nehme das gleiche wie er.«

»Bringen Sie ihm dazu noch einen großen Bushmills Whiskey«, befahl O'Brien. »Nur das Beste für Liam Devlin.«

Die Kellnerin schaute ihn mit fast ungläubiger Ehrfurcht an. »Sie sind Liam Devlin? Ich habe von Ihnen gehört, seit ich ein kleines Mädchen war. Ich dachte, Sie seien längst tot.«

»Das sagt wohl alles«, lachte Devlin. »Vorwärts, Mädchen, bringen Sie mir den Bushmills.«

Devlin ließ sich Zeit und kam erst zur Sache, nachdem sie gegessen hatten und Tee tranken.

»Na, und wie steht's mit dem Friedensprozeß?«

»Immer noch ziemlich festgefahren«, entgegnete O'Brien. »Liegt an der verfluchten britischen Regierung mit ihrer Forderung, daß wir unsere sämtlichen Waffen abgeben sollen, Liam. Das ist zu viel. Schließlich können die doch nicht im Ernst glauben, die andere Seite hätte nicht genauso große Arsenale.«

»Ich nehme an, du triffst dich regelmäßig mit Gerry Adams und McGuinness. Wie lautet denn so die allgemeine Parole?«

»Hoffnung, Liam, das ist die Parole. Jeder, der glaubt, Gerry und Martin wollten nicht, daß dieser Frieden anhält, ist verrückt. Aber es soll ein ehrenvoller Frieden sein.«

»Und wie sehen die Unionisten die Sache?«

»Sie meinen, die britische Regierung habe sie verraten und

verkauft oder würde es noch tun. Mag sein, daß sie nicht mal so völlig unrecht damit haben, bloß führt kein Weg dran vorbei, daß der Tag kommen wird, an dem sie ihren Platz in einem vereinigten Irland finden müssen. Das erfordert einfach die Bereitschaft, sich zu ändern.«

»Auch von katholischer Seite«, meinte Devlin. »Und wie sehen die alten Genossen die Sache? Was treibt Jack Barry denn so?«

»Nichts besonderes, seit er im Ruhestand ist und nicht mehr gebraucht wird. Ich sehe ihn gelegentlich, aber eher selten. Du weißt, daß seine Frau gestorben ist?«

»Ja, hab' davon gehört. Gott gebe ihr Frieden. Lebt er immer noch in der Abbey Road am Park?«

»Sicher, ich hab' allerdings keine Ahnung, womit er seine Zeit verbringt.«

»Er schlägt sie eben tot, genau wie ich.« Devlin stand auf. »Na, war schön, mit dir zu reden, Colum. Wir haben früher immer gesagt – unser Tag wird kommen. Wollen wir hoffen, daß es nun soweit ist.«

Es war Jahre her, seit er bei Jack Barry in der Abbey Road gewesen war, aber er fand das Haus ohne Probleme, parkte den Wagen und klingelte. Niemand öffnete. Er hatte zwar nicht die Absicht gehabt, mit Barry über die *Irish Rose* zu reden, sondern wollte nur als alter Freund, der zufällig in der Nähe war, auf einen Besuch hereinschauen, war aber trotzdem enttäuscht. Er ging um das Haus herum in den kleinen Garten und spähte durchs Küchenfenster.

»Kann ich Ihnen helfen?« fragte eine junge Frau, die nebenan Wäsche von der Leine nahm.

Devlin schenkte ihr sein charmantestes Lächeln. »Ich wollte zu Jack Barry.«

»Ich hab' ihn heute früh mit dem großen Kombi wegfahren sehen. Ist es wichtig?«

»Ach was. Bin nur ein alter Freund und war zufällig gerade in der Nachbarschaft, das ist alles. Sie haben keine Ahnung, wo er sein könnte?«

»Die meiste Zeit ist er daheim. Ein netter Mann. War früher mal Lehrer, dann starb seine Frau. An den Wochenenden sind sie immer aufs Land gefahren. Sie hatten irgendwo ein Häuschen.«

»Aber Sie wissen nicht, wo?«

»Leider nicht.«

»Na ja, wenn er wieder auftaucht, können Sie ihm ja sagen, daß Charlie Black hier war«, log Devlin fröhlich und ging zurück zu seinem Wagen.

Während er losfuhr, fragte er sich grinsend, was sie wohl sagen würde, wenn sie wüßte, daß der nette Mann von nebenan einmal der Stabschef der Provisional IRA gewesen war.

Das Lagerhaus am Rand von Dublin gehörte Tony Bradley, einem Mann mittleren Alters, der eine Halbglatze und einen ausgeprägten Bierbauch aufwies. In seiner Jugend war er ein IRA-Aktivist gewesen, doch eine fünfjährige Haftstrafe im Gefängnis von Portlaoise, fünfzig Meilen von Dublin entfernt, hatte seinen Kampfeseifer beträchtlich abgekühlt. Seine Sympathie gehörte allerdings immer noch der republikanischen Sache, für die er stets eifrig tätig gewesen war. Einige Zeit hatte er als Taucher in den Ölfeldern der Nordsee gearbeitet, danach seine Firma gegründet und verkaufte nun alles erdenkliche Zubehör für Taucher, womit das ganze Lagerhaus vollgepackt war.

Bradley blieb an einem Tisch stehen und griff nach einem Bestellblock. »Schön, dich mal wieder zu sehen, Jack. Ist mir eine große Ehre.«

»Das letzte Mal sind wir uns in einem Pub in Ballyburn über den Weg gelaufen, als ich dort ein Wochenende in meinem Farmhaus verbrachte«, sagte Barry.

»Und es war bloß ein glücklicher Zufall, daß ich gerade vorbeikam. Was kann ich für dich tun?«

»Mein Freund, Mr. Sollazo, braucht eine Tauchausrüstung. Du verleihst die Sachen doch auch, nicht wahr?«

»Natürlich. Sagen Sie mir nur, was Sie haben möchten.«

»Alles doppelt«, erwiderte Sollazo. »Masken, Taucheranzüge, einen in mittlerer Größe, einen großen; Handschuhe, Flossen, Bleigürtel von jeweils zwölf Pfund, Regulatoren, Tiefenmesser und vier Sauerstofflaschen. Ach ja, und zwei Orca-Tauchcomputer. Damit sieht man automatisch, wie tief man ist, wie lange man noch Zeit hat und wann man auftauchen sollte«, erklärte er Barry.

»Geht klar«, nickte Bradley. »Jack, ich öffne am besten das Tor, du fährst deinen Kombi rein, und wir laden gleich hier alles ein.«

Er rief einen Angestellten, der ihm helfen sollte, und Barry ging nach draußen, um den Kombi zu holen.

Sollazo prüfte sorgfältig jedes einzelne Stück. »Sie sind aber gründlich«, sagte Barry.

»Ich bin immer gewissenhaft, obwohl ich schon zweihundertfünfzehn Tauchgänge hinter mir habe. Sie würden nicht glauben, wie viele Menschen jährlich beim Tauchen ums Leben kommen. Und für gewöhnlich bloß aus Dummheit – denn im Grunde gehören wir ja nicht dort unten hin«, fügte er lächelnd hinzu.

Bradley und sein Gehilfe hatten inzwischen die Ausrüstung verstaut. »Sonst noch was?«

»Unterwasserlampen«, erwiderte Sollazo.

»Kein Problem. Ich habe genau das Richtige.« Er holte zwei Kartons aus einem Regal. »Halogenlampen, wie sie die Royal Navy benutzt. Haben Batterien mit besonders langer Lebensdauer und eine Aufladevorrichtung.« Er legte sie in den Kombi und überlegte. »Irgendwas fehlt noch ... Ach ja, ich weiß.« Er eilte davon und kam mit zwei Tauchermessern zurück, die um die Beine geschnallt werden konnten. »Das wär dann, glaube ich, alles.«

»Nur noch eins«, sagte Barry. »Es gab früher mal ein Gerät namens Master Navigator.«

»Gibt's immer noch«, nickte Bradley. »Bloß in einer moderneren Version.«

»Können wir so einen mal sehen?«

»Klar.« Bradley eilte wieder davon und kehrte gleich darauf mit einer schwarzen Schachtel zurück. Er öffnete sie und nahm den Navigator heraus. »Bitte sehr.«

Sollazo untersuchte das Gerät, das eine Reihe von Knöpfen und ein elektronisches Display hatte, ehe er Barry zunickte. »Was passiert«, fragte der Ire, »wenn ich, sagen wir mal, die Positionsangaben eines versunkenen Wracks eingebe?«

»Na ja, dann sieht man, was die moderne Technologie alles kann«, erwiderte Bradley. »Ich hab' eine Gebrauchsanweisung dafür hier, und es ist ganz einfach.«

»Nicht nötig«, wehrte Sollazo ab. »Ich nenne Ihnen einfach die Zahlen, Sie geben sie ein, und wir schauen zu.«

Er holte sein Notizbuch heraus und diktierte die Position der *Irish Rose*, die Bradley eingab. Die Ziffern erschienen auf der Anzeigefläche. »Überprüfen Sie, ob sie korrekt sind.«

Sollazo nickte. »Stimmt.«

»Gut.« Brandley drückte einen blauen Knopf. »Jetzt sind sie gespeichert. Man aktiviert das Ding, indem man den roten Knopf drückt. Darauf ertönt ein langsames, monotones Piepen. Wenn man die eingegebene Position erreicht, wird es immer heftiger. Man stoppt es, indem man wieder den blauen Knopf drückt.«

»Das nehmen wir dann auch noch«, sagte Barry. »Schick mir eine Rechnung in die Abbey Road, Tony, dann kriegst du einen Scheck.«

»Klar, du kannst auch bezahlen, wenn du die Ausrüstung zurückbringst, Jack.«

Bradley trat zur Seite und winkte ihnen hinterher, als sie davonfuhren.

»Gut«, sagte Sollazo. »Das einzige, was jetzt noch fehlt, ist ein Boot.«

»Dafür ist schon gesorgt. Ich habe ja erwähnt, daß Drumdonald und Scotstown in der Gegend liegen, wo Ryan, seine Nichte und Sean Dillon damals gelandet sind. Scotstown ist ein kleines Fischerdorf. Da gibt es einen Pub, The Loyalist, dessen Wirt, Kevin Stringer, einer von uns ist. Dorthin ist Dillon gegangen, nachdem er an Land gekommen war. Na ja, ich habe jedenfalls mit Kevin gesprochen, und er hat was Passendes für uns besorgt. Ich denke, wir beide sollten morgen mal hinfahren. Die Ausrüstung nehmen wir am besten schon mit. Falls das Boot in Ordnung ist, kann Kevin die Sachen an Bord verstauen. Ich packe übrigens etwas Semtex und Zeitzünder ein für den Fall, daß wir uns einen Weg in die Fähre sprengen müssen.«

»Und dann?«

»Fahren wir am nächsten Tag alle zusammen wieder hin, auch Ryan und das Mädchen, schippern raus nach Rathlin Island und stöbern den verdammten Kahn auf.«

»Glauben Sie, wir schaffen es?«

»Ich bin immer optimistisch«, entgegnete Jack Barry.

Es war später Nachmittag, als Devlin in sein Haus in Kilrea zurückkehrte. Dillon hatte sich mit geschlossenen Augen am Kamin ausgestreckt, und Hannah las ein Buch.

Devlin sah müde aus, und sie stand rasch auf. »Ich mache Ihnen eine Tasse Tee.«

»Das wäre großartig.« Er ließ sich in einen Sessel sinken.

»Glück gehabt?« fragte Dillon.

»Na ja, ich habe Colum O'Brien getroffen, den derzeitigen Stabschef, und mich überzeugt, daß er keine Ahnung hat, was Jack Barry vorhat. Ansonsten habe ich ein paar diskrete Erkundigungen bei verschiedenen Quellen eingezogen, muß aber morgen noch mal einiges überprüfen.«

»Das ist alles?«

»Für den Augenblick, ja.« Devlin setzte sich auf, als Hannah den Tee hereinbrachte. »Ach, wunderbar, Mädchen. Danach nehme ich ein Bad und lade euch anschließend zum Abendessen ein.«

Als Sollazo und Barry ins Farmhaus kamen, saß Mori im Wohnzimmer und las ein Buch. »Das ist vielleicht klasse. *Eine Geschichte der Heiligen Irlands*. Gegen diese Burschen ist die Mafia der reinste Kindergarten.«

»Wo sind sie?« fragte Sollazo.

»In der Küche. Sie kocht. Ich mußte raus in den Garten und im Regen stehen, während ihr Onkel Kartoffeln und Karotten ausgebuddelt hat. Dann hat sie aus dem Gewächshaus Gurken, Salat und Tomaten geholt. Sie kann ein ganz nützliches kleines Frauchen sein.«

»Das meines Wissens mindestens drei Männer getötet hat«, entgegnete Barry.

»Stimmt genau«, nickte Sollazo.

Er ging in die Küche, in der es wunderbar duftete. Kathleen stand am Herd, während Ryan am Tisch einen Salat anrichtete.

»Eine Frau mit vielen Talenten, wie ich sehe«, sagte Sollazo.

»Davon können Sie wahrhaftig ausgehen, Mister«, entgegnete sie grimmig.

Ferguson saß an seinem Schreibtisch und telefonierte. »Ich habe mit Dillon gesprochen. Unser Kontaktmann Devlin hat seine Fühler ausgestreckt, bislang allerdings ohne Resultat.«

»So ein rasches Ergebnis wäre auch mehr gewesen, als man erhoffen darf«, erwiderte Blake Johnson, der in seinem Büro im Keller des Weißen Hauses das Gespräch entgegengenommen hatte. »Wie Sie wissen, macht sich der Präsident große Sorgen wegen dieser Geschichte. Halten Sie mich auf dem laufenden, Brigadier.«

»Natürlich.«

Ferguson legte den Hörer auf und lehnte sich zurück. »Nun beeilen Sie sich mal, Dillon«, sagte er leise. »Bringen Sie mir ein Resultat.«

Devlin war ein bevorzugter Gast in seinem Pub und erhielt wie stets die beste Nische in der Ecke des Lokals. Er bestand darauf, für alle zu bestellen, und entschied sich für eine Linsensuppe, gefolgt von irischem Schinken in einer hellen Soße mit neuen Kartoffeln und Weißkohl.

»Tut mir leid, Liam«, sagte Hannah, »ich bin Jüdin, das haben Sie vergessen. Schinken geht nicht.«

Er war sichtlich zerknirscht. »Und pochierter Lachs – frisch gefangen?«

»Das schon.«

»Ihnen als Polizeibeamtin sollte ich allerdings sagen, daß ich meine Zweifel habe, ob der Angler auch eine ordnungsgemäße Lizenz besaß.«

»Das kümmert mich momentan weniger.«

»Na, dann ist's ja gut. Und was dich angeht, Junge«, sagte er zu Dillon«, schlag dir deinen Krug-Champagner aus dem Kopf. Hier gibt's bloß die Hausmarke zu zwölf Mäusen die Flasche.«

»Irischen Champagner?« fragte Hannah.

»Na ja, der Name auf dem Etikett klingt französisch.«

Dillon hob die Hände. »Bestelle ihn, ich gebe auf.«

Die Mahlzeit war hervorragend, der Champagner recht annehmbar, und das Gespräch war das interessanteste, das Hannah Bernstein seit Jahren erlebt hatte.

»Ihr Großvater ist also Rabbi, Ihr Vater Medizinprofessor, und Sie sind an der Universität von Cambridge gewesen?« fragte Devlin. »Das ist sozusagen eine ziemliche Hypothek. Wie kam es, daß Sie bei den Bullen gelandet sind?«

»Ich wollte etwas Sinnvolles tun. Geld war dabei Nebensache; davon habe ich genug.«

»Donnerwetter – Sie auf Streife in einer blauen Uniform, das muß ein toller Anblick gewesen sein.«

»Seien Sie nicht so sexistisch, Mr. Devlin.«

»Sie sollen doch Liam zu mir sagen. Aber ein nettes jüdisches Mädchen wie Sie ... Wollte Ihr Dad nicht, daß Sie heiraten und Kinder kriegen?«

»Dieses nette jüdische Mädchen hat Norah Bell erschossen«, sagte Dillon.

Devlins Lächeln verschwand. »Mein Gott, das war eine protestantische Fanatikerin.«

»Und ich habe ihren Freund Ahern erschossen«, ergänzte Dillon. »Sie waren in London, um den amerikanischen Präsidenten zu erledigen.«

Hannah wirkte bedrückt, und Devlin ergriff ihre Hand. »Sie brauchen sich nicht zu quälen, Mädchen, wirklich nicht. Es ist einfach die Welt, in der wir leben. So, und jetzt noch einen Bushmills, damit ich besser schlafen kann, dann gehen wir heim.«

Er rief dem Barmann seine Bestellung zu und runzelte plötzlich die Stirn. »Mir ist gerade was eingefallen.«

»Und das wäre?« fragte Dillon.

»Ryan und die anderen müssen doch die Stelle suchen, wo die *Irish Rose* liegt?«

»Das stimmt. Irgendwo vor der Küste von Down. Wir sind so ungefähr in der Gegend von Drumdonald und Scotstown gelandet.«

»Ja, ja, aber ich meine was anderes. Sie müssen danach suchen. Das bedeutet, sie brauchen ein Boot, und vor allem doch auch die nötige Taucherausrüstung?«

Dillon nickte. »Klar.«

»Du bist ja, wie ich höre, neuerdings ein Experte auf diesem Gebiet.«

»Ich habe so meine Erfahrungen gesammelt. Worauf willst du hinaus?«

»Na, sie müssen sich die Ausrüstung doch irgendwo besorgen, und in Dublin wimmelt es nicht gerade von Firmen dieser Art.«

»Wohl kaum.«

»Aber ich kenne eine am Rand von Dublin, die einem alten IRA-Mann namens Tony Bradley gehört. Hat unter Jack Barry gedient und fünf Jahre in Portleoise gesessen. Jetzt überleg mal: Wenn du Jack Barry wärst und Taucherausrüstungen bräuchtest, an wen würdest du dich wenden?«

»An Bradley«, sagte Hannah Bernstein.

Devlin lächelte und hob sein Glas. »Genau, und das machen wir ebenfalls, gleich als erstes morgen früh.«

13

Seine Angestellten kamen immer erst um neun, aber Tony Bradley war wie üblich schon eine halbe Stunde früher bei seinem Lagerhaus. Etliche Fahrzeuge, die zu anderen Firmen in der Nachbarschaft gehörten, standen bereits auf dem Parkplatz. Er ging an ihnen vorbei und kramte seine Schlüssel heraus. In der großen Schiebetür gab es eine kleine Pforte, die er aufschloß, als er hinter sich Schritte hörte.

»Gott zum Gruß, Tony.«

Bradley drehte sich um und sah drei Leute, unter denen er Devlin sofort erkannte. »Guter Gott, Liam Devlin!«

»Und unseren alten Freund Sean Dillon hast du doch sicher auch noch nicht vergessen?«

Bradley packte derart die Angst, daß sich sein Magen regelrecht zusammenkrampfte, denn er wußte sofort, daß ihm Schwierigkeiten drohten. »Sean – ist lange her.«

Nervös blickte er zu Hannah. »Und wer sind Sie?«

»Sie gehört zu uns, das genügt. Jetzt rein mit dir.« Dillon schob ihn durch die Pforte.

Bradley zitterte. »Ich hab' nichts getan ... Was wollt ihr?«

»Setz dich.« Dillon drückte ihn auf eine Kiste.

»Nur ein paar Fragen, dann gehen wir wieder«, sagte Devlin. »Du hattest Besuch von Jack Barry.«

Es formulierte es absichtlich nicht als Frage, und Bradley fiel prompt darauf herein. »Das stimmt, gestern nachmittag.«

»Er hat eine Taucherausrüstung gekauft.«

»Ja, er war mit einem Amerikaner hier, einem Mr. Sollazo, für den die Sachen bestimmt waren. Hat sich eine ganze Menge Zeug ausgeliehen. Ich dachte, es habe was mit der Organisation zu tun, da Jack dabei war.«

»Leider nicht«, erwiderte Devlin. »Jack ist ein bißchen ungezogen gewesen und hat Dummheiten im Kopf, könnte man sagen. Colum O'Brien und das Army Council wären darüber nicht besonders erfreut.«

»Mein Gott«, stöhnte Bradley, »woher sollte ich das wissen?«

»Ja, du steckst in ziemlichen Schwierigkeiten, mein Sohn«, nickte Devlin. »Noch weiß Colum O'Brien nicht, daß du dran beteiligt bist, deshalb kann ich dir vielleicht helfen.«

»Was soll ich tun?«

Devlin wandte sich an Dillon. »Du bist der Tauchexperte.«

Dillon zündete sich eine Zigarette an. »Sag mir, was sie mitgenommen haben.«

Bradley zählte eilig sämtliche Sachen auf, an die er sich erinnerte. »Ich glaube, das ist alles.« Er schwieg einen Moment, ehe er hastig hinzufügte: »Oh – den Master Navigator habe ich vergessen. Ich habe ihnen das neuste Modell gegeben.«

»Und vorgeführt, wie er funktioniert?«

»Ja, dieser Amerikaner hat mir einige Positionsangaben genannt, die ich für sie eingespeichert habe. Diese Dinger sind so was wie elektronische Spürhunde und bringen dich direkt an Ort und Stelle.«

»Und wo war diese Stelle?« warf Hannah ein.

»Wie soll ich das wissen? Es waren bloß ein paar blöde Zahlen.« Er wurde immer aufgeregter. »Ich habe alles erzählt, was mir bekannt ist.«

»Außer, wohin sie wollten, als sie weggefahren sind«, sagte Devlin.

»Barry wohnt in der Abbey Road, das weiß jeder.«

»Nur ist er da nicht. Wo könnte er sonst stecken?«

»Woher soll ich das wissen?« rief Bradley.

Dillon holte seine Walther mit dem Carswell-Schalldämpfer heraus. »Meinst du, eine Kugel in deine linke Kniescheibe würde deinem Gedächtnis ein bißchen auf die Sprünge helfen?«

»Um Himmels willen, Sean.« Bradley war außer sich vor Angst. »Mach doch keinen Blödsinn. Warte – das letzte Mal habe ich Jack in einem Pub in Ballyburn getroffen. Ich war auf dem Rückweg von Dundalk und hielt dort an, um was zu trinken, und da saß er in einer Nische.«

»Und was ist passiert?«

»Wir haben ein bißchen miteinander geplaudert, und er hat mir erzählt, er habe ein altes Farmhaus etwas außerhalb des Dorfs. Er wollte zu Fuß dorthin zurück, aber ich habe ihn dann gefahren. Es war ein altes Haus, alles ein bißchen runtergekommen. Er hat gesagt, er habe es nicht mehr oft benutzt, seit seine Frau tot ist.« Verzweifelt überlegte er, und ihm fiel tatsächlich noch etwas ein. »Am Tor war ein Schild – Victoria Farm. Ich erinnere mich daran, weil er einen Witz über diesen königlichen englischen Namen gemacht hat.«

»Na also, das war doch gar nicht so schwer, oder?« fragte Devlin.

»Ich hoffe, es war die Wahrheit, die ganze Wahrheit und nichts als die Wahrheit«, lächelte Dillon. »Wäre besser für dich, mein lieber Tony, andernfalls komme ich zurück und kümmere mich um deine linke Kniescheibe.«

Er wandte sich um und ging zum Ausgang. Hannah folgte ihm. »Sie sind wirklich ein Scheusal, Dillon«, flüsterte sie.

»Nur so erreicht man was, liebes Mädchen, und darauf kommt es an.«

Devlin legte Bradley einen Arm um die Schulter. »Schau nicht so, Tony, es passiert dir ja nichts, aber wenn du versuchst, Barry zu informieren oder irgend jemandem was davon erzählst, fürchte ich, daß Dillon wirklich sehr ärgerlich wird, und du weißt, was das heißt.«

»Von mir erfährt niemand ein Wort, ich schwöre es.«

»Das ist brav.«

Dillon und Hannah warteten draußen neben Devlins silbernem Toyota. »Dann geht's also jetzt nach Ballyburn. Fahr du, Sean. Ich werde langsam alt.«

Dillon setzte sich hinter das Steuer, und Devlin hielt Hannah die Tür auf. »Sie sehen etwas bedrückt aus. Das kleine Gespräch eben hat ihnen nicht gefallen.«

»Es gefällt mir nie, wenn ich sehe, wie Dillon arbeitet.«

»Ja, er war schon immer ein harter Bursche, unser Sean.«

Er ging um den Wagen herum zur anderen Seite und setzte sich neben sie.

Auf der Victoria Farm räumte Kathleen nach dem Frühstück den Küchentisch ab, wobei ihr seltsamerweise ausgerechnet Mori half, während ihr Onkel, Barry und Sollazo ins Wohnzimmer verschwanden. Halb und halb rechnete sie damit, daß Mori einen Annäherungsversuch machen würde, aber er füllte nur das Waschbecken mit heißem Wasser und stellte das schmutzige Geschirr hinein.

»Lassen wir es dort einweichen. So macht es weniger Arbeit.«

»Was ist denn in Sie gefahren?«

Er lachte. »Meinem Vater gehört ein Restaurant in Palermo. Als Kind habe ich dort in der Küche gearbeitet, und später war ich Kellner.«

»Und dann haben Sie angefangen, mit der Knarre Ihren Lebensunterhalt zu verdienen?«

Er zuckte die Schultern. »Hat eben mehr eingebracht.«

Als sie ins Wohnzimmer kamen, saßen die anderen vor einer Landkarte. »Wir fahren also rauf nach Dundalk«, erklärte Barry, »und über die Grenze. Seit den Friedensgesprächen ist das ja kein Problem mehr. Man kann einfach durchfahren.«

»Und dann Scotstown«, sagte Sollazo.

»Genau. Wir brauchen vielleicht zwei, höchstens zweieinhalb Stunden.«

»Und wer ist wir?« fragte Kathleen.

»Sollazo und ich«, entgegnete Barry. »Ihr bleibt in Moris liebevoller Obhut hier.«

»Sehr witzig.«

»Ich habe immerhin die Verantwortung. Mr. Sollazo und ich bringen die Taucherausrüstung rauf nach Scotstown. Kevin Stringer meint, daß er ein geeignetes Boot hat, das wir uns anschauen wollen. Wenn es okay ist, kann Kevin die Sachen verstauen, und wir kehren wieder um. Gegen fünf sind wir vermutlich zurück.«

Sie funkelte ihn wütend an und schaute zu ihrem Onkel, der nur die Schultern zuckte. »So ist es am besten, Kathleen.«

»Wenn alles klar ist, fahren wir dann am nächsten Morgen zusammen rauf nach Scotstown.«

»Ach, macht doch, was ihr wollt, verflucht!« Sie stürmte aus dem Zimmer.

Außerhalb von Ballyburn führte die Straße eine Anhöhe hinunter, und Dillon verlangsamte das Tempo, als er das offenstehende Tor mit dem Schild *Victoria Farm* sah und in einiger Entfernung das Farmhaus.

»Bieg in den Feldweg ein«, sagte Devlin und kramte im Handschuhfach nach seinem Fernglas. »Ich will mal einen Blick drauf werfen.«

Er stieg aus dem Toyota und hob das Glas. In diesem Moment öffnete sich die Haustür, und Barry, Sollazo, Mori und die Ryans kamen heraus.

»Heiliger Gott, da ist ja die ganze verdammte Bande, allen voran Jack Barry. Schau mal, Sean.«

Dillon nickte. »Barry, Michael und die liebe Kathleen.«

Er reichte das Fernglas an Hannah weiter. »Die beiden anderen sind Sollazo und sein Gorilla Giovanni Mori«, erklärte sie Devlin. »Blake Johnson hat uns Fotos von ihnen gefaxt. Jetzt steigen Barry und Sollazo in den Kombi, die anderen gehen wieder ins Haus.«

»Rasch weg hier«, sagte Devlin.

Dillon fuhr bis zu einer Abzweigung. »Warten wir ein paar Minuten, um zu sehen, ob sie hier vorbeikommen. Falls nicht, drehe ich um und versuche sie einzuholen.«

Hannah, die durch das Rückfenster spähte, meldete kurz darauf: »Da sind sie.«

»Und mit etwas Glück fahren sie dorthin, wo wir alle hin wollen«, sagte Devlin. »Also, ihnen nach, Sean.«

Dillon hielt ein gutes Stück Abstand; zudem gab der dichte Verkehr ihnen genügend Deckung. Bis nach Drogheda waren es zwanzig Meilen und weitere zwanzig nach Dundalk, das sie eine knappe Stunde später erreichten.

»Gleich kommt die Grenze«, sagte Devlin zu Hannah. »Dann geht's hinüber nach Warrenpoint, falls sie zur Küste wollen, wie anzunehmen ist; wir fahren durch Rostrevor, runter nach Kilkeel und auf der Küstenstraße weiter.«

»Auf der wir in die Gegend von Drumdonald und Scotstown kommen, wo wir gelandet sind, nachdem die *Irish Rose* gesunken war«, ergänzte Dillon.

»Wie hieß der Pub, in den Sie in Scotstown gegangen sind?« fragte Hannah.

»The Loyalist.« Dillon lachte. »Ein völlig irreführender Name. Kevin Stringer, dem er gehört, arbeitet seit Jahren für Barry. Was hältst du von der Sache?« fragte er Devlin.

»Da scheint was im Busch zu sein. Wir werden sehen. Ich mache jetzt mal ein kleines Nickerchen, und ihr haltet die Augen offen.«

Hinter Warrenpoint ließ der Verkehr nach, aber es waren noch genügend Fahrzeuge auf der Straße, um Dillon Deckung zu geben, solange er Abstand hielt. Von den Bergen trieben Wolken herüber, und es begann zu regnen.

»Was für ein Anblick«, meinte Devlin. »Diese Berge und das Meer ... schon eine tolle Gegend hier.«

»Das ist es wahrhaftig«, nickte Hannah.

»Bloß haben wir ein kleines Problem, falls wir tatsächlich in Scotstown oder so einem Kaff landen. In diesen Fischerdörfern gibt's eine Mole, den Hafen und ein paar Boote, und jeder Fremde fällt gleich auf wie ein bunter Hund.«

»Dann müssen wir uns was überlegen«, meinte Dillon. »Aber warten wir erst mal ab.«

Barry, der am Steuer des Kombis saß, schimpfte über den zunehmend stärkeren Regen. »Der Fluch dieses Landes.«

»Das können Sie laut sagen«, entgegnete Sollazo.

»Gleich kommt Kilkeel. Da gibt's ein prima Café. Ich weiß nicht, wie es mit Ihnen ist, aber eine Tasse Tee und ein Schinkensandwich wären mir jetzt gerade recht.«

»Mir auch.«

Einige Augenblicke später bog Barry auf den Parkplatz ein, auf dem mehrere Laster und ein paar Autos standen. Neben dem Café gab es noch eine Tankstelle und eine Werkstatt, die *Patrick Murphy & Son* gehörte, wie man dem Firmenschild entnehmen konnte.

Dillon lenkte den Toyota zwischen zwei Laster und stellte den Motor ab. »Ich sehe mal nach, was los ist«, sagte Hannah. »Ich muß sowieso zur Toilette.«

Sie stieg aus und eilte durch den Regen davon. »Wirklich eine prima Frau«, meinte Devlin.

»Sie hat mir mal das Leben gerettet und dabei selbst eine Kugel abgekriegt«, berichtete Dillon.

»Mein Gott, so ein nettes jüdisches Mädchen wie sie.«

»Dabei fällt mir ein, was Ferguson mir erzählt hat, kurz nachdem sie Norah Bell erschossen hatte. Dieses Miststück hatte mich zweimal in den Rücken gestochen. Damals hat sie zu ihm gesagt: ›Ich bin ganz und gar kein nettes jüdisches Mädchen; wenn schon, dann eine Jüdin aus dem Alten Testament!«

Devlin lachte. »Das ist gut. Wenn ich nicht fünfundsiebzig wäre, würde ich mich glatt in sie verlieben.«

»Fünfundsiebzig? Du bist wirklich ein unverschämter Lügner.«

Hannah kam zurück und beugte sich zum Fenster hinunter. »Sie sitzen an einem Tisch, und Barry hat eben eine Bestellung bei der Kellnerin aufgegeben. Wissen Sie, ich mußte gerade daran denken, was Sie gesagt haben, Liam – daß wir hier in der Gegend auffallen wie bunte Hunde. Das gilt aber vor allem für Sie. Falls sich zeigt, daß unsere Freunde wirklich nach Scotstown wollen, würde zum Beispiel dieser Kevin Stringer Sie und Sean natürlich gleich identifizieren.«

»Könnte sein. Ich war recht gut bekannt in dieser Gegend, hauptsächlich weil ich in diesem Landkreis geboren worden bin.« Er zog eine Grimasse. »Manchmal ist es die Hölle, eine lebende Legende zu sein.«

»Aber ich«, sagte Hannah, »bin bloß eine englische Touristin, oder könnte es zumindest sein. Hier in der Werkstatt kann man Autos mieten. Geben Sie mir meine Schultertasche, dann erkundige ich mich mal. Falls unsere Freunde weiterfahren, bevor ich fertig bin, fahren Sie einfach hinterher. Ich folge Ihnen die Küstenstraße entlang in Richtung Drumdonald und Scotstown. Ich werde Sie schon finden.«

Devlin reichte ihr die Tasche. »Dann los, Mädchen.«

Ein Mechaniker arbeitete in der Werkstatt an einem Wagen; in einem Büro mit gläsernen Wänden saß ein kleiner Mann in einem Tweedanzug, der aufstand und herauskam.

»Patrick Murphy«, grüßte er. »Was kann ich für Sie tun, Miß?«

»Ich bin mit ein paar Freunden unterwegs, die allerdings zurück nach Belfast wollen und mich hier abgesetzt haben, weil uns jemand in Warrenpoint erzählt hat, Sie vermieteten Autos.«

»Das stimmt. Für wie lange bräuchten Sie denn eins?«

»Zwei oder drei Tage. Ich will ein bißchen die Küste entlang fahren und mir die Gegend anschauen.«

»Na ja, irgendwelche Superschlitten kann ich Ihnen nicht anbieten, aber da drüben steht ein Renault, falls Sie nichts gegen einen französischen Wagen haben.«

»Überhaupt nicht.«

Sie folgte ihm durch die Garage. »Frisch gewartet und vollgetankt«, versicherte er.

»Wunderbar.« Hannah schmückte ihre Geschichte noch ein wenig aus. »Wenn ich zurückkomme, müßte ich anschließend weiter nach Belfast.«

»Kein Problem. Ich betreibe auch einen Taxiservice. Wir bringen Sie nach Warrenpoint, dort können Sie dann einen Zug nehmen. Also, wenn Sie mir Ihren Führerschein geben, machen wir die Sache klar. Wie wollen Sie übrigens zahlen?«

Sie öffnete ihre Handtasche, nahm den Führerschein heraus und überprüfte ihre Karten. »Wäre American Express recht?«

Er lächelte. »Sicher, damit ist man überall dabei, wie es in der Werbung immer heißt.«

Sie fuhr gerade aus der Garage, als Barry und Sollazo auf den Kombi zugingen. Hannah bog hinter den Toyota ein und drückte kurz auf die Hupe. Dillon wandte sich um, hob eine Hand und bedeutete ihr, vorauszufahren. Sie folgte dem Kombi auf die Straße, und kurz darauf reihte sich der Toyota ebenfalls in den Verkehr ein.

In Scotstown gab es lediglich dreißig oder vierzig Häuser, die Mole und rund ein Dutzend Fischerboote im Hafen. Es regnete, und der dichte Nebel verstärkte noch den ziemlich trostlosen Eindruck. Hannah hielt oberhalb des Dorfs auf einer bewaldeten Anhöhe und sah von dort aus den Kombi auf den Parkplatz des Pubs fahren. Etwas später hielt auch der Toyota, und die beiden Männer stiegen aus.

»Lange her, seit ich hier war«, sagte Dillon. »Aber ich hatte recht. Da unten liegt die Kneipe, und falls sie immer noch Kevin Stringer gehört, gilt Jack Barrys Besuch ihm.«

»Schauen wir uns mal den Hafen an.« Devlin hob das Fernglas. »Nur ein paar Fischerboote ... Nein, Sekunde, da draußen liegt so eine Art Motorbarkasse vor Anker. Das sieht mir nicht nach Zufall aus. Schau mal.«

Dillon spähte durch das Glas. »Könnte gut sein.«

»Bestimmt.«

Hannah nahm Dillon das Fernglas ab. »Ja, Sie haben recht, Liam, aber das müssen wir uns näher ansehen. Ich gehe mal in den Pub und spiele ein bißchen die Touristin. Ich könnte sowieso eine schöne Tasse Tee und ein Sandwich vertragen.«

»Und wir sollen verhungern?« fragte Dillon.

»Ja, die Welt ist nun mal ungerecht, Dillon.« Hannah stieg in den Renault und fuhr davon.

Kevin Stringer hatte seine Besucher ins Hinterzimmer des Loyalist geführt und umarmte Barry. »Jack, ich kann dir gar nicht sagen, wie schön es ist, dich zu sehen.«

»Ich freu' mich auch, Kevin. Das ist mein Partner, Mr. Sollazo aus New York. Du hast ein Boot gefunden?«

»Jawohl, die *Avenger*, eine Motorbarkasse, die ein Freund von mir gekauft hatte, um oben an der Küste Haifische zu fangen; bloß verzogen sich dann die Haie auf Nimmerwiedersehen.«

Sollazo lachte laut auf. »Das gefällt mir.«

»Wie weit wollt ihr damit?« fragte Stringer.

»Rathlin Island«, sagte Barry. »Lebt dort heute noch jemand?«

»Seit Jahren schon nicht mehr.«

»Wie weit ist es?«

»Nur drei oder vier Meilen.«

»Gut, das sehen wir uns mal an.«

»Schön, aber eßt und trinkt vorher eine Kleinigkeit.«

»Essen kann man neuerdings bei dir auch, was?« fragte Barry.

»Wir müssen alle sehen, wie wir über die Runden kommen, Jack, und die Zeiten ändern sich. Durch den Friedensprozeß gibt's hier jetzt wieder mehr Touristen, beispielsweise Amerikaner wie Mr. Sollazo. Ich habe jetzt sieben Fremdenzimmer. Im Sommer war ich die meiste Zeit über ausgebucht. Aber nun kommt. Es gibt das beste Irish stew im ganzen Land.«

In der Bar waren nur einige wenige Gäste. Barry und Sollazo saßen an einem Tisch am Fenster, aßen Kanincheneintopf und tranken Guinness, und Hannah Bernstein spielte an der Theke dem Barmann die nervöse Touristin vor.

»Könnte ich vielleicht eine Kleinigkeit zu essen bestellen?«

Kevin Stringer eilte herbei. »Was immer Sie wünschen«, lächelte er dienstbeflissen.

»Ach, Salat wäre schön.«

»Kein Problem. Schauen Sie sich die Gegend hier an?«

»Ja, genau.«

»Und was möchten Sie trinken?«

»Einen Wodka-Lemon vielleicht.«

»Kommt sofort. Setzen Sie sich schon mal.«

Von einem Ständer an der Tür holte Hannah sich eine der dort ausliegenden Zeitungen und ließ sich an einem Tisch am anderen Ende des Raums nieder. Barry hatte ihr den Rücken zugewandt, doch Sollazo musterte sie interessiert. Sehr hübsch, dachte er. Für Frauen mit Brille hatte er merkwürdigerweise schon immer eine Schwäche gehabt.

Eine Stunde später gingen Sollazo und Barry mit Stringer hinunter zum Hafen; dort lag ein grünes Schlauchboot mit Außenbordmotor bereit.

»Los geht's.«

Sollazo und Barry stiegen ein, Stringer startete den Motor, und Hannah, die ihnen vom Pub aus gefolgt war, sah die Männer davonfahren.

Von der Anhöhe aus verfolgte Devlin durch das Fernglas ihre Fahrt. »Ich hatte recht«, meinte er zufrieden. »Sie wollen zu diesem Boot. Jetzt gehen sie an Bord. Schau selbst.«

Dillon beobachtete kurz die drei Männer, ehe er das Glas auf die Mole richtete und Hannah Bernstein suchte. »Paß auf, Mädchen, paß auf dich auf«, sagte er leise.

Stringer zeigte Barry und Sollazo die ganze *Avenger*. »Eine Kabine, zwei Kojen, dazu sind in der Kabine Bänke, aus denen man zwei weitere Kojen machen kann; die Bordküche, Toilette – das wär's.« Zuletzt kamen sie ins Steuerhaus.

»Mir scheint, der Kahn hat schon bessere Tage gesehen«, meinte Sollazo.

»Das Äußere ist nicht alles. Das Boot sieht zwar schäbig aus, aber der Rumpf ist aus Stahl und von Akerboon gebaut; sie hat einen kräftigen Benzinmotor, Doppelschrauben und macht satte fünfundzwanzig Knoten. Außerdem gibt's ein Echolot, Radar und automatische Steuerung – alles, was Sie brauchen.«

Barry wandte sich an Sollazo. »Sind Sie zufrieden?«

»Klingt nicht übel.«

Barry nickte. »Gut, Kevin, wir laden die Sachen aus dem Kombi in deiner Garage ab. Du bringst das Zeug später an Bord. Wir fahren nach Dublin zurück und kommen morgen Vormittag wieder, um in See zu stechen.«

»Ist in Ordnung, Jack.«

Sie gingen zur Reling, und Sollazo sprang ins Schlauchboot. »Ist eine wichtige Sache, nicht wahr, Jack?« fragte Stringer eifrig. »Ich meine, für die Bewegung. Geht's wieder los, wie in den alten Tagen?«

»Ich weiß, was du meinst, Kevin«, sagte Barry. »Zur Hölle mit dem Frieden.«

Hannah hielt neben dem Toyota auf der Anhöhe außerhalb des Dorfs. »Sie sind wieder in den Pub zurückgekommen.«

Dillon schaute durch das Fernglas. »Der Kombi fährt gerade ab. Na, macht nichts, es gibt nur eine Straße, die sie nehmen können. Wir holen sie schon ein.«

»Daß sie jetzt fahren, heißt, daß sie ein andermal wiederkommen wollen«, sagte Devlin.

»Und ich denke, ich sollte solange hier bleiben, um zur Stelle zu sein«, meinte Hannah. »Haben Sie zufällig irgendeine Tasche in Ihrem Wagen, Liam?«

»Habe ich tatsächlich.« Devlin öffnete den Kofferraum des Toyota und holte eine große Reisetasche heraus. »Ist bloß leider leer.«

»Das macht nichts. Ich nehme mir ein Zimmer im Loyalist und spiele die Touristin, bis die Kerle wiederkommen.«

»Und wir mit ihnen«, sagte Dillon.

Devlin legte ihr seine Hände auf die Schultern. »Passen Sie auf sich auf. Es wäre schade, wenn Ihnen was passiert.«

»Keine Sorge.« Sie griff nach ihrer Umhängetasche. »Ich bin bewaffnet.«

»Hannah, Sie sind ein Prachtmädchen.« Dillon küßte sie auf beide Wangen und danach ganz sanft auf den Mund.

Verblüfft schaute sie ihn an. »Aber Dillon, das war ja eine Premiere.« Damit stieg sie in den Wagen und fuhr los.

Zehn Minuten später führte ein begeisterter Kevin Stringer Hannah in ein Zimmer mit Blick auf den Hafen. »Und wie lange möchten Sie bleiben?«

»Zwei Nächte, vielleicht drei. Ich komme aus Belfast und fahre nur so durch die Gegend.«

»Eine tolle Stadt. Wir haben hier bloß ganz schlichte Zimmer, aber das Bad und so weiter ist direkt nebenan.«

»Wunderbar.«

»Dann bis später. Um sieben gibt's Abendessen, wenn Sie mögen.«

Dillon hatte innerhalb von fünfzehn Minuten den Kombi eingeholt und folgte ihm mit einigem Abstand. »Was meinst du, was sie vorhaben?«

»Das war nur ein kleiner Ausflug, um sich das Boot anzuschauen. Vielleicht haben sie auch schon die Taucherausrüstung abgeladen. Jetzt geht's wieder nach Ballyburn. Später werden sie mit den anderen zurückkommen, vielleicht schon morgen.«

»Und wir folgen ihnen. Aber was dann?«

»Das liegt an dir und deiner jungen Kollegin. Sie hat die polizeiliche Vollmacht, Sean. Scotstown liegt in Ulster, und das gehört zum Vereinigten Königreich.« Devlin lehnte sich zurück. »Vielleicht müßt ihr ein bißchen mit der Knarre nachhelfen, wer weiß, aber dabei halte ich mich raus. Ich werde allmählich zu alt, Sean. So schnell mit dem Finger am Abzug wie ich mal war, bin ich nicht mehr.«

»Blödsinn«, sagte Dillon.

»Ich habe das meine getan. Viel Glück und Gott schütze dich, aber mich laßt da raus.«

Es war fast vier Uhr. Kathleen stand in der Küche am Herd, Ryan saß am Tisch, und Mori hielt sich im Wohnzimmer auf.

»Sie müßten in einer Stunde zurück sein«, meinte sie nach einem Blick auf die Uhr. »Falls wir es wirklich machen wollen, dann jetzt.«

»Wenn du denkst, es klappt?«

»Ich glaube schon, Onkel Michael. Bei drei von diesen Tabletten bekommst du die Symptome eines Angina-Anfalls, und die Wirkung wird gerade richtig einsetzen, wenn Barry und Sollazo wieder da sind. Jack Barry läßt dich bestimmt nicht einfach hier liegen und sterben; so ist er nicht.«

»Du meinst, daß du hoffst, daß er nicht so ist.«

»Schau, selbst wenn sie nichts unternehmen würden, sind die Symptome in ein paar Tagen wieder abgeklungen, das hat Dr. Sieed mir gesagt. Andererseits ist das unsere große Chance, falls Barry auf mich hört und dich in ein Krankenhaus bringt.«

Er überlegte schweigend und lachte dann. »Ach, zum Teufel, was haben wir schon zu verlieren?« Kathleen öffnete das Fläschchen, ließ drei Tabletten in ihre Hand gleiten, holte ein Glas Wasser und reichte es ihm.

»Dann mal los, Onkel Michael.«

Eine halbe Stunde später setzten die Symptome ein. Ryan saß am Küchentisch, hatte den Kopf in die Hände gestützt und schwitzte immer stärker; fünfzehn Minuten darauf begann er zu zittern.

»Mori!« rief Kathleen. »Kommen Sie mal!«

Der Sizilianer erschien in der Tür. »Was ist los?«

»Er hat wieder einen Anfall. Bringen Sie ihn ins Wohnzimmer aufs Sofa.«

Mori half Ryan aufzustehen und führte ihn ins Wohnzimmer. Kathleen folgte ihnen mit einem Glas Wasser. Ryan sah schrecklich aus. Sein Gesicht war grau, und zum erstenmal kamen ihr Bedenken.

»Trink das, Onkel Michael.« Sie hielt ihm das Glas an die Lippen. Er zitterte immer stärker. So schlimm hatte sie es sich nicht vorgestellt. In diesem Moment kam Barry ins Zimmer, gefolgt von Sollazo.

»Um Himmels willen, was ist los?«

»Er hat wieder einen Angina-Anfall«, sagte sie. »Er muß in ein Krankenhaus.«

»Seien Sie nicht albern. Das ist völlig ausgeschlossen.«

Barry kniete sich vor Ryan und legte eine Hand auf seine Stirn. »Ihm geht's wirklich schlecht. Bringen Sie ihn in den Kombi«, befahl er Mori und wandte sich an Sollazo. »Keine Sorge. Kurz vor Dublin gibt es eine Privatklinik, wo wir schon seit Jahren unsere Leute behandeln lassen. Anständige Ärzte, bestens ausgestattet. Wir bringen ihn dorthin. Sind nur fünfundzwanzig Minuten.«

Devlin stand neben dem Toyota und beobachtete durch sein Fernglas das Farmhaus. »Irgendwas ist da los. Sollazo und dieser Mori haben gerade Ryan aus dem Haus gebracht. Sieht aus, als ob sie ihn stützen müßten.«

»Gib mir mal.« Dillon nahm das Glas. »Sie steigen in den Kombi, auch Barry und Kathleen. Machen wir uns besser bereit, ihnen zu folgen.«

Er setzte sich hinter das Steuer, und Devlin nahm auf dem Beifahrersitz Platz. Kurz darauf bog der Kombi auf die Straße ein.

Im Dorf gab es zwar eine Telefonzelle, sie war jedoch außer Betrieb. Da Hannah mit Ferguson sprechen mußte, kehrte sie in den Pub zurück und ging hinauf in ihr Zimmer. Was blieb ihr übrig, als es einfach zu riskieren? Das Telefon funktionierte nach dem üblichen System, deshalb drückte sie die neun, um eine Verbindung nach draußen zu erhalten, und wählte Fergusons Nummer im Verteidigungsministerium.

Es war Pech, daß Kevin Stringer gerade im Büro mit der Buchführung beschäftigt war und bei der ziemlich langen Nummer neugierig wurde. Er griff nach dem Zentraltelefon und hob vorsichtig ab.

»Brigadier Ferguson? Hier Chief Inspector Bernstein.«

»Ja, hier Ferguson«, hörte Stringer eine Stimme antworten. »Was ist los, Chief Inspector?«

»Ich bin zur Zeit im ›Loyalist‹ in Scotstown an der Küste von Down. Wir sind Barry und Sollazo hierher gefolgt. Sie haben Taucherausrüstung auf ein Boot im Hafen gebracht und sind dann wieder zu Barrys Farm gefahren, wo sich auch die Ryans aufhalten. Dillon und Devlin sind ihnen gefolgt.«

»Sie erwarten, daß sie zurückkommen?«

»Vielleicht schon morgen. Ich bleibe hier und spiele die englische Touristin.«

»Um Himmels willen, passen Sie auf sich auf.«

»Mache ich das nicht immer?«

Sie legte den Hörer auf. Stringer war einen Moment wie vom Donner gerührt, dann wählte er hastig Barrys Nummer in Ballyburn, doch dort hob niemand ab. Er überlegte und holte schließlich eine Browning aus seiner Schreibtischschublade.

Hannah hörte das leise Geräusch, als sich die Tür öffnete. Sie drehte sich um und sah Stringer mit der Browning in der Hand.

»Chief Inspector, so, so? Was ist das hier für ein Spielchen, Lady?«

14

Roselea Privatklinik stand auf einem Schild neben der Zufahrt, in die der Kombiwagen einbog. Dillon hielt auf der gegenüberliegenden Straßenseite an.

»Was, zum Teufel, ist da los?«

»Keine Ahnung«, meinte Devlin, »aber ich habe den Eindruck, daß es irgendwas ist, womit niemand gerechnet hat.«

Mori, Sollazo und Barry warteten gemeinsam mit Kathleen, die sich ziemlich elend fühlte. Barry legte tröstend einen Arm um sie.

»Keine Sorge, wird schon alles wieder. Dr. Ali Hassan, der diese Klinik leitet, ist ein hervorragender Arzt.« Er versuchte einen Scherz zu machen. »Ein ägyptischer Ire. Er hat in den letzten zwanzig Jahren mehr IRA-Leute mit Schußwunden wieder zusammengeflickt als alle anderen Ärzte im ganzen Land Blinddärme operiert haben.«

»Sie können das nicht verstehen, aber es ist bloß meine Schuld.«

»Jetzt seien Sie nicht albern, Mädchen, Ihr Onkel hat's doch schon lange mit dem Herzen, das wissen Sie so gut wie ich.«

Hassan, ein kleiner, dunkelhäutiger Araber, der einen weißen Kittel und um den Hals ein Stethoskop trug, kam zu ihnen.

»Wie geht es ihm?« fragte Barry.

»Nicht gut, gar nicht gut.« Er wandte sich an Kathleen. »Ihr Onkel leidet an Angina pectoris? Das hat er mir zumindest erzählt.«

»Ja.«

»Aber dieser Anfall ist ungewöhnlich schwer. Ich verstehe das gar nicht. Welche Medikamente bekommt er?«

»Dazane.«

»Guter Gott, er hat doch nicht etwa zu viel davon genommen?« Sie starrte ihn nur mit wachsbleichem Gesicht an. »Könnte das sein?« fragte er eindringlich.

Sie nickte zögernd. »Um vier Uhr drei Tabletten.«

»Ach, du lieber Gott.« Hassan wandte sich um und rannte den Flur entlang. Kathleen, Barry und Sollazo folgten ihm; nur Mori blieb am Empfang zurück.

Durch ein Fenster beobachteten Kathleen, Barry und Sollazo bestürzt, wie Ryan sich in einem Bett auf der Intensivstation in Krämpfen wand, während Hassan und ein Pfleger ihm zu helfen versuchten. Plötzlich stieß er ein schreckliches Gurgeln aus, richtete sich auf und sank leblos zurück.

Hassan kam zu ihnen. »Ich bedaure sehr – aber er ist leider gestorben.«

Verzweifelt schlug Kathleen auf ihn ein. »Das ist nicht wahr! Das ist nicht möglich!«

Barry hielt sie fest. »Ruhig, Mädchen, es ist nicht Ihre Schuld.«

»Doch, das ist es! Ich bin ausgebildete Krankenschwester und hätte es besser wissen müssen. Ich habe mich in meinem alten Krankenhaus in Green Rapids erkundigt. Die Ärztin hat mir gesagt, bei drei Dazane würde er einen Anfall bekommen, aber sich nur ein paar Tage schlecht fühlen. Darauf bauten wir unseren Plan auf, verstehen Sie? Sie würden ihn ins Krankenhaus bringen müssen, und wir hätten eine Chance, zu entkommen.«

Sie brach völlig zusammen. Barry winkte Sollazo. »Bringen Sie sie zum Wagen. Ich komme gleich nach.« Sollazo führte sie hinaus.

»Sie sind immer ein guter Freund der IRA gewesen, Ali, dafür sind wir Ihnen sehr dankbar«, sagte Barry. »Diese Sache ist jetzt wieder so ein spezieller Fall.«

»Ich verstehe, Jack.«

»Lassen Sie ihn heute abend ins Krematorium bringen und verbrennen. Kein Name, keinen Totenschein.«

»Wie Sie wollen.«

»Ich danke Ihnen.«

Dillon und Devlin beobachteten, wie der Kombi davonfuhr. »Nur drei«, sagte Dillon, »und das Mädchen. Aber kein Ryan. Was geht da vor?«

»Ich kenne dieses Haus. Ist ein Unterschlupf für Leute der IRA. Wird von einem verdammt guten Chirurgen geleitet, einem Ägypter namens Ali Hassan. Vielleicht sollten wir ihm einen Besuch abstatten?«

Ali Hassan saß in seinem Büro, in dem nur die Schreibtischlampe brannte, und schaute sich um, als er merkte, daß die Tür sich öffnete.

»Hallo, Ali«, grüßte Devlin. »Erinnern Sie sich noch an mich? Liam Devlin. Sie haben mir vor achtzehn Jahren mal eine Kugel rausgeholt.«

»Ach ja, Mr. Devlin.«

»Und das ist ein Freund von mir, Sean Dillon, der genausoviel für unsere Sache getan hat wie ich.«

»Mr. Dillon«, nickte Hassan unsicher.

»Einige Leute, die wir kennen, haben vorhin einen Mr. Ryan hergebracht«, sagte Dillon. »Sie sind ohne ihn wieder weg. Wie kommt das?«

»Da müssen Sie sich irren«, log Hassan verzweifelt.

Dillon zog seine Walther. »Na, das glaube ich nicht so ganz. Denken Sie besser noch mal gründlich nach.«

Ali Hassan erzählte ihnen, was geschehen war.

Während Kathleen im Schlafzimmer weinend im Bett lag, saßen Barry, Sollazo und Mori im Wohnzimmer der Farm bei einem Whiskey, als das Telefon läutete.

»Gott sei Dank, daß du da bist, Jack«, sagte Stringer. »Es ist was passiert.«

Barry hörte ihm schweigend zu und erwiderte schließlich: »Halt sie fest, Kevin, wir sind schon unterwegs.«

»Mache ich, Jack.«

Barry legte den Hörer auf und wandte sich an Sollazo. »Erinnern Sie sich an die Frau mit Brille, die heute Mittag im Loyalist saß?«

»Klar«, nickte Sollazo. »Eine gutaussehende Lady in einem Hosenanzug von Armani.«

»Sie ist nicht nur ein Detective Chief Inspector, sie arbeitet außerdem auch noch für Brigadier Charles Ferguson, dem Sicherheitsexperten des Premierministers. Und raten Sie mal, wer sein Mann für besondere Fälle ist? Sean Dillon!«

»Herrgott«, sagte Sollazo. »Was machen wir jetzt?«

»Wir verschwinden schleunigst. Fragen Sie mich nicht, was da läuft, weil ich's nicht weiß, aber wir fahren sofort nach Scotstown und machen uns morgen früh auf die Suche nach der *Irish Rose.*« Er wandte sich an Mori. »Holen Sie das Mädchen.«

Mori blickte seinen Boß an, und Sollazo nickte. »Tu, was er sagt.«

Devlin und Dillon saßen in ihrem Toyota und sahen den Kombi davonfahren. »Jetzt geht's auf nach Scotstown«, meinte Devlin. »Ich könnte mir vorstellen, daß Ryans unglückliches Ableben die Dinge etwas beschleunigt hat.«

»Dann machen wir uns besser auch auf den Weg.«

»Kein Grund zur Eile, Sean, wir fahren zuerst zu mir. Immerhin weißt du ja, wohin sie wollen.«

In seinem Haus in Kilrea saß Devlin mit einem Bushmills neben dem Kamin, während Dillon den Knöchelhalfter mit seiner Ersatzwaffe an seinem Bein befestigte, ehe er die Walther hinten in den Hosenbund steckte.

»Mir waren die Walther-Pistolen auch immer am liebsten«, sagte Devlin. »In der Schreibtischschublade liegt noch eine. Hol sie dir mal und steck sie in deine Tasche.«

»Warum denn das?«

»Sean, mein Junge, ich bin zu alt und wäre dir bloß hinderlich, wenn es zu einer Schießerei kommt, deshalb bist du auf dich allein gestellt. Aber einen guten Rat kann ich dir wenigstens geben. Du hast eine Waffe in der Tasche, die Barry bei einer Durchsuchung leicht finden würde. Dann würde er hinten in deinem Gürtel nachsehen, weil er genau weiß, daß du dort immer eine trägst, und die zweite Walther finden. Damit dürfte er zufrieden sein – und du hättest noch die Waffe im Knöchelhalfter.« Devlin lächelte. »Allerdings sind das nur Gedankenspielereien. Vielleicht hat Barry gar nicht die Gelegenheit, dich zu durchsuchen, doch wer weiß das schon?«

»Gott segne dich, Liam, du bist wirklich der Beste.«

»Mach ihnen die Hölle heiß«, sagte Liam Devlin. »Und jetzt los mit dir. Ich rufe in der Zwischenzeit Ferguson an und setze ihn über alles ins Bild.«

Stringer hatte Hannah Bernstein in das kleine Hinterzimmer des Pubs gesperrt, dessen Fenster vergittert waren. Mehr schlecht als recht schlief sie auf einem Sofa, als sie um vier Uhr morgens durch ein Auto geweckt wurde, das in den Hof einbog. Draußen waren Stimmen zu hören, und nach einer Weile öffnete sich die Tür.

Stringer kam herein, gefolgt von Barry, Sollazo, Mori und Kathleen, die bleich und bedrückt aussah.

Stringer nahm Hannahs Pistole aus seiner Tasche und reichte sie Barry. »Die hatte sie bei sich.«

Barry steckte die Waffe ein. »Also, Chief Inspector Hannah Bernstein, Sie arbeiten für diesen alten Hund Charlie Ferguson?«

»Wenn Sie meinen.«

»Allerdings. Unvorsichtig von Ihnen, ihn einfach anzurufen, wenn so ein neugieriger Kerl wie Kevin im Büro sitzt und mithört.

»Wir machen alle mal Fehler.«

»Sie haben Devlin und Sean Dillon erwähnt. Demnach schnüffeln die beiden also ebenfalls hier herum, oder?«

»Schauen Sie, Mr. Barry, es ist vorbei, merken Sie das nicht? Der amerikanische Geheimdienst ist hinter Mr. Sollazo her, und selbst das Weiße Haus hat sich eingeschaltet.«

»Das ist eine Lüge«, sagte Sollazo. »Das kann gar nicht sein.«

»Die Behörden wissen alles. Was meinen Sie denn, warum

Brigadier Ferguson mit dieser Sache betraut wurde? Weder im Weißen Haus noch in der Downing Street wird man einfach zusehen, wie das Gold in falsche Hände gerät. Sollazo ist aus reiner Habgier an dieser Sache interessiert, Mr. Barry, Sie jedoch nicht. Mit solch einer Summe könnte die Provisional IRA nötigenfalls bis in alle Ewigkeit weitermachen.«

»Erschießt die Schlampe«, sagte Kathleen Ryan dumpf.

»Soll ich?« fragte Mori.

»Nein, sie könnte uns als Geisel noch ganz nützlich sein.« Barry schüttelte den Kopf. »Also, daß dieser alte Fuchs Liam Devlin mich so zum Narren hält! Aber warum? Warum Liam?«

»In der heutigen Zeit, Mr. Barry, dreht sich alles um den Frieden«, erwiderte Hannah. »Und die meisten wollen ihn.«

»Schluß jetzt mit dieser höflichen Plauderei«, befahl Sollazo. »Wie geht's nun weiter?«

»Vielleicht sollten wir schleunigst abhauen, solange wir noch können«, meinte Mori.

»Ach was«, entgegnete Barry. »Ich vermute, daß Ferguson den Chief Inspector und Dillon losgeschickt hat, um ein bißchen herumzuschnüffeln, und daß Devlin sozusagen der Fremdenführer war, da er sich in der Gegend auskennt. Bestimmt sind weder die Polizei noch andere Behörden informiert. Sie wollten sicher nur herausfinden, wo die *Irish Rose* liegt, damit ein Bergungsteam der Royal Navy sie heben kann.«

»Es ist sowieso aus«, sagte Sollazo bitter. »Sie wissen, wo wir sind.«

»Ja, aber sie wissen immer noch nicht, wo die *Irish Rose* ist. Ich schlage vor, wir fahren bei Tagesanbruch los und tauchen. Wenn man an das Gold rankommt, könnten wir wenigstens ein paar Barren raufholen und uns damit aus dem Staub machen. Eine Million, zwei Millionen – für die Arbeit eines Morgens.«

Sollazo lächelte. »Verdammt, warum eigentlich nicht? Ich habe mein ganzes Leben lang immer auf Risiko gespielt. Aber was ist mit Dillon und diesem Devlin?«

»Liam Devlin war einmal der Beste im Gewerbe, allerdings ist er inzwischen fünfundachtzig. Auf der Hut sein müssen wir nur vor Dillon.«

»Kein Problem«, versicherte Mori.

»Ja, das gäbe sicher einen interessanten Zweikampf, aber ich denke, mit Frau Chief Inspector haben wir eine ganz hervorragende Geisel, falls Dillon und Devlin auf der Bildfläche erscheinen.« Er wandte sich an Stringer. »Also, Kevin, mach uns ein Frühstück, damit wir bei Tagesanbruch los können. Du hältst hier die Stellung.«

Ferguson besprach mit Blake Johnson telefonisch die neueste Entwicklung. »Was geschieht jetzt, da Ryan tot ist?« fragte der Amerikaner. »Am Ende kennt nun niemand mehr die Position des Schiffs?«

»O doch, sonst wären sie nicht wieder nach Scotstown gefahren. Chief Inspector Bernstein ist als Touristin getarnt dort, wie ich Ihnen ja erzählt habe, und Dillon hat sich an die Fersen der Bande geheftet. Er ist ein findiger und überaus gerissener Bursche, auf den wir uns verlassen können, das weiß ich aus Erfahrung. Er wird schon herauskriegen, wo diese verdammte Fähre liegt.«

»Und dann?«

»Ist die Royal Navy dran. Wird eine ganz diskrete Angelegenheit und aussehen wie eine Übung.« Er lachte. »Eins ist wenigstens sicher – eine ordentliche Bergungsoperation können unsere Freunde jetzt nicht mehr vornehmen.«

»Der Präsident wird sich freuen, das zu hören.«

»Der Premierminister ebenfalls, wenn ich es ihm morgen früh erzähle. Ich halte Sie natürlich über die weitere Entwicklung auf dem laufenden.«

»Dafür wäre ich sehr dankbar.«

Ferguson, der am Kamin in seiner Wohnung saß, legte den Hörer auf, ging zur Hausbar und schenkte sich einen großen Whiskey ein.

»Auf geht's, Dillon«, sagte er leise. »Machen Sie diese Gauner fertig.«

Dillon hatte seinen Toyota auf der Anhöhe außerhalb des Dorfs in einem Waldstück geparkt. Mit dem Fernglas musterte er den Gasthof und schaute dann zur *Avenger* hinüber, die draußen im Hafen vor Anker lag.

»Und wo stecken Sie, liebste Hannah? Immer noch im Bett zu dieser frühmorgendlichen Zeit?« sagte er leise.

Der Tag dämmerte rasch herauf, aber es regnete unaufhörlich, und der feuchte Nebel machte alles noch trostloser. Er zündete sich eine Zigarette an und überlegte, wie er vorgehen sollte, als die Eingangstür des Loyalist geöffnet wurde. Sollazo und Mori führten Hannah Bernstein hinaus; ihnen folgten Kathleen und Jack Barry, der noch einige Worte mit Stringer wechselte, ehe der Wirt wieder hineinging.

»Heilige Muttergottes!« Dillon verfolgte mit dem Fernglas, wie sie in das grüne Schlauchboot stiegen und davonfuhren. Rasch sprang er in den Toyota und startete den Motor.

Kevin Stringer machte sich in der Küche gerade eine Kanne Tee, als er das leise Knarren der Hintertür hörte und sich umwandte.

»Lieber Gott, du bist es, Sean«, sagte er, und seine Kehle wurde trocken.

»Lange her, Kevin«, lächelte Dillon. »Also, was ist hier los?«

»Was meinst du?«

Dillon zog die Walther aus seiner Tasche. »Dieses Ding macht kaum einen Laut, und du kennst mich. Wenn du nicht gern an Krücken gehen willst, rede.«

»Bitte, Sean, ich hab' mit der Sache nichts zu tun. Ich hab' nur gelauscht, als die Frau mit einem Brigadier Ferguson telefonierte. Sie hat sich Chief Inspector genannt und auch dich und Liam Devlin erwähnt.«

»Dann ist also, wie es in schlechten Filmen heißt, alles aufgeflogen.«

»Michael Ryan ist tot«, sagte Stringer. »Ein Herzanfall.«

»Das weiß ich, und alles andere ebenfalls. Sie wollen raus zur *Irish Rose*?«

»Ja.«

»Und Chief Inspector Bernstein?«

»Jack hat gesagt, sie sei eine ganz nützliche Geisel, falls du auftauchst. Die kleine Ryan und dieser Mori wollten sie lieber gleich umbringen.«

»Ach so? Na, das können wir doch nicht zulassen, oder? Deshalb gehen wir zwei jetzt mal schleunigst runter zur Mole, ehe sie abfahren.«

Barry stand am Steuer der *Avenger*, die beiden Frauen saßen auf der Bank neben ihm, und Mori war mit Sollazo gerade dabei, den Anker zu lichten, als Stingers Stimme über das Wasser hallte.

»Jack! Dillon ist hier.«

»Jesus, Maria und Josef!« Jack Barry stellte den Motor ab und verließ das Steuerhaus. Sollazo und Mori traten zu ihm an die Reling. »Bist du's wirklich, Sean?«

»Wer sonst?« rief Dillon zurück. »Wir müssen mal miteinander reden.«

»Ich komme rüber.« Barry wandte sich an Mori. »Lassen Sie das Schlauchboot zu Wasser.« Er schüttelte den Kopf. »Dieser verrückte Kerl.«

»Das klingt fast, als ob Sie ihn mögen«, sagte Sollazo.

»Er war wie ein Sohn für mich. Was für eine tolle Zeit haben wir in den großen Tagen in Derry zusammen erlebt – und dabei so manch hübschen Tanz mit den britischen Soldaten aufgeführt.«

»Ziemlich mickrig, der Kleine«, meinte Mori abfällig.

Barry sprang ins Schlauchboot. »An seinem schlechtesten Tag und an Ihrem besten wären Sie ihm nicht gewachsen.«

Er legte ab und startete den Außenbordmotor.

Dillon zündete sich eine Zigarette an. »Du siehst gut aus, Jack. Scheint dir bestens ergangen zu sein in den letzten Jahren.«

»Dir noch besser, du Teufelsbraten. Wo steckt Liam Devlin?«

»Wieder daheim in Kilrea. Mit fünfundachtzig ist er ein bißchen zu alt für solche Abenteuer.«

»War der beste überhaupt zu seiner Zeit.«

»Ja, und was machen wir jetzt?« fragte Dillon. »Es ist aus, Jack, das ist dir doch klar.«

»Stimmt nicht so ganz, Sean. Wenn wir das Wrack finden, woran kein Zweifel besteht, haben wir auch die Goldbarren.« Er zuckte die Schultern. »Die Arbeit eines Vormittags könnte uns eine Million, vielleicht sogar zwei einbringen. Das ist nicht zu verachten.«

»Du warst immer schon ein praktisch denkender Mann«, nickte Dillon. »Geht es Hannah Bernstein gut?«

»Aber ja. Eine vielseitige Dame, gefällt mir.«

»Dann laß sie gehen. Nimm mich statt dessen.«

»Warum sollte ich?«

»Oh, ich habe so meine Talente, das weißt du ja noch von früher. Ich kann ein Flugzeug fliegen, Jack, aber ich bin auch der verdammt beste Taucher, den du je gesehen hast. Für die Israelis habe ich im Hafen von Beirut sogar palästinensische Kanonenboote in die Luft gejagt.«

»Du kleiner Schurke«, lachte Barry. »Nein, Sean, sie ist zu wertvoll, um sie jetzt laufenzulassen.«

»Na ja, dann muß ich einfach so mitfahren.«

»Nett von dir, aber wir wollen dich erst mal durchsuchen.« Barry zückte seine Browning. »Schau in seinen Taschen nach, Kevin.« Stringer gehorchte und fand die Walther.

»Zufrieden?« fragte Dillon.

»Du kennst mich doch«, lächelte Barry. »Und ich kenne dich. Hinten unter seiner Jacke, Kevin, hat er sie immer am liebsten versteckt.«

Stringer fand die zweite Walther. »Du hast recht, Jack.« Er reichte sie ihm.

»Habe ich für gewöhnlich immer. Du hältst die Stellung, Kevin.« Er lächelte Dillon zu. »Steig ein, Sean. Ich glaube, ich werde dich anheuern.«

Dillon stieg als erster über die Reling, gefolgt von Barry, während Mori das Boot vertäute. Die beiden Frauen kamen aus dem Steuerhaus. »Alles in Ordnung, Mädchen?« fragte Dillon.

»Mir geht's gut«, nickte Hannah.

»Mein Gott, der sieht ja aus, als habe er erst heute morgen gelernt, aufrecht zu gehen«, meinte Dillon mit einem Blick auf Mori. »Wenn er Ihnen irgendwelche Schwierigkeiten macht, sagen Sie mir nur Bescheid, dann knöpfe ich ihn mir mal vor.«

Mori wollte auf ihn losgehen, aber Sollazo hielt ihn zurück. »Laß sein, Giovanni.« Er wandte sich an Barry. »Haben Sie ihn durchsucht?«

»Eine Walther in der Tasche und eine zweite hinten im Hosenbund, wie es seine Gewohnheit ist, was mir gerade noch einfiel. Aber ich habe gute Neuigkeiten für Sie. Sean ist ein Meistertaucher und hat sogar sein Geld damit verdient, Schiffe in die Luft zu jagen. Meinen sie nicht, wir sollten ihn für uns arbeiten lassen?«

Sollazo lächelte. »Ja, das gefällt mir, ein ausgezeichneter Gedanke.«

»Gut, dann wollen wir mal den Anker lichten.«

Kathleen Ryan hatte ihn bislang nur wortlos angestarrt und kam nun mit einem merkwürdig benommenen Ausdruck auf ihrem Gesicht näher.

»Martin, Sie sind das, nicht wahr?«

»Höchstpersönlich, Kate«, erwiderte Dillon freundlich und musterte sie prüfend. Irgend etwas stimmte mit ihr nicht. »Tut mir wirklich leid wegen Michael.«

»Ich habe ihn umgebracht. Ich habe ihn überredet, eine Überdosis seiner Tabletten einzunehmen. Dr. Sieed hat gesagt, er würde nur einen Anfall bekommen.« Sie strich sich mit einer Hand übers Gesicht. »Er ist gestorben, Martin, und ich habe ihn umgebracht. Ist das nicht grauenhaft?«

Hannah legte einen Arm um sie. »Kommen Sie, Mädchen, gehen wir in die Kabine.« Sie führte sie unter Deck.

Die Motoren sprangen an, und Barry steuerte die *Avenger*

hinaus auf See. »Eine Irre«, schnaubte Mori. »Das hat uns gerade noch gefehlt.«

»Sag mal, mein Hübscher«, fragte Dillon, »mußt du dir eigentlich besondere Mühe geben, so ein Scheißkerl zu sein, oder bist du das von Natur aus?« Er wandte sich ab und ging zu Barry ins Steuerhaus.

Es wäre durchaus möglich gewesen, die Beretta aus dem Knöchelhalfter zu ziehen und Barry, Mori und Sollazo innerhalb weniger Sekunden zu töten, aber dafür mußte er den richtigen Moment abpassen, und daß Hannah zurück an Deck kam, erschwerte die Sache zusätzlich. Dillon lächelte ihr zu, als sie sich zum Schutz vor dem Regen unter die Plane stellte.

»Ein wahrer Jammer, daß wir uns heutzutage noch mit solchem Abschaum abgeben müssen, Jack«, sagte er zu Barry.

»Das ist wahr, Junge, aber eines hat sich nicht geändert. Mein gesamter Anteil geht an die Organisation, der wir beide so viele Jahre lang gedient haben. Geld für Waffen.«

»Die Zeiten haben sich trotzdem geändert, Jack.«

»So sicher ist das gar nicht.«

Dillon seufzte. »Na gut, dann erzähl mir jetzt besser mal, wohin wir fahren.«

»Nach Rathlin Island.«

»Und der Master Navigator zeigt die exakte Position an?«

Barry schaute ihn erschrocken an. »Gibt es denn gar nichts, was du nicht weißt?«

»Dank Liams Hilfe haben wir alles rausgekriegt. Und wie tief liegt sie?«

»Na ja, vor Rathlin Island kann es, den Seekarten nach, zwischen siebenundzwanzig und siebenunddreißig Metern tief sein.«

»Das ist nicht schlecht. Am wichtigsten ist allerdings, wie sie liegt; darauf kommt es an.«

Sollazo kam zu ihnen. »Wie weit noch?«

»Eine halbe Meile«, erwiderte Barry‹. »Ich schalte jetzt den Navigator ein.«

In regelmäßigen Abständen ertönte ein monotones Piepen.
»He, es funktioniert«, sagte Sollazo.

»Je näher wir herankommen, desto rascher wird das Piepen, und wenn wir die endgültige Position erreichen, wird daraus ein Dauerton.«

»Drücken wir die Daumen.« Sollazo wandte sich an Dillon. »Ich wollte eigentlich mit Mori tauchen, aber da Sie ja angeblich so ein Könner sind …« Er zuckte die Schultern. »Kommen Sie mit und schauen Sie sich die Ausrüstung an.«

»Mit Vergnügen«, sagte Dillon und folgte ihm.

Rathlin Island tauchte aus dem Nebel auf, und Barry drosselte das Tempo. Langsam glitten sie durch das außergewöhnlich ruhige Wasser. Das Piepen des Master Navigators war heftiger geworden, und plötzlich gab das Gerät nur noch einen langen schrillen Dauerton von sich.

»Das ist es!« rief Barry. »Anker werfen!«

Mori und Sollazo eilten davon; Kathleen stand backbord an der Reling, und für einen Moment war Dillon mit Hannah allein.

»Ich bin bewaffnet«, flüsterte er. »Barry hat zwei gefunden, aber Devlin, der alte Fuchs, hatte mir eine dritte gegeben. Knöchelhalfter.«

»Vorsicht. Nicht jetzt. Es könnte ein Blutbad geben.«

»Keine Sorge, Mädchen. Ich möchte zuerst gern mal runter und mir sozusagen eine alte Bekannte anschauen.«

Der Anker ratterte hinab, und die *Avenger* lag still. Barry kam aus dem Steuerhaus. »Da wären wir. Und am besten beeilen wir uns jetzt.«

Sollazo wandte sich an Dillon. »Machen wir uns fertig. Ich gehe zuerst.« Er verschwand in der Kabine.

Als er in seinem Taucheranzug zurück an Deck kam, nickte er Dillon zu. »Sie sind dran.«

Dillon ging hinunter in die Kabine, zog sich bis auf die Unterhosen aus und löste den Knöchelhafter. Er entdeckte einen kleinen Schrank, auf dem ›Notsignale‹ stand, öffnete ihn und schob die Walther hinein, ehe er den Taucheranzug überstreifte. Im Niedergang erklangen Schritte, und gleich darauf schaute Sollazo zur Tür herein.

»Machen Sie voran.«

Dillon schlüpfte mühsam in den Anzug, zog die Gummisocken an, befestigte den Bleigürtel um seine Taille und griff nach dem Tauchermesser.

»Das lassen Sie besser hier«, sagte Sollazo. »Sie sind der letzte Mann in der Welt, den ich mit einer Waffe in der Hand sehen möchte.«

»Wie Sie wollen.«

Dillon griff nach seiner Schwimmweste, nahm den zweiten Orca-Computer und ging hinauf an Deck, wo die anderen sich zum Schutz vor dem Regen unter eine Plane gestellt hatten und warteten. Sollazo folgte ihm.

»Ich habe mir überlegt«, sagte er, »daß wir uns die Zeit unter Wasser gut einteilen müssen, da wir uns nicht unbegrenzt dort unten aufhalten können, das wissen Sie ja —und falls der Kahn in siebenunddreißig Meter Tiefe liegt, bleibt uns noch weniger Spielraum. Deshalb gehen Sie zuerst mal runter und schauen sich an, wie es aussieht.«

Dillon nickte. »Ist mir ein Vergnügen.«

Geschickt streifte er die Sauerstofflasche über und befestigte sie mit dem Klettverschluß auf seiner Brust, dann setzte er sich, um seine Flossen anzulegen. Mori reichte ihm die Halogenlampe, die er sich um sein linkes Handgelenk hängte. Anschließend spülte er seine Maske aus, setzte sie auf und hockte sich rückwärts auf die Reling.

»Die Todgeweihten grüßen und so weiter, wie die alten Römer sagten.« Er überzeugte sich, daß er durch das Mundstück Luft bekam und ließ sich rückwärts über Bord gleiten.

Zunächst schwamm er unter dem Kiel hindurch zur Ankerkette, an der er sich orientierte, während er tiefer tauchte. Nach viereinhalb Metern hielt er inne, um den Druck in seinen Ohren auszugleichen. Das Wasser war ungewöhnlich klar, doch gleichzeitig merkwürdig dunkel. Während er sich an der Ankerkette hinuntertastete, schaute er auf seinen Orca-Computer. Neun Meter, zwölf, achtzehn ... und dann sah er es.

In fast siebenundzwanzig Meter Tiefe, doch gut erkennbar, lag das Wrack, etwas zur Seite geneigt, wie ein dunkler Schattenriß auf glattem, leicht abfallendem Sandboden vor ihm. Hier und da schwangen große Tangwedel in der Strömung hin und her.

Dillon schwamm zum Bug, schaltete seine Halogenlampe ein und konnte deutlich den von Muscheln verkrusteten Namen *Irish Rose* lesen. Es war ein ganz sonderbares Gefühl, da er selbst auf diesem Schiff gestanden hatte, bevor es versunken war.

Er schwamm zum Heck, das von der Gewalt der Explosion zerrissen worden war, und entdeckte tatsächlich den Laster. Offenbar hatte er sich beim Untergang aus der Verankerung an Deck gelöst, aber er war unglaublicherweise aufrecht auf allen sechs Rädern stehengeblieben und nur ein Stück zur Seite gerutscht.

Dillon schwamm näher heran und versuchte, die Hecktür zu öffnen, doch sie rührte sich nicht, so sehr er auch daran zerrte. Da es sinnlos war, in dieser Tiefe kostbare Zeit zu vergeuden, machte er sich wieder auf den Rückweg.

Er stieg die kleine Leiter hinauf an Deck, schob seine Maske hoch und spuckte das Mundstück aus. Alle warteten schweigend.

»Um Himmels willen, Sean, sag uns das Schlimmste«, drängte Barry schließlich.

»Nun, sie liegt dort unten«, sagte Dillon, »in siebenundzwanzig Metern Tiefe, was ganz gut ist. Dort können wir uns etwas länger aufhalten.«

»Und der Laster?« fragte Sollazo.

»Ist auch da. Er hat sich offensichtlich bei der Explosion losgerissen, steht aber aufrecht.«

»Na, prima.«

»Nur eins begreife ich nicht. Als wir ihn gekapert haben, konnten wir mit einem kleinen Minicomputer das Sicherheitssystem lahmlegen, so daß sich alle Türen öffnen ließen.«

»Und?«

»Es war mir nicht möglich, ihn aufzukriegen.«

»Vielleicht ist bei der Explosion die elektronische Sperre wieder aktiviert worden«, meinte Sollazo, »oder die Tür klemmt bloß. Wir haben Semtex dabei. Gehen Sie runter und sprengen Sie ihn auf.«

»Zu Befehl, mein Herr. Geben Sie mir das Zeug.«

Barry kauerte sich neben ihn und reichte ihm einen Block Semtex. »Hier, Sean, und ein Zeitzünder von drei Minuten.«

»Oh, ein tschechisches Fabrikat – ihr Beitrag zur Weltkultur«, sagte Dillon.

»Kannst du damit umgehen?«

»Kann ein Fisch schwimmen?«

»Passen Sie auf sich auf, Sean!« rief Hannah.

»Mache ich doch immer, oder?« Er setzte seine Maske auf und ließ sich rückwärts von der Reling fallen.

Wieder zog er sich an der Ankerkette hinunter, da dies der schnellste Weg war, schwamm auf den Laster zu und befestigte den Sprengstoff rings um den Türgriff. Dann aktivierte er den Zeitzünder. Ein leises Zischen ertönte, und er schwamm rasch zurück an die Oberfläche. Barry reichte ihm eine Hand, um ihm die Leiter hochzuhelfen. Dillon setzte sich, während die anderen gespannt über die Reling schauten. Nach einer Weile brodelte die See, als koche das Wasser, und eine Reihe toter Fische trieb an die Oberfläche. Gleich darauf war alles wieder ruhig.

Dillon grinste Sollazo zu. »Ist gut, ist gut, Sie brauchen gar nichts zu sagen, ich gehe schon wieder runter.«

Der Laster war noch ein Stück weiter zur Seite gerutscht, stand aber immer noch aufrecht. Die Hecktüren waren weggesprengt; eine hing noch an den Angeln, die andere lag ein Stück entfernt. Ringsum im Wasser schwebten Sandwolken. Dillon schaltete die Halogenlampe ein und erstarrte verblüfft – denn der Laster war leer.

An der Leiter hängend nahm er sein Mundstück heraus und schaute auf. Alle lehnten sich über die Reling.

»Das wird dir leider ganz und gar nicht gefallen, Jack, aber da unten ist nichts.«

»Was soll das heißen – da unten ist nichts?«

»Der Laster ist leer.«

»Er kann nicht leer sein!« rief Barry. »Du hast gesagt, du hättest reingeschaut, als ihr ihn euch geschnappt habt. Das Gold war damals doch drin.«

»Ja, war es. Aber jetzt ist nichts mehr da.«

Kathleen Ryans Gesicht brannte, und ihre Augen funkelten dunkel. »Es muß schon jemand vor uns hier gewesen sein.«

»Unmöglich«, entgegnete Dillon. »Die Tür war nicht aufzukriegen, und für irgendeine Gewalteinwirkung gab's keine Anzeichen.«

»Mori, hilf mir mal.« Sollazo griff nach seiner Sauerstofflasche. »Sie gehen noch mal runter, Dillon, und ich komme mit. Ich glaube, Sie lügen.«

»Wie Sie wollen.« Dillon hangelte sich wieder an der Ankerkette hinunter in die Tiefe.

Er hatte bereits die Reling der *Irish Rose* erreicht, als Sollazo ihn einholte; der Anwalt schaute sich einen Moment um, dann schwamm er auf den Laster zu. Dillon folgte ihm.

Sollazo wandte sich kurz zu ihm um, ehe er in das dunkle Innere spähte. Blitzschnell riß Dillon das Tauchermesser aus der Scheide an Sollazos Bein und zerschnitt seinen Luftschlauch.

Blasen sprudelten auf. Sollazo fuhr herum, griff sich an die Kehle und starrte ihn entsetzt an. Hastig versuchte er aufzusteigen, doch Dillon packte seinen Knöchel und zog ihn wieder hinunter. Überraschend schnell hörte er auf sich zu wehren und schwebte reglos mit ausgestreckten Armen im Wasser. Dillon zog ihm die Maske ab. Aus leeren Augen starrte Sollazo ihn an. Er nahm seine Hand und begann aufzutauchen.

Kathleen Ryan entdeckte Sollazos Leiche als erste. »Schaut mal, da!«

Hannah kam zu ihr an die Reling. »O mein Gott!«

Barry und Mori eilten herbei. Der Sizilianer streifte sich augenblicklich Jacke und Schuhe ab, sprang über die Reling und schwamm auf Sollazo zu. Er legte einen Arm um ihn und wandte sich erschrocken um.

»Er ist tot!«

Dillon hatte in etwa drei Meter Tiefe die Leiche losgelassen und war unter dem Kiel hindurch zur Backbordseite geschwommen. Dort streifte er seine Sauerstofflasche, Maske und Flossen ab und ließ alles im Wasser versinken. Vorsichtig spähte er an Deck. Barry, Kathleen und Hannah standen an der Reling, und er hörte Mori rufen: »Werft mir ein Tau zu.«

Dillon zog sich hoch, stieg über die Reling und huschte den Niedergang hinunter in die Kabine. Aus dem Schränkchen, in dem die Leuchtpatronen verwahrt wurden, holte er seine Walther und ging wieder nach oben.

Barry hatte einen Rettungsring losgebunden und warf ihn über Bord.

»Nur immer sachte, Jack.« Wie eine dunkle, bedrohliche Gestalt stand Dillon in seinem schwarzen Taucheranzug mit der Pistole in der rechten Hand im Niedergang.

»Hannah, kommen Sie her.«

Während sie zu ihm lief, sagte Barry, der noch über die Reling gebeugt war: »Spielst mal wieder den Teufelskerl, was, Sean?«

»Mach's nicht, Jack«, warnte Dillon.

Aber Barry fuhr bereits herum und riß die Browning hoch, die er in der Hand hielt. Dillon war schneller und schoß ihn zweimal ins Herz. Barry wurde gegen die Reling geschleudert, die Waffe schlidderte über das Deck, und er stürzte ins Meer.

Dillon rannte zur Reling. Mori, der Sollazo umklammerte, starrte ihn an, und Dillon verpaßte ihm einen gezielten Schuß zwischen die Augen. Einen Moment lang herrschte Stille; nur die Schreie der Möwen, die über ihnen im Nebel kreisten, waren zu hören. Dillon setzte sich.

»Herrgott, jetzt könnte ich eine Zigarette gebrauchen.«

Hannah kauerte sich neben ihn. »Alles in Ordnung, Sean?«

»Martin«, sagte Kathleen Ryan mit seltsam tonloser Stimme, »schieb die Walther zu mir rüber.«

Dillon hatte die Waffe neben sich gelegt. Kathleen hatte Barrys Browning in der Hand, und er sah, daß sie offenbar wirklich nicht mehr ganz bei Verstand zu sein schien.

»Das Gold war nicht da, Martin, es war von Anfang an nicht da. Mein Onkel, dieser gerissene Gauner, hat es mir erst neulich erzählt. Gerissen war er, das mußt du zugeben. Es liegt da und wartet auf mich, und ich fliege übers Meer und hol's mir. Bald, Martin, sehr bald.«

»Ich weiß, Kate, ich weiß.«

»Will dir nichts tun, Martin, mein lieber Martin, deshalb geht jetzt runter, alle beide.«

»Ich glaube, wir tun besser, was sie sagt«, flüsterte Hannah.

»Ganz wie du willst, Kate.« Dillon stand lächelnd auf und trat gegen die Walther, daß die Waffe auf sie zurutschte.

Hannah verschwand unter Deck, er folgte ihr. »Schließt die Tür!« rief Kathleen.

Kurz darauf waren im Niedergang Schritte zu hören, und der Schlüssel drehte sich in der Tür. Wenig später wurde der Außenbordmotor angeworfen.

»Was sollen wir machen?« fragte Hannah.

»Nachdem sie jetzt weg ist – kein Problem«, erwiderte Dillon. »Diese Kähne haben alle eine Deckluke. Ich bin gleich wieder da.«

Er ging in die Kombüse und sah sofort die Luke in der Decke, kletterte auf einen Stuhl, öffnete sie und zog sich hoch. Einen Moment später war er im Niedergang und schloß die Tür auf. Hannah folgte ihm hinauf an Deck. In der Ferne sahen sie das grüne Schlauchboot im Nebel verschwinden. Dillon ging ins Steuerhaus, startete den Motor und nahm Kurs auf Scotstown.

»Hier, übernehmen Sie das Steuer; ich gehe mich umziehen.«

Als er zurückkehrte, sagte Hannah: »Sie ist verrückt, Sean, total übergeschnappt.«

»Ein bißchen war sie es schon immer. Irgendwas, womit sie nie fertig wurde, hat sie sehr belastet, das habe ich gleich gespürt, aber ich hab' nie rausgefunden, was es war. Jetzt denkt sie, daß sie ihren Onkel getötet hat. Ist das übrigens Jack Barrys Regenmantel an dem Haken dort? Dann sind darin vielleicht die beiden Waffen, die er mir abgenommen hat.« Er durchsuchte die Taschen. »Na bitte, eine für Sie und eine für mich. Ich übernehme das Steuer.«

»Was hat sie damit gemeint, daß das Gold von Anfang an gar nicht da war?«

»Erinnern Sie sich noch, wie ich zu Ihnen gesagt habe, daß ich das Gefühl hätte, irgendwas stimme nicht, als ich die Akten und die Zeitungsausschnitte durchlas?«

»Ja.«

»Jetzt weiß ich, was es war. Michael Ryan hatte in Folly's End die exakte Nachbildung dieses Lasters stehen, den Benny auf der Küstenstraße abstellen sollte, um die Polizei eine Zeitlang abzulenken.«

»Und?«

»Es ist mir zuerst nicht aufgefallen, aber in keinem einzigen Polizeibericht oder Zeitungsausschnitt wurde dieser Laster je erwähnt. Warum wohl?«

»O mein Gott!« rief Hannah.

»Genau. Nach dem Überfall bin ich mit Kathleen auf dem Motorrad zur *Irish Rose* gefahren. Michael folgte uns mit dem Laster, nur kam er viel später an als erwartet. Er hat uns erzählt, der Motor sei ihm abgesoffen, und es habe so lange gedauert, bis er ihn wieder in Gang kriegen konnte.«

»Was nicht der Fall war.«

»Natürlich nicht. Er kam so spät, weil er zuerst nach Folly's End gefahren ist und die Laster vertauscht hat. Das Gold ist nie mit der *Irish Rose* versunken, weil es nie an Bord war. Es liegt in diesem Versteck in der Scheune. Ist das nicht der größte Witz des Jahrhunderts?«

Der Lake District

1995

15

Kathleen Ryan fuhr auf die Mole zu, stieg aus dem Boot und ließ es einfach am Kai liegen, ohne sich die Mühe zu machen, es zu vertäuen. Sie ging hinüber zum ›Loyalist‹, dessen Tür versperrt war. Hastig lief sie zur Hintertür. Im Hof stand noch Barrys Kombi. Ja, damit könnte sie hier wegkommen, denn sie mußte unbedingt weiter!

Kevin Stringer, der bei einer Tasse Tee am Tisch saß und die Zeitung von gestern las, schaute überrascht auf. »Was machen Sie hier?«

»Wo sind die Schlüssel für Jack Barrys Kombi?«

»Da, auf der Anrichte.«

Sie steckte sie ein. »Ich habe meine Schultertasche im Schlafzimmer gelassen. Ich hole sie schnell, dann bin ich wieder weg.«

Reichlich verwirrt schaute ihr Stinger hinterher. Im Haus war alles still, da das Personal erst in ein paar Stunden kam, und aus irgendeinem Grund überkam ihn plötzlich Angst.

Er hörte sie die Treppe herunterkommen. Sie hatte die Seemannsjacke ausgezogen, die sie auf dem Boot getragen hatte, und trug nun einen langen Regenmantel und ihre alte schwarze Baskenmütze. Die Tasche hing über ihrer linken Schulter.

»Wissen Sie, wo Ladytown liegt?«

»Auf der anderen Seite von Newcastle an der Dundrum Bay. Sie brauchen bloß der Straße zu folgen.«

»Wie weit?«

»Zwanzig Meilen.«

»Gut, dann bin ich jetzt weg.« Ihr amerikanischer Akzent war vollkommen verschwunden, und sie war wieder in den harten Belfaster Akzent ihrer Jugendzeit zurückgefallen.

Stringer stand auf und verstellte ihr den Weg. »Was zur Hölle ist los? Wo ist Jack?«

»Tot. Martin hat ihn getötet – Martin Keogh. Auch Sollazo und den anderen hat er umgebracht. Er ist noch draußen auf dem Boot mit dieser Frau. Ich habe sie in der Kabine eingeschlossen und bin mit dem Schlauchboot zurückgekommen.«

Ihre Stimme klang flach und monoton, und Stringer musterte sie nervös. »Wer ist dieser Keogh? Meinen Sie Dillon? Und was reden Sie überhaupt für wirres Zeug? Sind Sie noch bei Trost, Mädchen? Sie können doch nicht alle tot sein, nicht alle drei!«

»Doch, das sind sie. Na ja, ich fahre jetzt jedenfalls.«

»Sie fahren nirgendwo hin.« Er packte ihre Schultern.

Die Augen in ihrem bleichen Gesicht schienen zu glühen. »Rühr mich nicht an, du Dreckskerl!« schrie sie, riß die Browning aus ihrer Manteltasche und drückte ab.

Mit einem erstickten Stöhnen taumelte er zurück. »Verdammt, du hast mich getroffen.«

Sie schoß noch einmal; er fiel gegen den Tisch und sank zu Boden. »So ist's am besten«, sagte sie. »Wenn es nach mir ginge, würde ich alle erschießen.«

Sie steckte die Browning wieder ein und ging nach draußen. Kurz darauf fuhr sie in dem Kombi davon.

Dillon lenkte die *Avenger* an die Mole, und Hannah sprang mit einem Tau hinüber. Er stellte den Motor ab, kletterte über die Reling und vertäute das Schiff.

»Gut, jetzt weiter.«

Gemeinsam rannten sie zum ›Loyalist‹, wo Hannah vorsichtig durch das Küchenfenster spähte.

»Es scheint niemand da zu sein, und der Kombi ist auch weg.«

Dillon zog seine Walther. »Gehen wir rein.«

In der Luft hing der scharfe Geruch nach Kordit, und dann sahen sie Stringers Leiche. Hannah kniete sich zu ihm und tastete nach dem Puls.

»Er ist tot.« Sie stand auf. »Wo sie jetzt wohl hin ist?«

»Na ja, sie hat ihrem Onkel diese Tabletten gegeben, damit Barry und Co. ihn in ein Krankenhaus bringen, weil sie glaubten, von dort könnten sie ihnen leichter entkommen. Er ist gestorben, und sie gab sich die Schuld daran. Und jetzt ist sie auf der Flucht und allein.«

»Nach England, in den Lake District?«

»Wohin sonst? Aber wie will sie dorthin kommen?«

»Nach Manchester fliegen und ein Auto mieten.«

»Wäre eine Möglichkeit – oder vielleicht mit einem Privatflugzeug. An dieser Küste gibt es eine Reihe alter Flugplätze aus dem Zweiten Weltkrieg. Man braucht bloß in *Pooley's Flight Guide* nachzuschauen.«

»Könnte sein«, nickte Hannah. »Wie war diese sonderbare Bemerkung, die sie auf dem Boot gemacht hat? Es liegt da und wartet auf mich ...«

»Und ich fliege übers Meer und hole es mir«, ergänzte Dillon.

»Sie ist verrückt, Dillon, ist Ihnen das klar? Ist Ihnen aufgefallen, daß sie ganz den amerikanischen Akzent verloren hatte?«

»Ja, sie klang wieder wie das sechzehnjährige Mädchen, das ich vor zehn Jahren auf einer dunklen Straße in Belfast gerettet habe ... Aber das soll uns jetzt nicht kümmern. Gehen wir ins Büro und rufen Ferguson an.«

Ferguson war gerade erst aufgewacht. Er saß in seiner Wohnung am Cavendish Square im Bett und hörte sich schweigend Hannahs Bericht an.

»Geben Sie mir Ihre Telefonnummer«, sagte er dann und notierte sich hastig die Ziffern. »Ich rufe Sie zurück. Lassen Sie mir fünfzehn Minuten Zeit.« Er drückte auf die Gabel und wählte die Nummer seines Büros im Verteidigungsministeriums. »Ferguson hier. Verbinden Sie mich mit dem Fluginformationsdienst«, befahl er dem diensthabenden Beamten.

Als das Telefon im Büro des ›Loyalist‹ läutete, hob Hannah sofort ab. »Brigadier?«

»In Crossgar an der Küste von Down gibt es einen Stützpunkt der Royal Navy; das ist nur zehn Meilen von Ihnen entfernt. Sie werden schon erwartet. Man fliegt Sie von dort aus mit einem Sea-King-Hubschrauber zum Stützpunkt Whitefire an der Küste des Lake District in der Nähe von St. Bees.«

»Und dann, Sir?«

»Ich fahre jetzt sofort zum RAF-Stützpunkt Farley, wo schon ein Lear-Jet des Verteidigungsministeriums bereitsteht. Ich brauche dreißig Minuten bis dorthin, und es heißt, daß wir in fünfundvierzig Minuten in Whitefire sein können. Von dort aus fliegen wir per Hubschrauber nach diesem Folly's End.«

»Gut, Sir, ich freue mich darauf, Sie zu sehen.«

»Lassen Sie diese Sentimentalitäten, Chief Inspector. Setzen Sie einfach Ihren Hintern in Bewegung.«

»Was ist?« fragte Dillon, als sie den Hörer aufgelegt hatte.

Sie berichtete ihm rasch alles Nötige. »Was machen wir mit Stringer?«

»Soll das Personal ihn finden. Ferguson kann die Sache später mit der Polizei klären. Auf geht's, Mädchen.«

Kathleen Ryan fand ohne Probleme nach Ladytown und stieg auf dem Dorfplatz aus, wo eine alte Frau ihren angeleinten Pudel spazierenführte.

»Wissen Sie zufällig, wo es hier in der Nähe einen Flugplatz gibt?«

»Ach, Sie suchen sicher nach Tony McGuire, Kindchen?«

»Wie komme ich zu ihm?«

»Ist nur ungefähr zwei Meilen weit. Ich erklär's Ihnen.«

Der Flugplatz war ein trauriger Ort, sichtlich heruntergekommen und vernachlässigt. *McGuire's Luft-Taxi* stand auf einem Schild am Tor, dessen Farbe abblätterte, und die Zufahrt war voller Schlaglöcher. Neben einem Tower gab es zwei Hangars, doch nirgends ein Anzeichen für irgendein Flugzeug.

Sie parkte vor einer Wellblechbaracke, die aussah wie eine Nissenhütte aus dem Zweiten Weltkrieg. Ein kleiner, drahtiger Mann mit kurzgeschorenem grauem Haar, der Jeans und eine abgewetzte schwarze Lederjacke trug, spähte aus der Tür und musterte sie fragend.

»Kann ich Ihnen helfen?«

»Sind Sie zufällig Tony McGuire?«

»Wer will das wissen?«

»Michael Ryans Nichte Kathleen.«

»Ich habe seit Jahren nichts mehr von Michael gehört«, erwiderte McGuire. »Ich dachte, er sei tot.«

»Im Gegenteil, es geht ihm bestens. Er wartet drüben im englischen Lake District auf mich und hat mir gesagt, wenn ich mal rasch dort rüber müßte, dann sei Tony McGuire der richtige Mann, an den ich mich wenden solle.«

»Wirklich?«

»O ja, er hat mir erzählt, daß er Ihre Lufttaxis in den alten Zeiten oft benutzt hat.«

Er betrachtete sie einen Moment lang mit einem kleinen Stirnrunzeln und nickte dann. »Kommen Sie mit rein.«

Im Büro gab es einen Ofen, dessen Rohr durch die Decke führte; in einer Ecke stand ein Feldbett; auf einem Kartentisch und einem Schreibtisch häuften sich Papiere. McGuire zündete sich eine Zigarette an.

»Also, was wollen Sie?«

»Rasch in den Lake District.«

»Und wann wollen Sie los?«

»Sofort.«

Er starrte sie verwundert an. »Das ist aber ziemlich Hals über Kopf.«

»Sie haben doch ein Flugzeug, oder nicht?«

Er zögerte kurz, ehe er nickte. »Im Moment nur eins. Die Bank hat mir den Kredit gekündigt und mein bestes Flugzeug, die Conquest, beschlagnahmen lassen. Aber ich habe noch eine Cessna 310.«

»Wir könnten also fliegen?«

»Ich zeige sie Ihnen.«

Er ging voraus zu einem der Hangars und schob die rostige Tür zurück, hinter der ein kleines zweimotoriges Flugzeug stand.

»Wie lange würden wir damit zum Lake District brauchen?«

»Vielleicht eine Stunde.«

»Gut, abgemacht.«

»Mal sachte. Zuerst müßte ich es auftanken, und das muß ich per Hand machen, was seine Zeit braucht.« Er drehte sich um und musterte den Himmel. »Außerdem ist das Wetter ziemlich mies. Das heißt abwarten, ob es sich noch aufklärt. Und dann hätte ich noch gern gewußt, wohin wir fliegen.«

»So nahe wie möglich an einen Ort namens Marsh End, südlich von Ravenglass.«

»Na gut, gehen wir wieder ins Büro, und ich schaue mal in *Pooley's Flight Guide* nach. Darin steht jeder Flugplatz und jedes Rollfeld im Vereinigten Königreich.«

Er blätterte eine Weile in seinem Buch und nickte dann. »Laldale, ja, an diesen Ort erinnere ich mich. War im Zweiten Weltkrieg ein Behelfsflugplatz für die RAF. Ich bin dort vor ungefähr vierzehn Jahren mal gelandet. Da gibt es nichts außer ein paar verfallene Gebäude und einem Rollfeld.«

»Also können wir starten?«

»Na ja, wir müßten erst irgendwo zwischenlanden, um den ganzen Behördenkram zu erledigen.«

»Dreitausend Dollar«, sagte sie, »und wir fliegen direkt dorthin.«

Sie zerrte den falschen Boden ihrer Schultertasche hoch und holte mehrere Bündel amerikanischer Dollar heraus, von denen sie offensichtlich noch sehr viel mehr darin verwahrte, wie McGuire bemerkte. Seine Kehle wurde trocken.

»Ist das irgendeine politische Sache? Ich meine, ich kenne ja Ihren Onkel und seine Leute und will keine Probleme. Heute ist schließlich eine andere Zeit.«

»Fünftausend.« Sie hielt ihm das Geld hin. »Wie lange wird es dauern, haben Sie gesagt?«

»Eine Stunde«, erwiderte er heiser.

»Eine Stunde hin und eine Stunde zurück. Ich denke, dafür sind fünftausend Dollar ein guter Lohn. Ich zähle es ab, während Sie auftanken gehen.«

Sie setzte sich mit dem Dollarbündel an den Schreibtisch. McGuire beobachtete sie fasziniert und schluckte schwer.

»Okay, dann gehe ich mal.«

Während er über die löchrige Rollbahn zum Hangar lief, hatte er ständig das Bild all dieser Dollarscheine in ihrer Schultertasche vor Augen.

Zur gleichen Zeit landete der Sea-King-Hubschrauber auf dem Stützpunkt von Whitefire. Als Dillon und Hannah ausstiegen, fuhr ein Range Rover heran, und ein Lieutenant-Commander der Royal Navy kam ihnen entgegen.

»Mein Name ist Murray. Sie sind die Leute von Brigadier Ferguson?«

»Stimmt«, erwiderte Hannah.

»Er landet in zehn Minuten. Ich bringe Sie solange ins Kasino; dort können Sie inzwischen einen Kaffee trinken.«

Tony McGuire kam ins Büro zurück, wo Kathleen sich an den Ofen gesetzt hatte.

»Alles in Ordnung mit Ihnen?«

Sie nickte. »Ihre fünftausend Dollar liegen auf dem Tisch. Zählen Sie nach, wenn Sie wollen.«

»Ach was, ich vertraue Ihnen.« Er schloß einen altmodischen Safe in der Ecke auf und legte die beiden Geldbündel hinein.

»Können wir jetzt los?«

»Gewiß, warum nicht?«

Auf dem Weg zum Hangar fragte sie: »Schaffen Sie es auch wirklich?«

»Keine Sorge«, versicherte McGuire. »Es gibt mehr freien Luftraum, als den Leuten klar ist, und wenn ich beim Anflug auf die Küste des Lake District unter sechshundert Fuß bleibe, bin ich nicht mal auf dem Radar zu sehen.«

»Ich verstehe.«

Kathleen kletterte über die Tragfläche und setzte sich hinter den Pilotensitz. McGuire stieg ebenfalls ein, schloß die Tür und startete die beiden Motoren.

»Okay? Dann los.«

Er fuhr aus dem Hangar, holperte über die löchrige Rollbahn und wendete am anderen Ende. Nach einer kleinen Pause gab er Gas und erhöhte das Tempo, bis sie abhoben und durch Nebel und Regen emporstiegen.

Im Offizierskasino von Whitefire tranken Hannah und Dillon eine Tasse Tee, als Lieutenant-Commander Murray mit Ferguson hereinkam.

»Da wären wir, Brigadier«, sagte er.

Ferguson lächelte ihm freundlich zu. »Ich wäre Ihnen sehr verbunden, wenn ich kurz mit meinen Leuten reden könnte, Commander. Zehn Minuten? Danach fliegen wir mit dem Hubschrauber zu dem Zielort, den ich Ihnen auf der Karte gezeigt habe.«

»Wie Sie wünschen, Brigadier«, salutierte Murray und ging.

»Ist das Tee?« fragte Ferguson. »Dann hätte ich sehr gern ebenfalls eine Tasse, Chief Inspector.«

»Natürlich, Sir.«

Hannah fand eine saubere Tasse und schenkte ihm ein. »Sie haben sich wohl prächtig amüsiert, Dillon, nicht wahr?« meinte Ferguson.

»Na ja, ist ein bißchen kompliziert gewesen, das würde ich schon sagen.«

»Und wie ich höre, haben Sie wie üblich kurzen Prozeß gemacht. Barry, Sollazo und Mori. Wirklich, Dillon, bei Ihnen muß ich immer an den Schneider aus dem Märchen der Brüder Grimm denken, der sich brüstete, wieviele er auf einen Streich getötet habe. Nur stellte es sich bei ihm heraus, daß es Fliegen auf einem Marmeladenbrot gewesen waren.«

»Ach, lieber Gott, Brigadier, habe ich Sie wieder mal enttäuscht?«

»Seien Sie nicht albern, Dillon. Was ist mit dem Mädchen?«
»Sie ist eindeutig verrückt«, erwiderte Hannah Bernstein. »In welchem Geisteszustand sie vorher war, kann ich nicht beurteilen, aber durch den Tod ihres Onkels ist sie wirklich übergeschnappt.«
»Sie glauben also, sie will nach Folly's End?«
»Wo sollte sie sonst hin?« erwiderte Dillon.
»Na gut.« Ferguson stellte seine Tasse auf den Tisch. »Dann wollen wir mal, ja?«

Es war später Nachmittag, und am Horizont dämmerte bereits der Abend herauf. Mary Power fütterte ihre Hühner und machte sich anschließend auf die Suche nach Benny, den sie in der Scheune fand, wo er an einem alten Holztisch saß und eine Flinte reinigte.
»Da bist du ja. Hast du die Schafe auf der Nordweide versorgt?«
Er nickte eifrig. »Hab' sie runtergebracht und in die Koppel gesperrt.«
»Du bist ein braver Junge, Benny.«
Er griff nach der Munitionsschachtel und lud die Flinte mit zwei Patronen, wobei er für einen Moment den Lauf in ihre Richtung hielt. Unwirsch versetzte sie ihm einen Klaps und schob die Waffe zur Seite.
»Wie oft habe ich dir schon gesagt, daß du nie auf jemanden zielen sollst! Gewehre sind schlecht.«
»Aber der Fuchs kommt vielleicht wieder. Letztes Mal hat er zwölf Hühner umgebracht.«
»Na ja, erledige den Bastard, wenn er auftaucht, aber erschieß nicht mich. Jetzt komm erst mal mit. Es gibt Tee, und einen schönen Obstkuchen hab' ich auch gebacken.«
Benny legte rasch das Gewehr auf den Tisch und folgte ihr.

Die Cessna 310 näherte sich in vierhundert Fuß der Küste und landete einige Augenblicke später auf dem Ende der Rollbahn in Laldale. McGuire wendete und schaltete die Motoren ab. Kathleen griff nach der Tür.

»Ich mache das schon«, sagte er und öffnete. »Steigen Sie zuerst aus.«

Sie kletterte über die Tragfläche und die kleine Passagierleiter hinunter. McGuire folgte ihr. Die Berge waren nebelverhangen, und es regnete unaufhörlich.

»Sie wissen, wohin Sie wollen?« fragte er.

»O ja, ich kann zu Fuß gehen.«

»Sind Sie sicher, daß alles in Ordnung ist?«

»Es sind bloß drei oder vier Meilen.«

»Ich dachte nur an das ganze Geld in Ihrer Schultertasche. Ich meine ... es kann ja alles mögliche passieren.«

Mit einem Ruck riß er ihre Tasche an sich, wühlte hastig darin und fand die Dollarscheine unter dem doppelten Boden. »Heiliger Gott!«

»Dreckskerl!« rief Kathleen Ryan. »Ihr seid alle Dreckskerle.« Sie zog die Browning und schoß ihn zweimal ins Herz.

McGuire prallte gegen die Tragfläche und fiel zu Boden. Sie hob die Tasche auf, hängte sie sich über die Schulter und ging davon.

Benny war auf dem Heuboden, als Mary Power in die Scheune kam. »Ich habe Lammeintopf gemacht. Willst du auch Klöße dazu?«

Benny nickte eifrig. »Ja, klasse.«

Plötzlich erfüllte ein unglaubliches Dröhnen die Luft. Erschrocken rannte Mary hinaus in den Hof, gefolgt von Benny. Auf der Wiese landete ein Hubschrauber. Die Rotoren blieben stehen, und Charles Ferguson, Hannah Bernstein und Dillon kletterten heraus.

Dillon kam auf sie zugelaufen. »Martin?« fragte Mary überrascht. »Martin Keogh, sind Sie das?«

»Höchstpersönlich, Mary. Ist Kathleen hier gewesen? Kathleen Ryan?«

Sie schaute ihn bestürzt an. »Nein, wieso?«

Dillon wandte sich zu Ferguson um und schüttelte den Kopf. Ferguson sprach kurz mit dem Piloten, trat dann einige Schritte zurück, und der Helikopter erhob sich wieder in die Luft.

»Wer sind Sie?« fragte Mary Power, als Ferguson näher kam. »Was ist denn los?«

»Brigadier Charles Ferguson – Mrs. Power. Ist der Laster immer noch in der Scheune?«

Sie wurde kreidebleich. »Der Laster?«

»Ja, ist der Laster noch in der Scheune?« wiederholte er.

»O ja«, antwortete Benny, »der Laster steht da, bis Onkel Michael zurückkommt. Benny zeigt's dir.« Er wandte sich um und rannte hinein.

Der Regen war immer stärker geworden. Kathleen Ryan hatte die Hände in den Taschen ihres Mantels vergraben und wanderte gedankenverloren die Eskdale Road entlang. Endlich erreichte sie das Tor mit dem Schild *Folly's End*, blieb kurz stehen und ging dann weiter zum Farmhaus.

Es war inzwischen fast dunkel, und nirgends brannte ein Licht. Unsicher stand sie im Hof und erinnert sich daran, wie sie vor zehn Jahren mit ihrem Onkel und Martin hier gewesen war. Oder war sie jetzt mit den beiden hier? Verwirrt strich sie sich mit der Hand übers Gesicht. Und dann sah sie den Lichtschimmer, der unter der Scheunentür hindurchdrang.

Mary Power saß neben Benny, der einen alten Ponysattel polierte, an dem grobgezimmerten Holztisch. Knarrend öffnete sich die Tür, und ein leichter Wind trieb einige Strohhalme über den Boden. Mary schaute auf.

»Du bist also zurückgekommen, Kathleen Ryan?«

»Ich mußte«, erwiderte Kathleen. »Es war von Anfang an so bestimmt. Ist der Laster noch da?«

»O ja, er stand die ganze Zeit hier. Dein Onkel Michael hatte seine Meinung geändert und Benny gesagt, er solle den zweiten Laster doch nicht auf der Küstenstraße abstellen. Er ist nach dem Überfall hierher zurückgekommen und hat sie ausgetauscht.«

»Ich weiß, er hat es mir erzählt. Er hatte Angst, die Mannschaft der *Irish Rose* würde versuchen, das Gold zu stehlen, und noch mehr Angst hatte er, daß es Probleme mit dem Army Council in Ulster geben würde.« Kathleen zuckte müde die Schultern. »Vor allem ein Mann namens Reid hätte uns Schwierigkeiten machen können. Kann ich den Laster sehen?«

»Ich zeig' ihn dir!« rief Benny und stand auf.

Er warf einige Heuballen zur Seite, als sei es gar nichts, und schob die falsche Wand zurück. Kathleen ging näher an den Laster heran und öffnete die Türen. Ja, da waren die Kisten und das Gold.

»Miß Ryan?« sagte Charles Ferguson.

Sie wandte sich um und sah Ferguson, Hannah Bernstein und Dillon vor sich. Einen Moment lang war ihr Blick ganz leer, ehe sie ihn zu erkennen schien.

»Martin, bist du das?«

»Höchstpersönlich, Kate.«

»Ich bin gekommen, um es zu holen, Martin, um das Gold zu holen, wie Onkel Michael es gewollt hat. Wir werden die IRA wieder einmal schlagen.«

»Es ist vorbei, Kate«, erwiderte er. »Wir haben jetzt Frieden, und dem sollten wir eine Chance geben.«

»Frieden?« Sie runzelte die Stirn als habe sie Mühe, den Gedanken überhaupt zu begreifen, doch dann funkelten ihre Augen wie die eines Racheengels. »Frieden mit den Katholikenschweinen?« Sie zog die Browning aus der Tasche ihres Regenmantels. »Damals in dieser Gasse, Martin, da hast du mich vor drei Dreckskerlen gerettet, erinnerst du dich?«

»Natürlich.«

»Aber das andere Mal warst du nicht da – damals, als ich fünfzehn war.« Ihre Stimme klang, als sei sie am Ersticken. »Vier dreckige, verkommene Katholikenschweine. Ich hoffe, sie schmoren in der Hölle für das, was sie mir angetan haben. Onkel Michael hat sie alle persönlich zur Strecke gebracht. Er hat jeden einzelnen getötet.« Die Waffe in ihrer Hand zitterte. »Wir müssen kämpfen! Wir müssen uns gegen den katholischen Abschaum wehren!«

Erst in diesem Moment erkannte Dillon, daß sie tatsächlich verrückt geworden war, doch noch ehe er etwas sagen konnte, ging Benny zu ihr und schaute sie vorwurfsvoll an.

»Nein, Kathleen, Waffen sind schlecht. Darfst nie damit auf wen zielen.«

Er legte seine Hände auf ihre Schultern.

»Weg mit dir, Benny!« schrie sie, und ihre Finger verkrampften sich um den Abzug der Browning, aus der sich ein Schuß löste.

Mit einem Schrei fiel Benny zu Boden.

»Nein!« Mary Power griff nach dem Gewehr auf dem Tisch, riß es hoch und feuerte. Kathleen stürzte zwischen die Heuballen. Dillon lief zu ihr und kniete sich neben sie.

Sie umklammerte seine Hand. »Martin, bist du das?« Noch einmal bäumte sich ihr Körper auf, dann sank sie reglos zurück.

Hannah kauerte sich neben Dillon, der ihre Hand hielt. »Sie ist tot, Sean.«

»Ja, das sehe ich.«

Benny rappelte sich stöhnend wieder hoch. Er wirkte benommen und schien nicht zu begreifen, was passiert war. Mit einer Hand hielt er sich die Seite. Zwischen seinen Fingern quoll Blut hervor. Hannah untersuchte ihn rasch.

»Direkter Durchschuß an der Seite. Er wird es überleben.«

Ferguson nahm Mary Power behutsam die Waffe ab. »O Gott, was hab' ich getan?« stöhnte sie.

»War nicht Ihre Schuld, meine Liebe«, versicherte Ferguson. »Sie haben keinen Grund, sich Sorgen zu machen. Ich kümmere mich persönlich darum. Chief Inspector, ich wäre Ihnen dankbar, wenn Sie Mrs. Power und Benny ins Haus bringen würden. Kümmern Sie sich um sie, so gut Sie können.«

Hannah legte einen Arm um Marys Schulter, nahm Benny an der Hand und führte sie hinaus. Dillon schaute mitleidig auf Kathleen Ryan hinab. »Armes, dummes, kleines Mädchen. Ich wußte immer, daß dich noch etwas ganz bestimmtes bedrückte.«

»Ich habe dem Piloten gesagt, daß er in einer Stunde zurückkommen soll. Der Hubschrauber muß bald hier sein. Alles in Ordnung mit Ihnen?«

»Natürlich, Brigadier.« Dillon kramte eine Zigarette heraus und zündete sie an. »Das Ende eines erfolgreichen Tages, nicht wahr?« Damit drehte er sich um und verließ die Scheune.